甜氧

Sweet Oxygen

殊娓 著

国际文化出版公司
·北京·

目录
Contents

001 第一章
遥南斜街

051 第二章
少女的心事都藏在指尖

095 第三章
她喜欢张郁青

145 第四章
他走过去，隔着外套抱住秦晗

199 第五章
敬明天

233 第六章
秦晗，回去吧

293 番外
《安徒生童话》

旧书集市上人并不多，
堆着书本的地摊一个挨着一个。
这是在遥南斜街的西边，
是秦晗去张郁青店里不会路过的地方。

秦晗忽然想起初中那次，
学校组织去地质博物馆参观，
大巴车堵在十字路口，而她趴在车窗上，
隔着车水马龙的街道，
看见对面公园里投箭的小哥哥。

Sweet oxygen

在天真的小姑娘眼里,
喜欢并不是一件需要躲藏的事情。

第一章

遥南斜街

Sweet oxygen

1

B 市，6 月，高考结束后的第三天。

日历上写着——

宜偶遇，宜倾心，宜念念不忘。

秦晗没去看日历上的字，她正抱着一摞书，费力地从客厅走到玄关。
耳机里传来胡可媛的声音："所以你去日本，没看到蓝色花海？"
"没看见，到了日本才知道粉蝶花是 5 月份开的，已经过了花期，吃个寿司就回来了。"
"有没有遇见帅哥？"
"做手握寿司的师傅还是很帅的，留了长发和络腮胡子，穿和服，是大叔的那种帅。"
胡可媛发出闺密间特有的笑声，亲昵又八卦，又问："比起你以前遇见的那个一见钟情的小哥哥呢？谁帅？"
虽然已经过去好多年，连小哥哥长什么样都记不清了，秦晗却半点犹豫都没有："当然是小哥哥帅，没人比他帅。"
一梯一户的房子，门前的实木地板上已经堆了半人高的书本。秦晗把手里的书放下,看见电梯到了她这一层,对着胡可媛说:"可媛,你先等我一下。"

电梯里走出来一位老人:"是要卖废品吗?"

秦晗摇头:"爷爷,这些都送给您了,我帮您一起拿下去吧,都是不用的书和卷子。"

天幕下笼罩着一层厚厚的乌云,有种暴雨将至的闷热。

把几摞书放进电梯里,又帮着收废品的老爷爷将它们挪到三轮车上,秦晗抹着额角的汗,小跑回电梯间。

胡可媛笑着说:"都卖了?连课本都没留下?"

"没留。"

空调风吹散了暑气,秦晗心有余悸似的:"我在飞机上还梦到高考时答题时间不够,今早起床都是惊醒的。"

高中三年的后遗症太大,一时半会儿挣脱不出来。

哪怕是秦晗这种没有学习压力的小姑娘,也在毕业后第一时间,要把所有的练习册和课本全部从书房里清出去。

"你呀,连答案都没对,考完试当天就跟着阿姨飞到日本玩,已经够轻松了。"

胡可媛舒舒服服地叹了口气,才略带羡慕地说:"不像我,刚才我妈推门进来,看样子还想催我看书学习呢。"

秦晗爸妈一直觉得她能考上一本就行,是不是重点学校都无所谓。

来自家庭的压力她几乎是没有的。

"我要去图书馆借书,要不要一起?"秦晗发出邀请。

电话里的胡可媛幽幽地问:"图书馆?才高考完又要看书学习吗?"

秦晗趴在床上,笑得蜷成一团:"学什么呀,当然是借小说看。"

和胡可媛约好一个小时后在市图书馆见,秦晗叼着雪糕从衣柜里翻出牛仔裙。但胡可媛很快又把电话打回来,问她:"徐唯然刚刚和我说,想跟我们一起去。"

胡可媛是秦晗高中三年最亲的闺密。

徐唯然是胡可媛的同桌。

秦晗有些不解:"他不去和男生们打篮球,怎么总跟着你?"

胡可媛没说出来,徐唯然的原话是,"可媛,你帮着撮合我和秦晗,我请你吃饭"。

胡可媛也没说,她想要的只不过是吃饭的机会。

电话里的人稍稍沉默一瞬,若无其事地笑着:"谁知道他。"

约去图书馆的活动变成了三人行。秦晗家住的小区比较远,出门前打电话给妈妈报备,秦母特地叮嘱,说是家里司机不在,坐公交车比打车安全些。

走出小区,秦晗在门口公交站的树荫下等了一会儿,才坐上公交车。

车上人不多,她拿着手机翻看高中群里的聊天记录。

只是一上午没看,群里多了六百多条聊天记录。

毕业是一件很神奇的事情。明明高中三年里班上的同学都是分帮结伙的,不见有多团结,毕业之后却突然亲得像一家人似的,无话不说。

群里有几个男生最为活跃。

秦晗和他们不熟。他们是常坐在班里最后一排的男生,经常逃课,被抓后在班会或者周一升旗的时候念检讨,然后死不悔改,下次继续逃。

一个男生在群里分享了网址,好像是一部什么电影。

男生继续发了一条信息——

"直接看第四十分钟。"

一条一条消息从屏幕里冒出来,震得秦晗手发麻。

天上的乌云越来越沉,天幕都被压得矮了一层似的。

公交车报站——

"前方到站,遥南斜街。"

她的目光还停留在对话框里,没听清报站,还以为是图书馆在的"遥北大街"到了,蹦蹦跳跳地跳下公交车。

抬眸才发现,面前的景色是全然陌生的。

稍显老旧的街道,街口黑色的小土狗摇着尾巴追着低飞的蜻蜓。

第一家门市是理发店,窗户上贴着烫了泡面头的女人的海报,红、蓝、白配色的圆柱形灯正转得起劲儿。

立在街口的石碑上刻着字——

遥南斜街。

这条街和秦晗生活的区域差别很大。

乌云密布的天连接着矮房子,她像是闯进了另一个时空。

天色沉沉,一颗雨滴砸在秦晗鼻尖上。

闷了良久的云层终于不堪重负,洒下雨水。

秦晗来不及多想,埋头跑进街口,跑过几间店铺,只有一家关着门的店铺有那种宽大的屋檐。

她躲到屋檐下。雨丝密密麻麻,空气里很快弥漫起泥土和青草混合的味道。

胡可媛打过电话来问秦晗到哪儿了。

秦晗说自己下错了公交站,现在在遥南斜街。

"遥南斜街是哪儿?"胡可媛听上去有些迷茫。

秦晗说:"等雨小一些,我再打车过去吧。"

胡可媛语气里有一种奇怪的轻松感,轻声说:"不急,我们在奶茶店等你。"

我们?

对了,还有徐唯然。

挂断电话,秦晗反应了一会儿才后知后觉,隐约感觉胡可媛对徐唯然的态度不太一样。

雨幕蒙蒙，放眼看去，整条街都淹没在其中，像有什么妖怪要出现似的。

雨势不减，也不见出租车经过。

秦晗百无聊赖地拿出手机，翻出班级群里发的电影，直接快进到第四十分钟。

电影名字看着挺文艺的。

不知道第四十分钟有什么，让群里的男生们那么兴奋。

网络不算好，屏幕上黑黑的，只剩下一个小圈圈时不时转一下。

电影也看不成。

秦晗身后靠着的是一扇玻璃窗。

大概是贴了什么东西，窗外看不见里面，只能映出她自己的面容——梳着利落的马尾，眼睛很亮。

只不过高考之后这几天她经常熬夜，下睫毛遮着的眼睑显出淡淡的粉色，看起来有些无辜。

秦晗对着窗子，把被雨水打乱在额前的碎发拨开，露出光洁的额头和自然的弯眉。

秦晗盯着窗子，雨水打湿的碎发被她用拇指和食指揪着分成三绺，搭在额前。

像三毛。

秦晗像是找到了消磨时间的方法，幼稚地对着窗子做了好多傻动作。

在秦晗用食指按着自己鼻尖，小声唱着"我们一起学猪叫，一起哼哼哼哼哼"时，窗子里面传出一点微小的声音，但被雨声淹没，她没听见。

秦晗的猪叫声才刚散在雨幕中，面前的窗子被从里面拉开。

秦晗最先注意到的是一只手——干净修长又骨节分明，很适合弹钢琴。

这只手拿着一种她不认识的工具——像一把小型手枪、豪华的圆规，或者装修用的什么工具。

她把目光从陌生的工具上收回来，抬了抬睫毛，视线撞到一双幽深的眸子。

站在窗子里的，是一个男人。

利落的黑色短发，样式简单的纯黑色短袖。

男人戴着黑色口罩，站在阴天光线不明朗的室内，看不清样子。

黑衣服、黑口罩这种打扮，很常见。

秦晗的高中里有很多这样的男生，他们趁午休脱掉校服，穿着黑色短袖去球场打球，回来时满头大汗还要戴上黑色的口罩。

神情嘚瑟、故意装帅的那种。

但面前的男人不一样，他那双眼睛清浅地扫过来时，仿佛时光都被拉得悠长。

簌簌不断的雨声，变得缓慢起来。

他看着秦晗，眼里露出些类似于调侃的笑意。

秦晗蓦地反应过来——

刚才窗子里是有人的！

那她刚才做的那些动作……

岂不是都被他看见了？

连……连猪叫声都……

秦晗的脸皮瞬间烧起来，她几乎是条件反射地向后仰身，想躲开尴尬的气氛。

后脑勺传来屋檐落雨浸湿发丝的冰凉感，她才又缩回屋檐下。

偏赶上这时候，似乎卡了一个世纪之久的手机突然出声了。

是一种类似于布料摩挲的轻响。

秦晗可太需要其他事情转移注意力了，她匆忙把视线落在手机上。

……还不如不看。

屏幕的画面里，男主角蹲在女主角面前，替她脱掉牛仔裤。

然后这俩人滚到床上。

秦晗震惊了。

这是什么玩意儿？

这也……这也太色情了！

站在窗里的男人笑了，他的轻笑声闷在口罩里，又混合着雨声，听不真切。

但秦晗这种高中刚毕业的小姑娘，被他这么一笑，尴尬得恨不得找个地缝钻进去。

手机里的画面越来越不可描述。

敞开的窗子里隐约传来淡淡的清香，像竹林的味道。

秦晗第一次这么慌张，慌到不知所措。

面前是不愿面对的尴尬，身后是滂沱大雨，简直进退两难。

男人挂在窗台上的手缓缓抬起，把秦晗的手机屏倒扣过去，又蜷起食指，轻轻在木纹窗台上敲了两下。

他挺体贴似的开口："需要我帮你关掉？"

2

秦晗尴尬得发怔，犹犹豫豫地张开唇，还没等说话，看见男人拿起手机。

他退出电影，又把手机递到她面前。

电影里那些暧昧的声音停了下来，秦晗还陷在尴尬里，只捏着手机一角接过来，讷讷地说了声"谢谢"。

声音小得和蚊子声差不多。

男人的眉梢有些扬起，显然不觉得这有什么好道谢的。

秦晗的脸还是烫的，她有些怕这个男人会过于热情地邀请她进去躲雨。

刚经历过这样的事情,她实在是没有勇气和这个很淡定的男人待在一个空间里。

出于逃避的心理,秦晗转了个身,背对窗口。

在她转身的同时,余光瞄见窗子里的男人垂下眼睑。

他好像也并没准备再和秦晗说什么。

秦晗没再靠着窗台,她略显僵硬地站在屋檐下,盯着不断下落的雨滴,心里不住地琢磨——

好像他并没看见她之前犯傻的那些动作,也没听到她欢快的猪叫。

也许推开窗子只是无意的?

如果没有听到看到……

那就没什么可尴尬的了!

这么想着,秦晗偏头,偷偷看了男人一眼。

他个子很高,垂着眸子正把一只黑色的橡胶手套套在自己手上。

皱皱巴巴的一次性手套包裹住那只修长的手,又被骨节撑开,柔软的橡胶凸显出骨骼的轮廓。

不知道为什么,秦晗忽然觉得他凸起的腕骨,带着一种男人特有的性感。

雨下得很大,砸在地上溅起泥点。秦晗的小白鞋向后挪了些。

为了缓解尴尬,她打破空间里的安静,不太好意思地小声问:"你刚刚开窗子之前,有没有听见什么奇怪的声音?"

"没有。"

看来是没听到?

积压在脑袋里的尴尬感散掉一大半,秦晗暗暗松了一口气。

可惜这口气松到一半,秦晗发现男人眼底又浮现出那种调侃的笑意,她脑中顿时警铃大作。

"没有什么奇怪的声音。"

男人把两只手套都戴好，重新拎起像手枪似的机器，闷在口罩里的声音带着笑意："不过，好像听到有人学猪叫。"

秦晗："！"

他听到了！

尴尬感重新席卷秦晗。恰巧街角出现一辆亮着"空车"字样的出租车，她来不及多想，只想着快点逃离眼前的尴尬。

秦晗猛地抬手，对着出租车招了招。

她挥舞手臂时几乎蹦起来的动作，不知道戳到身后的男人哪根笑神经，她又在雨声中听见他轻浅的笑声。

出租车停在离秦晗几步远的地方，她正要冲进雨里，身后传来一声笑意未消的轻唤："喂。"

秦晗回眸，一把黑色的雨伞从窗口飞出来，被她条件反射地接住。

秦晗愣了愣，再抬头想要道谢时，窗子已经被戴着黑色手套的手关上了。

木质的窗框发出陈旧的声音，"刺啦——"，又被雨声盖过。

等秦晗到图书馆时，雨势还是那么大，像不淹没这座城市不罢休似的。路口站了穿着长款雨衣的交通警察，挥着手疏导拥堵的车辆。

胡可媛和徐唯然在图书馆旁边的奶茶店的玻璃窗里，对着秦晗招手。

秦晗现在十分不适应和人隔着窗子对话，连忙从出租车上下来，手里那把黑色的伞并没被撑起来。

她往图书馆的方向跑，徐唯然却突然举着伞跑出来，把一大半都遮在秦晗头顶上，略带殷勤地问："秦晗秦晗，你想喝什么奶茶？"

秦晗和徐唯然并不熟，她只顾低头跑，随口回他："不喝啦！你们等我这么久，直接去图书馆里面吧。"

市图书馆是不允许把饮品带进去的。

秦晗和徐唯然跑进图书馆大楼，胡可媛不动声色地看了一眼徐唯然淋湿的肩膀，才迎过去挎着秦晗手臂，笑着问："怎么还下错公交站了？"

"光顾着看手机了呗。让你们久等啦。"

胡可媛注意到秦晗怀里的雨伞,帮她把潮湿的碎发捋到一旁:"你不是带着雨伞吗,怎么不打?头发都湿了。"

秦晗和胡可媛高中三年里关系一直很好,几乎无话不谈。她叹了一声:"别提了,今天丢脸死了。"

三个人走在图书馆里,秦晗怕打扰看书的人,只好压低声音,把在遥南斜街遇到的事情说了一遍,顺便愤愤地吐槽了高中群里带颜色的小电影。

秦晗耳郭有些泛红,和胡可媛耳语:"你千万别看,特别色情。"

图书馆里立着一排排浅木色的书架,整齐罗列在其中的书籍散发出油墨的味道。

胡可媛忽然问:"那个男人帅吗?"

"谁?"

"你今天遇到的那个男人呀,帅吗?"

这种问题秦晗经常被问到。

好像无论她去哪儿,无论遇见谁,胡可媛都会问一问:"帅吗?""有没有遇到帅哥?""有多帅?"

"挺帅的。"

虽然她只看见了他半张脸。

秦晗说完,胡可媛并没有像平时那样笑着和她聊起来,而是稍稍提高一点声音,说:"你不会又一见钟情了吧?"

秦晗一愣,脚步慢下来。

一直走在秦晗和胡可媛身后的徐唯然也凑过来,问:"什么一见钟情?"

胡可媛露出秦晗熟悉的亲昵劲儿,笑着说:"秦晗以前遇见过一个小哥哥,念念不忘很多年了。是不是,秦晗?"

011

秦晗眉心轻轻蹙起来，却听见胡可媛还在说："这次她可能又要一见钟情了。"

图书馆里很安静，三个人所处的历史书籍区域没什么人，几张阅读桌都是空的，只有窗外的雨不断拍打在玻璃上的声音。

秦晗忽然有些烦躁。

徐唯然看上去有些诧异，不知道他在诧异些什么。

胡可媛还在继续，挂着笑脸，很熟稔地对秦晗说："秦晗，说说嘛，今天遇见的男人帅，还是以前的小哥哥帅？"

这些话题在私下她们也会聊。

但没有必要当着其他人的面聊。

无论她是不是在说一见钟情这种事，也没必要用一种"她不是在一见钟情，就是在一见钟情的路上"的语气来聊。

好像闺密间的小秘密，突然被摊开了晒在太阳下面，令人不舒服。

秦晗的目光在胡可媛的笑脸上定了片刻，淡淡开口："我去那边看看历史书。"

说完，秦晗头也不回地向后面的历史书架走去。

隐约间还能听见胡可媛笑着对徐唯然说："真拿秦晗没办法，明明是来看小说的，又变成学习了。走走走，我们去看漫画吧。"

秦晗站在一排历史类书籍前，侧头，看见胡可媛走在徐唯然身旁。

在徐唯然看不见的地方，胡可媛小心地抚平了裙摆上的一道小褶子，又理了理刘海儿。

胡可媛今天还涂了唇彩。

高中三年，她们两个整天凑在一起，连老师都说秦晗和胡可媛像是连体婴儿。

是什么时候开始，她们之间的友谊里掺杂了其他东西？

面前的书籍像是长久没有人翻阅过，迎着图书馆的灯光，能看清立着的书上面落着细小的尘埃。

秦晗本来是奔着小说来的，没打算在高考完的暑假看什么历史书，可小说区域在漫画区域旁边，她现在并不想去和胡可媛说话，便兴致不高地选了一本很厚的历史书。

书很沉，秦晗抱着它坐在旁边的阅读桌边，随便翻着。

印了彩色插画的历史书，很有质感的铜版纸从秦晗指尖滑过。翻到一幅宝剑的插图时，秦晗稍作停顿。

插图的背景很昏暗，像是中世纪油画的色调，褐色混杂着古铜色，看着有些压抑。

画面里有一柄宝剑，和背景形成鲜明的对比；雕花剑鞘里露出的一截剑身亮且锋利，透着寒光。

秦晗忽然想起上出租车前的场景——

老旧的遥南斜街，在雨幕的冲刷下也不见一点新意，砖瓦都是灰蒙蒙的。

只有她躲雨的那家店挂着的米白色牌匾一尘不染，写着锋发韵流的草书。也不写店是做什么的，牌匾上只一个字——氧。

那个男人站在遥南斜街的窗口，就像锋利的宝剑嵌在棕褐色的背景色里。

他丢给秦晗的雨伞正放在图书馆的阅读桌上，伞柄的漆有些脱落。

秦晗想，尴尬是尴尬，但等雨停，她也应该再去一次遥南斜街，把伞送还给他。

3

从图书馆回家的路上，秦晗也没像以前一样和胡可媛凑在一起聊个不停。

高中三年的友谊忽然变得像隔着一层磨砂玻璃，让人看不真切。

秦晗还记得和胡可媛说起那次"一见钟情"时，是高一。

她那会儿和胡可媛是前后桌,午休时男生们闲不住,跑出去打篮球。她们俩一起从洗手间回来,干脆坐在一桌,用天蓝色窗帘挡住正午明晃晃的太阳,趴在桌上又凑得很近,小声地说着悄悄话。

那是秦晗第一次和别人说起那段经历,在那之前她只在日记本里写过。

"是很多年前了。"

秦晗清了清嗓子,有些郑重其事,也有些小孩子硬要装深情的那种装模作样。

她只是开了个头,胡可媛就笑了:"秦晗,你像个小老太太。"

"先别说话,小老太太要给你讲情史了。"

"哈哈哈,那你快说!我绝不打断!"

胡可媛还在嘴边做了个拉拉链的动作,示意秦晗,自己已经调成静音模式了。

那是秦晗初中时,学校组织去地质博物院参观。

秦晗她们班的大巴车被堵在十字路口,车窗外是一个公园,草坪旁插着 B 市很有名的师范大学的彩色旗子,不知道在举行什么活动。

连着几个路口,司机把刹车踩得都挺急,秦晗有些晕车。

班主任不在车上,后座的两个男生互相问候对方祖宗,又互相称自己是对方的爸爸,抢着一个手机打游戏。

前座也是两个男生,正在和坐在秦晗身边的小胖子大声争论哪个篮球明星最牛。

车上太嘈杂,秦晗越来越难受。

她把大巴车上的窗子推开透气。

风里有刚割过草坪的清香,远处传来一阵张扬的大笑声,秦晗下意识看过去,看见几个年轻的小哥哥穿着白色运动服。

阳光照在白色衣料上,有些晃眼。

其中一个小哥哥特别惹眼。他很高,运动服袖子卷在手肘,露出肌肉线条流畅的小臂，正动作舒展地把手里的箭投掷出去。

箭一脱手，他悬在空中的手变成"1"的手势。

他好像把握十足。

箭尾是浅色羽毛。箭在空气中划出漂亮的弧度，随后不偏不倚，落进几米开外的木桶里。

他周围有人呐喊，也有人吹口哨。那个小哥哥一点也不知道"低调"两个字怎么写，随手撩了一下刘海儿，笑着说："随便扔扔。"

阳光灿烂，他在阳光下笑。

他笑时，秦晗忽然觉得自己对不起语文老师，她想不起任何能够形容他的词语。

和胡可媛讲的时候，她心里想——

那大概是一种只属于少年的意气风发，惊艳了那年闷热夏天因为晕车趴在大巴车窗口的自己。

那时候她想，等她长大就找这样的男朋友。

其实小哥哥的长相她已经记不清了，"一见钟情"也只不过是戏称，但和胡可媛讲起这件事那天的心情倒是很清晰。

秦晗是真的把胡可媛当成好闺密，才会把那种不大好意思和别人说的少女心事讲出来，坦坦荡荡地说出自己春心萌动的时刻。

"我还挺希望车子多堵一会儿的，可惜只过了两个红灯，大巴车就开走了。"

秦晗抱着几本从图书馆借来的书回家，把书放在书桌上。

分别的时候胡可媛和她说"拜拜"，她也只是恹恹地摆了摆手。

隔天，B市是个大晴天。一缕阳光打在书桌上，上面摊开着那本很厚的历史书，插图里的宝剑被阳光晃出一个光点。

秦晗准备去遥南斜街还伞。

临出门，胡可媛打来电话。

她在电话里沉默了两秒，突然道歉："对不起嘛，秦晗。"

秦晗也有些沉默，她不擅长吵架。

她是那种生活在幸福家庭里的乖乖女。

初中有一次，一道题怎么都算不出答案上的结果，秦晗闷头算了一节课。下课时前座的同学说："别算了，肯定是答案错了。"

秦晗感到非常诧异："试卷上的答案怎么会错？"

老师是对的，书本不会错，她到上高中时甚至都还是这种思维，青春期的叛逆她也没有过。

因为不谙世事，她的脾气也好得出奇。

"秦晗，你昨天是不是生我的气了？对不起嘛，我真的错了，不该当着徐唯然的面聊那些的。"

胡可媛的语气很软，秦晗也不是那种咄咄逼人的姑娘，沉默一会儿，心软了："算了，也没什么。"

胡可媛欢快起来："那一会儿我们去吃甜点吧，体育路有一家千层蛋糕特别好吃，还有猫可以撸，是加菲猫和美短。"

"我要出去一趟，下午再约吧。"

"去哪儿呀，你奶奶家吗？"

如果在以前，秦晗一定老老实实说自己是去遥南斜街还雨伞，但她没有，有种无形的隔阂横亘在其中。

秦晗只说："不是。"

胡可媛没再问秦晗准备去哪儿，笑着再三嘱咐她下午一起去吃甜点。

秦晗再到遥南斜街时，感觉自己像走错了地方。

和昨天乌云密布下的安静街道完全不同——

街口的石碑旁，有几个老人坐在树下搭了棋局。木质的象棋敦实，砸在棋盘上发出清脆的声音。老人中气十足："将军！"

不远处有一个摊位，挂着硬纸板做的牌匾——冰镇乌梅汁。

理发店敞开的窗子里，理发师正用传统的剃刀给人刮胡子。

也有人拎着装了蔬菜的布袋走过，不知道是谁用老式收音机放着戏曲。

这条街有种和秦晗认知里不一样的热闹,像是坐落在城市车水马龙和高楼耸立间的桃花源。

只不过这个桃花源,路修得不怎么好。

昨天下过雨后到处都是积水的坑洼和淤泥,一个老奶奶推着装了绿植和花卉的推车,车轮陷在水坑里,拉了几下,车子都没前进一点。

老人放下推车扶手,蹒跚着走到前面去拉车沿,车轮稍稍动了动,可仍然没从水坑里出来。

秦晗跑过去,把手搭在车沿上,用力推:"我帮您吧。"

她准备帮忙之前还没觉得车子这么沉,可推车上摆满了花盆,塑料花盆里种着大大小小的各种植物。

秦晗几乎用了全身的力气,白色运动鞋把地面都踩出一堆泥了,车子动都没动。

"哎哟,谢谢你呀,小姑娘。不过你这么瘦,哪有力气哟,还是我自己来吧。"老奶奶笑着说。

"您别急,我再试试。"

秦晗把手里的雨伞塞进单肩包里,又把单肩包往身后一扯,深深吸了一口气,用力往前推。

身后不知道什么时候多了一个高大的身影。

男人戴着黑色的一次性手套,不动声色地握住推车扶手,用力一推。

秦晗也是在这个时候用力的。

没费什么劲,车子就被从水坑里推了出来。

秦晗并没意识到有人在身后帮了她一把,还愣神看了一眼自己的手掌。

"还是年轻人有力气,我是老喽。"

老奶奶笑着道谢:"谢谢你们。"

秦晗这才回神。

谢谢你们？

你们？

她有些纳闷地回眸，这才看见站在她身后的人。

男人还是昨天那身打扮——黑色短袖，戴着黑口罩——个子很高。

他站在初夏临近正午的阳光下，垂了眼看向秦晗，略显意外地扬了扬眉梢："哦，是你。"

卖花的奶奶很热情，非要送给秦晗他们一人一盆小绿植："随便挑，都是我自己种的，好养活得很。这几种是多肉，你们年轻小孩儿是不是都喜欢这个？"

秦晗有些不好意思，连连摆手："不用了，奶奶……"

"嫌弃我老太太的花不好？"

"不是的！"

秦晗有些着急，直觉身后的男人应该比她更擅长应对这种场景，眼里略带求救地去看他，还伸手戳了一下他的手背。

这人明明看懂了她的意思，却不轻不重地发出鼻音："嗯？"

秦晗看着他，急得几乎要跳起来。

男人轻笑了一声，才挺熟稔地和老人说："不是还要赶着去出集市？耽搁久了，好地方都让人占了。"

"那也要谢谢人家小姑娘的嘛。"

老人明显是和男人认识："你就算了，得让小姑娘挑一盆花，也算是我的心意。"

男人冲着推车扬了扬下巴："挑吧，老太太犟得很，你不挑她不会走的。"

秦晗的眼睛在花盆间快速扫了一圈：老人的植物养得真的不错，都是绿油油的。她选了一盆，拿起来，轻松地笑了笑："我喜欢这个。"

"换一个吧，这个不好的。"老奶奶说。

"不用啦，我真的很喜欢这个。"

那是唯一一盆不太美的。

拇指大的小仙人掌，不知道是不是被什么东西砸过，顶端椭圆形的茎干有些裂了，结了浅棕色的疤。

这种有伤的盆栽卖相不好，多半只能用来送给顾客。

没想到她会选这样一盆，连身旁双手插在裤兜里的男人都偏头，多看了秦晗一眼。

老人走后，秦晗捧着仙人掌的塑料花盆，另一只手把雨伞拿出来，递过去："昨天谢谢你的伞和屋檐。"

男人接过雨伞，淡淡道："客气了。"

秦晗看着手里的仙人掌，觉得受之有愧。

明明出力帮忙的是身旁的男人，她却骗得一盆小仙人掌。

这么想着，她耳郭又有些泛红，把花盆举到他面前："这个仙人掌……"

"送你的你就拿着。"

前面不远处就是那家叫"氧"的店。眼看着他迈着步子要回店里，秦晗有些急，又不知道怎么称呼他。

她蓦地想起那本历史书里的插图，脱口而出："剑！"

男人停下脚步，笑得有些情绪莫测："我？贱？"

4

秦晗没想到自己能闹这么大个误会，又不知道该怎么解释。

肯定是不能告诉人家说，她在图书馆的历史书籍里看见了一幅插图，觉得他像那把蕴藏在昏暗画面里的利剑。

说出来觉得傻唧唧的。

又好像总惦记着人家似的。

秦晗抱着小仙人掌，支吾着解释："那我也不知道你叫什么名字，怎么称呼你?"

"张郁青。"

"弓长'张'吗?"

"嗯。"

"玉石的'玉'?"

"……有耳'郁'。"

"哦,那'qing'呢?'qing'是哪个'qing'?"

"……"

走在前面的张郁青停住脚步,回眸看向秦晗,有些不可思议。

他很少遇见这样的人——在未知以后是否会有交集的情况下,她居然要这样认真地逐字问清楚名字里的每一个字。

这可能是乖学生的通病——

做什么都比别人要认真些。

秦晗穿了海军服样式的短袖,牛仔短裤,梳着吊高的马尾辫。

白净的小脸不施粉黛,几根碎发扫在眉梢。她这种自然的弯眉比那些韩式、日式半永久的好看太多了。

她长得挺机灵,不过真说起话来,就知道是个没心机的傻姑娘。

张郁青收回目光。

也是,看着年纪不大。

估计是个初中生,能有什么心机。

秦晗不知道张郁青心里已经把她降级成初中生了,还笑得很灿烂,继续猜测:"是倾城的'倾',还是轻轻的'轻'?"

"青色的'青'。"

"张郁青。"

秦晗小声把这名字重复一遍,笑着说:"你的名字好特别呀。"

张郁青没说话。但秦晗觉得知道了名字就不算是陌生人了,昨天那点尴尬也烟消云散。

她捧着小仙人掌蹦蹦跳跳着，单肩包随着她的动作，弹起来，又轻轻砸落在她纤细的腰侧。

"我叫秦晗，秦始皇的那个'秦'；'晗'就是日字旁加今口'含'的'晗'，天将明的意思。"

她蹦着说完。

下一秒小白鞋就踩进泥坑里，溅起几小滴泥巴。

张郁青："……"

6月的B市已经很热了，栖在树荫里的蝉不住地叫着。

也许是昨天下了一场大雨的缘故，干燥的北方城市此刻有些像川渝，闷热中带着点水汽，闷得人不舒服。

秦晗单腿跳了两下，刚才的灿烂全不见了，像被阳光烤蔫了似的，哭丧着脸："完了，鞋子进水了。"

张郁青很随意地招了招手："店里有拖鞋，你自己用电吹风把鞋子吹干。"

其实秦晗是很不好意思再麻烦人家的。

毕竟昨天才认识，又是让人家帮忙关上不良小电影，又是借屋檐躲雨，又是借伞的，现在还要去人家店里吹鞋子。

但好像也没有什么其他的好办法了。秦晗点点头："张郁青，你真是个好人。"

莫名其妙被发好人卡的张郁青："……啊。"

秦晗跟着张郁青走进他那家店。

看他总是戴着黑色橡胶手套的装扮，秦晗觉得他是搞装修的。

店里面积不大，但很整洁。

白色的瓷砖打理得一尘不染，右手边的窗子旁有一张木质长桌，老式电风扇吹动着桌上的几张画稿。

秦晗又闻到那种类似于竹林的清香。

可能是仗着房顶足够高，硬是在店里隔出一个小二楼，有点

021

LOFT（阁楼）的感觉。

黑色的铁艺楼梯扶手，楼梯旁有画架，上面是画了一半的素描。

秦晗看着桌上的铅笔，有些好奇："你是画家吗？"

"文身师。"

秦晗沉默了片刻。她不是那种八面玲珑的女孩儿，不是任何话题都能聊得风生水起，更何况她对文身这件事根本就不了解。

对于文身，她几乎是陌生的，唯一的印象是高一的时候，课间传闻，学校里一个男生文了身。

某次升旗仪式上，文身的男生被叫到升旗台上读挺长的检讨。

大家对这类讲话都很不耐烦，可那天男生检讨的时候，秦晗倒是明显感觉到周围有人兴奋地讨论。

她那天有点犯困，没仔细听。回教室的时候路过老师办公室，她看见那个男生垂着头站在办公室里，好像被叫了家长。

秦晗那时候很疑惑：文身原来是这么严重的事情吗？

或许非常严重，因为那周的班会，秦晗的班主任还占用半节课的时间，重点说了这件事，再三警告班里的同学不许文身。

于是在秦晗的认知里，文身、抽烟和上网吧都是一样的，是不好的事情。

可是这时候沉默好像又不太好，她憋了半天，才干巴巴地说："……好特别的职业。"

短短几分钟，秦晗说了两次"好特别"。

但张郁青听得出来，说他职业特别时，这姑娘并没有说他名字特别时那么走心。

秦晗认知里的文身师，也不是张郁青这样的。

她悄悄去看张郁青的手臂，干干净净，一点花纹都没有。

脖子上也是干净的冷白肌肤，只有喉结凸出。

"看什么呢？"

秦晗一惊，匆忙从他的喉结上收回视线："看你有没有文身。"

"有。"

"没有呀。"

秦晗又看了张郁青两眼："我没看见。"

张郁青说："在你看不见的地方。"

秦晗这才反应过来。

但是看不见的地方……

秦晗的眼睛往张郁青那件黑色短袖上扫了一圈，又去看他的牛仔裤，随后就听见一个含笑的声音："往哪儿看呢？"

"我没看！"秦晗矢口否认。

文身店面积就这么大。楼下关着门的文身室里还趴着个花臂文到一半、正在休息的客人。

剩下的空间就是大厅了。

张郁青觉得小姑娘脸皮都这么薄了，可能会不好意思在陌生人面前换鞋子。他没多想，就把人往楼上的卧室带。

都走到卧室门口了，他才觉得不对。

带着一个小姑娘去自己卧室……

好像更不合适？

秦晗不明所以，跟着张郁青上楼时，只顾着留意自己的鞋子。

楼梯上是铺着黑色绒布的，她生怕自己沾满泥水的鞋把人家店里的地面踩脏，每一步都是扶着楼梯扶手单脚悬着走的，近乎单腿蹦。

感觉到张郁青停下，她也停下，探头往前看。

张郁青左侧是一扇褐色的房门，他的手正悬在门把手前。

随后，他略略停顿，然后像是笑了一声，整个人忽然换了个方向，推开右侧的门，扬扬下颌："还是这边吧。"

被推开的是杂物间，看着没有外面的店里整齐，没有窗子，光线也暗一些。

秦晗站在门口，正想着道谢，余光捕捉到室内的陈设，忽然愣住了。

杂物间有一张床。

床看着挺简陋的，木质的床板，连床垫都没有，也没有枕头。

但这床又很复杂，上面支着铁框架，吊着像手铐一样的白色毛圈，还有弹簧样式的东西和黑色的皮绳。

好像能把人吊在床上。

或者，能把人绑在床上。

这张床的存在，让杂物间的昏暗变成了危险的暧昧。

秦晗的目光落在那些不知名的金属部件上，渐渐变得茫然。

她脑子里闪过一堆不怎么好的词汇，还挺大尺度的，甚至想到了"囚禁"。

张郁青正准备去找双拖鞋给秦晗，扭头看见她的表情，不由得挑了挑眉梢。

这小姑娘心里想什么，脸上写得一清二楚。张郁青看了眼杂物间里的东西，轻轻"啧"了一声。

正对着门的墙边是一沓废弃的文身设计稿，最上面的一张是满背的文身设计图。偏巧，看着不太像传统意义上的好人会选择的样式。

设计图上是挺野的那种狮子咆哮图，最像混子喜欢的风格。

关键这图还是张郁青应顾客要求打印出来的效果图，是裸背加文身的。

再看看那张普拉提床，张郁青笑了。

他往秦晗的方向瞥了一眼。

小姑娘的脸已经红了，捏着仙人掌花盆的手也变得用力，能看出她的不安。

张郁青没提醒秦晗这是普拉提床。

他也没给她科普，普拉提和瑜伽差不多。

他靠在门边，饶有兴致地逗她："怎么，觉得我又不是好人了？"

秦晗僵硬地转过身。都不用回答，她眼睛里多了些警惕。

张郁青慢悠悠抬起手，食指一勾，钩下口罩。

他指着自己的脸，调侃着："小姑娘，坏人不长这么帅。"

正说着，楼下传来一点推开门的动静，紧接着是一个女人的声音："青哥，我休息好啦，先回去了啊。"

"嗯。"

是楼下文身室里文花臂的女人，估计是要回去了。

张郁青直起身子，准备往楼下走。

怎么说也是顾客，得稍微送送人家。

临走前，他指了指杂物间："这个，叫普拉提床，正经运动健身器材。"

他又指了指自己："我，正经人，懂了？"

楼下的女人又说话了，扬着调子喊："哎，钱得先结一下吧？之前咱们说好……是多少钱一个小时来着？

"不过青哥的技术是硬，做得一点也不疼，我还睡了一会儿，真的舒服。"

女人像是在边伸懒腰边径自嘀咕，嘀咕完又提高声音："明天下午继续做吗？"

张郁青直觉某个小姑娘的思维又要跑偏。他抬眼，果然看见秦晗猛地看向自己，眼里写着五个大字——你、不、是、好、人。

张郁青："……"

5

对上秦晗惊疑不定的眼神，张郁青有些无奈地扯起嘴角，冲秦晗招手："你来。"

"干什么？"秦晗不怎么情愿地挪了半步。

"站在这儿,看。"

张郁青的食指上钩着他戴过的黑色口罩,很随意地倚靠在黑色铁艺栏杆上。

他对着楼下说了个价钱,又淡淡嘱咐:"回去把保鲜膜拆掉,清洗一下皮肤,尽量用儿童沐浴露,和以前一样。"

"青哥,还是不能吃羊肉串吗?泡温泉能行吗?"

楼下的屋子里走出来一个女人。

女人穿着宽松的黑色短袖,小臂包着保鲜膜。

秦晗很少遇见长得这样艳丽的女人,她还化了浓妆,睫毛浓密得像贴着一片鸦羽。

不过……

她说的"做",原来是做文身啊。

秦晗眨了眨眼。

楼下的女人是顾客,张郁青也没有半分"顾客是上帝"的态度,不咸不淡地回人家:"你说呢?"

女人"喊"了一声,用手机扫了楼下的二维码。

付款后,女人用手机指了指张郁青,发牢骚:"青哥,这也就因为你是这片儿活儿最好的,要不我可不找你做。你可太冷漠了,一点都不热情。"

被说了"不热情"的人一点反应都没有,还是那副淡淡的样子。

秦晗站在张郁青身旁,看着张郁青的侧脸。

他摘掉口罩后,面相看上去更张扬些,哪怕不说话,也有种神采飞扬的嚣张气势。

楼下的女人仰着头,正好看见秦晗,还挺诧异:"你妹妹今天在啊?"

张郁青看了秦晗一眼:"不是我妹。"

"哎哟,那是小女朋友了?"

女人非常不见外地往楼梯上走了两级,冲着秦晗挥挥手,然后自顾自地笑了:"青哥,你这小女朋友看着好小啊。"

张郁青开口:"她未成年。"

连秦晗这么迟钝的人都听出来了,张郁青是在告诉花臂女人,她未成年,不是他女朋友。

可花臂女人反应了两秒,撇着嘴评价:"那你这,也太畜生了吧?"

张郁青可能懒得和她废话了,下巴指向门口:"走。"

"行吧,不打扰你们了。拜拜,小美女。"女人回头冲着秦晗来了个飞吻。

女人走后,室内重新安静下来。

张郁青也没计较刚才秦晗误会他时防备的眼神,只把拖鞋和吹风机找出来给她,自己下楼了。

秦晗拿起吹风机,发现他居然还找了一双没拆封的女士袜子给她。

秦晗在杂物间里吹干鞋子,换上张郁青拿过来的新袜子,有些不好意思地站到楼下不算宽敞的大厅里。

张郁青腿上放了个木质画夹,正拿着铅笔不知道在画什么。

阳光从窗口洒进来,落了一些光线在他手上,晃得他的指尖像透光的玉石。

秦晗套在拖鞋里的脚趾动了动,略显局促地试探着开口:"谢谢你,袜子……我会还给你的。"

"袜子不用还。"

张郁青在阳光里偏过头,眼里明显噙了些调侃的笑意,用铅笔敲着画板问秦晗:"说说,我是好人不?"

秦晗用力点头:"是!"

张郁青满意地笑了笑。

秦晗刚才在楼上悄悄用手机查过了普拉提床,那个看着很一言难尽的床,居然真的像张郁青说的那样,是正正经经的运动器材。

她觉得自己当时那么防备地看着人家的举动实在太不礼貌。

她想为刚才误会他的事情道歉，又碍着面子不好意思直说。

秦晗想了想，只能委婉地提起，肯定了那组运动器材的身份："楼上的普拉提床是你的吗？"

"不是，以前的商户留下来的，放那儿没动过。"

"哦。"

秦晗这两天受他帮忙的次数太多，身上又实在没什么可以送给张郁青做谢礼的东西。

在楼上查普拉提床的时候，她也偷偷查过周边，可惜附近连一家卖奶茶或者冷饮的外卖店都没有，只有一家烧烤店挂了"外卖可送"的标志。

可那也不能买一堆烧烤送过来吧？

秦晗现在穷得还不如小王子。

小王子好歹还有猴面包树和一朵玫瑰，她只有一盆有点丑萌的仙人掌。

早知道这样，刚才就应该在老奶奶那里多买一盆漂亮的植物送给张郁青，还能让老奶奶赚一份钱。

刚才怎么就没想到呢？

"那……这个仙人掌送给你吧……"

秦晗说这句话的时候，气势弱得像上学时候突然被老师点名起来回答问题似的。她也知道自己这份谢礼有些寒酸，越说声音越小。

张郁青也看出来了，这姑娘要是不留下点什么，她不安心。

他存心逗人，转着笔："不是因为嫌弃它丑？"

秦晗当即瞪大眼睛，一副想解释又解释不清楚的样子，急得几乎跺脚："当然不是，我就是……"

"知道，谢了，你这小仙人掌我看着还挺顺眼的。"

"应该……应该是我谢你的。"

正说着，秦晗放在包里的手机响了起来。

秦晗拿出手机,看到是一个陌生号码,很礼貌地接起来:"您好,请问您是哪位?"

在安静的环境接电话,手机里的声音会显得格外大。

秦晗听见徐唯然的声音:"秦晗秦晗,是我,徐唯然!"

"……你怎么知道我的电话?"

"胡可媛给我的。哎,我还记错了,刚才打到176×××12300去了,被人家骂了一顿。你电话是176×××00123吧?这么好记我居然还记错了,真是的。"

说着自怨的话,徐唯然的声音却很欢快:"你在哪儿呢?我去接你吧,下午一起玩啊。"

秦晗来遥南斜街之前,确实是和胡可媛约好了去吃甜点的。

难道徐唯然又要跟着她们一起?

"可媛呢?"

"我先去接你,然后咱们一起去接她呗。你现在在哪儿?"

"遥南斜街。"

徐唯然可能是在和他家司机说地址,说完又对秦晗说:"知道了,你等我啊,十来分钟就到。"

"嗯。"

"秦晗秦晗,你喝不喝奶茶?"

"不用了,谢谢。"

"那鲜榨果汁呢?喝不喝?加冰的。"

"……真的不用,谢谢你。"

"那行吧,一会儿见面再说。"

"嗯。"

秦晗挂断电话,一抬头,对上张郁青的目光。

这人刚才还逗她呢,这会儿倒是把画板一收,立在腿上,顶着下巴。

他用一副长辈的严肃样，开口："早恋？"

秦晗很茫然："啊？"

张郁青问："你上初几？有十五岁吗？"

秦晗本来还沉浸在"他说谁早恋，我吗？我怎么就早恋了？"的疑惑中，猛然听见张郁青问她上初几，顿时就不开心了。

她好歹也有一米六五的身高呢！

"我都高中毕业了！"

"啊，那恋吧，不算太早。"

秦晗感到耳朵烫了一下，也没想到去反驳他多管闲事，反而解释起来："不是，徐唯然只是朋友的朋友。"

张郁青扯了扯嘴角，没说话。

朋友的朋友？

对你比对你朋友还上心啊，小朋友？

秦晗坐在桌子边等徐唯然，无意间看见桌上的一堆文身设计草图，最上面的那张，是刚走的那个明艳女人的花臂设计图。

设计图上画的是一个国风化的女人，很美，长发披肩，穿着烦琐的古装衣裙。

本来秦晗以为是什么漫画里的人物，结果看见这张设计图底下，压了一张照片。

秦晗拿起照片愣了愣。照片上是一个女人，穿着古装服饰的女人。

是那种影楼里照的艺术照，只不过看着年代有些久。照片的清晰度也不高，只能看出女人长得很美。

文身图案居然是依照真人照片改做的。

照片后面写着一段话——

  设计要求：这就是我老妈生前的照片，给我整个漂亮点的花臂。最近我值班，总走夜路，想让老妈陪我，给我勇气。

秦晗很诧异,看着照片有几秒钟都没说出来话。

以前在她眼里,文身是没有意义的,是一件不好的事情,只有社会青年或者不良青年才会文身。

但刚才那个女人文身的理由……

"她妈妈……"

张郁青闻声扭头,看见秦晗手里的照片。

他起身走到秦晗面前,手拄着桌边,用另一只手把照片拿过来,重新放好:"去世很多年了,车祸走的。"

秦晗抿了抿唇,没说话。

秦晗这种小姑娘,生活顺风顺水。

她家庭幸福,性格又乖,成绩也算是好的,连老师也没批评过她几回,属于没经历过任何挫折的那种人。

到昨天为止,她经历过的最无措的事,就是站在雨幕下的屋檐下,对着里边有人的窗子学了猪叫。

忽然听闻别人的不幸,秦晗也有些受感染,情绪低落下去。

张郁青看了她一眼,小姑娘蔫巴巴地垂着眼,看着照片出神。

"糟了啊。"

"啊?"秦晗愣愣地抬头。

张郁青敲了敲桌面,把食指放在唇边,比了个噤声的动作。

他笑着说:"这是客人们的隐私,不可说,你记得保密。"

秦晗的注意力被转移,赶紧点头,郑重保证:"我不会告诉别人的。"

张郁青这间文身工作室没有空调,只有一个很老旧的电风扇,慢悠悠地摇着头吹动空气。

可能是天气太闷,吹过来的风都像是温的,有些热。

窗外停了一辆锃亮的黑色奔驰,一个男生从奔驰车窗里探出头来:"秦晗!"

秦晗应声回头,看见徐唯然正咧着嘴冲她挥手。

该走了。

秦晗把拖鞋换下来,整整齐齐地摆在一旁。她那只白色的运动鞋被吹干了,可上面的网面还是沾了泥痕,显得不太干净。

她单脚蹦着把鞋提好,又拿起手机:"张郁青,我要走啦。"

"慢走不送。"

秦晗低头看了眼自己的脚踝,鞋边露出粉色袜子。她声音小了些:"谢谢你的袜子。"

"秦晗,走呀,咱们去接胡可媛。"徐唯然从门口探出头。

秦晗最后冲着张郁青摆了摆手,然后走出去。走在她身边的徐唯然突然回头,看向张郁青。

张郁青懒散地靠在椅子里,注意到徐唯然不友好的目光,他扯了扯唇角。

小屁孩儿。

6

秦晗钻进徐唯然家的车子,车里过分凉的空调风让她轻轻搓了下胳膊。

关车门时,秦晗往店里看去,张郁青还坐在那张椅子里,已经垂了头继续画他的画稿了。

秦晗放在升降车窗按钮上的食指蜷回手心里。她原本打算和张郁青再摆摆手告别的,但看他那样子,好像她来或者走都无所谓似的。

秦晗忽然有种错觉,好像她根本就没有走进过张郁青的文身店。

这么想着,她低下头,看见白色运动鞋边露出来的粉色袜子。

哦,那还是去过的。

毕竟她还穿着人家给她的袜子。

不过张郁青为什么会有女士袜子?

是女朋友的吗?

等她再抬眼去看车窗外时,遥南斜街已经是模糊的影子了,被阳光晃得像是城市边缘的幻影。

徐唯然不知道从哪儿摸出一堆零食来,整个人扭着回身:"秦晗秦晗,你吃这个吗?这巧克力挺好吃的,是里面有软夹心的那种。"

秦晗摇了摇头。

"你要是怕胖,还有别的。坚果你吃不吃?"

"不用了,谢谢。"

"哎,我不是说你胖啊,你挺瘦了,不用减肥。"

徐唯然挠了挠头发,从副驾驶位置上伸长胳膊,把怀里的零食一样一样拿出来,都往后座上堆:"还有这个,这个果冻也好吃,我姐就总吃这种果冻,白桃味的,还有草莓味的。"

秦晗摆摆手,很礼貌地笑着回答:"我真的不吃啦。一会儿不是还要吃甜点?会吃不下去的。"

"哦,那也行,那你别吃了,听说那家甜点店不错,留着肚子吃甜点吧。"

徐唯然安静了不到半分钟,又扭过头来:"哎,秦晗,咱们好歹也是三年的高中同学,加个微信吧,我都没有你的微信呢。"

秦晗很乖。虽然上高中时学校说不让用手机,但大多数人都会把手机偷偷带到学校。可她就是整整三年,从来没把手机带到过教室里。

手机还是爸妈主动买给她的,每年都买新的,可她都没怎么用过。

微信上的好友除了家里人,就只有胡可媛。

在她的逻辑里,她和徐唯然并不熟,徐唯然是胡可媛的朋友。

于是秦晗老老实实地回答他:"我们不是有班级群吗?可媛也有我微信的,找她就能找到我。"

"哦。"正准备把自己的二维码找出来的徐唯然停住动作,转回去靠在座椅里,后半程都没再多说话。

033

车子驶进胡可媛家的小区。可能是天气太热，小区里也没有什么人，一眼就能看见站在楼下等着的胡可媛。

她穿着一条白色的小裙子，举着遮阳伞，脸上挂着灿烂的笑容，冲着车子的方向摆了摆手。

徐唯然没像接秦晗时那样热情地探出头去。只有秦晗摇下车窗，招手："可媛。"

有那么一瞬间，秦晗突然敏感地察觉到，胡可媛的脸有一瞬间的僵。

这种敏感秦晗并不常有，她甚至疑心，是不是太阳太晃眼，自己看错了？

但那不是错觉。

那种僵是在隐藏什么样的情绪，秦晗猜不到。她想，一定不会是看见闺密的开心。

胡可媛看见她，并不开心。

胡可媛拉开车门，把堆在后座上的零食往旁边推了推，笑得和平时没什么两样："呀，是谁拿了这么多零食来？"

秦晗今天格外敏感，或者说，她终于走出了某种舒适区。

以前她从来没想过，和家人和朋友在一起，会有什么需要敏感的地方，也从来没意识到说话是一件需要斟酌的事情。

但今天她把到嘴边的话咽了回去。

直觉里，她无论是回答"是徐唯然买的"，还是回答"徐唯然放在这儿的"，都会让车子里的气氛变得更僵。

但徐唯然显然比秦晗更加粗神经。他靠在前面没回头，倒是回答了胡可媛的话："给秦晗的，她不吃，你想吃就吃吧。"

胡可媛沉默了两秒："我不爱吃。"

车上的三个人谁也没再说话，空调风吹得人发冷。秦晗忽然很怀念刚才坐在张郁青店里的时光。

张郁青那间叫"氧"的店，明明连个空调都没有，在这种大夏天，闷热闷热的，却让人感到舒适。

那堆零食就放在后座上。一直到车子拐进秦晗他们目的地的那条街，胡可媛忽然开口："秦晗，给你的，你怎么不吃？"

秦晗突然有些疲惫，耐着性子又说了一遍："不是要去吃甜点吗？吃了零食就吃不进去了。"

"徐唯然，人家秦晗看不上你这些零食，赶紧拿走吧。"

好像从来没有任何一刻像现在这样，胡可媛的声音变得令人讨厌。

比高中时听说班主任要占用体育课，或者是某次典礼上校长没完没了的讲话，更让人不耐烦。

真的很烦。

秦晗深深吸了一口气，压下烦躁。

徐唯然家的司机把车子停在甜品店前面，三个人一起下了车。甜品店的牌匾很可爱，每个字都圆乎乎的。

原本她还很想尝尝千层蛋糕的，现在也变得不期待了。

阳光烘烤着秦晗的手臂，她先一步走进了店里。也不是因为热得受不了，她是想要离开胡可媛和徐唯然同时存在时那种古怪的气氛。

迈进店里，她松了一口气，去拿甜品单。

秦晗不在时，胡可媛扯了扯徐唯然的衣摆，温声问："徐唯然，你为什么不开心呀？"

徐唯然不算高，但也有一米七八。他有些丧气地驼着背趴在桌上："我在车上问秦晗要微信号来着。"

"她……给你了？"

"她说让我找你就行了。唉，连一个微信号她都不愿意给我。"

胡可媛松了一口气："她就是那样的，你想联系秦晗的时候就找我好了，我帮你约她呀。"

桌上摆着一壶赠送的冰柠檬水。徐唯然沉默了半天，突然坐直，拿起玻璃水壶给胡可媛倒了一杯柠檬水,凑近了些:"哎,胡可媛。"

胡可媛的脸颊有些泛红,她轻轻地"嗯"了一声。

"你跟秦晗不是闺密嘛,要不你帮我说说话,让她加我微信?"

胡可媛咬住下唇,没回答他。

甜品店的装潢是明黄色调的,有点像掉进了奶酪里的感觉;空气里有水果和奶油的味道,甜丝丝的。

秦晗拿了甜品单回来,没等走到桌子旁,先感觉到了一种令人窒息的气氛。

秦晗家里从来没有人吵架,她也没见过别人吵架。

学校里有一次男生打架,她从厕所出来恰巧看见,还觉得十分不解。

到底是多大的事情,还能打起来?

她把目光落到甜品单上,上面印了粉色的草莓千层蛋糕,还有夹着杧果块的班戟。秦晗没有食指大动,反而听见心里有一个声音——这大概是她最后一次和胡可媛出来了。

秦晗不是个性格尖锐的姑娘,她轻轻把甜品单放在桌上:"我们今天来尝尝什么呢?"

秦晗的手机响起来,又是陌生电话。秦晗起身:"你们先点,我去接个电话。"

徐唯然马上拿起甜品单,看着秦晗:"你吃什么?我帮你点好。"

"可媛知道我爱吃什么,她帮我点吧。"

秦晗不知道自己为什么突然这么说,好像在6月的甜品店里,她忽然就长大了些。

秦晗走到一旁,接起电话:"您好,请问,您是哪位?"

"张郁青。"

甜品店里很多食客,还放着一首欢快的流行音乐。

秦晗怕自己听不清,手机是紧贴在耳侧的,张郁青的声音清晰地滑入耳道。不知道是不是空调太凉，秦晗突然缩了缩脖颈，好像从耳朵到肩膀都有些紧绷。

张郁青怎么知道她的电话？

她明明没提起过自己的手机号！

可能是因为秦晗的沉默太明显，电话里的张郁青忽然笑了，笑声顺着手机传进秦晗耳朵里。他说："我呢，是个记性还不错的——好人。"

被他这么一笑，秦晗倒是想起来了，之前她在张郁青店里接过徐唯然的电话，徐唯然大嗓门地说了她的手机号，还说他打错过一次。

可能张郁青听到了吧。

可是他打电话来干什么呢？

"你……有什么事吗？"

这话说出来可能像是不耐烦，但秦晗其实不是那个意思，她只是不太会说话。

其实这会儿她非常感谢张郁青能打来这个电话，毕竟她可以借着接电话的借口，短暂逃离开那令人窒息的氛围。

张郁青忽然说："小姑娘，你也太客气了。"

"啊？"

"谢礼有点多啊。"

秦晗被他说得有点蒙，茫然地又想问"啊"，但又觉得连着两次出口这样的字眼，会显得很傻。

她怔了一会儿才开口："不是只有小仙人掌吗？"

"背包。"

秦晗这才想起来，自己去遥南斜街时是背着包包的，走的时候居然只拿了手机。"是我忘了拿，真的不好意思。"

说完，她忽然反应过来，那双换下来的脏袜子，她放哪儿了？

想到这点秦晗有些尴尬。她之前穿的是白色袜子，被泥水染得很

037

脏,还湿着。

好像袜子就被大刺刺地放在二楼的杂物间,忘记带下来,会不会张郁青已经看到了?

好丢脸。

电话里的张郁青又笑了,还是那种调侃的浅笑。

他说:"所以,袜子是送给我的?"

"不是!"

张郁青还在笑:"那行,有空过来拿吧。"

7

可能是因为张郁青这通电话,秦晗的注意力完全放在了她那双袜子上,没再留意胡可媛和徐唯然说了些什么。

她居然把一双穿脏的、还湿答答的袜子留在了张郁青店里。

这事怎么想都觉得好丢脸。

那可是一双袜子啊!

脏袜子!

甜品被端上来,一块被切成三角形的草莓千层蛋糕放在秦晗面前,点缀的草莓上淋了糖浆,亮晶晶的。

秦晗盯着蛋糕,满脑子都是那双脏袜子,放在桌下的脚无意识地踢了两下。

好丢脸。

真的好丢脸。

一直到快要吃完甜点时,徐唯然整个人趴在桌上,问:"秦晗秦晗,下午你想去哪儿玩?"

秦晗看了他一眼,脑子里想的还是"袜子",而且她也并不想和他们出去:"你们去玩吧,我得回家了。"

"哦，那我也不玩了，各回各家得了。"徐唯然说。

胡可媛没说话。秦晗感觉自己听到一声勺子撞击玻璃碗的重响，但脑子里转的依然是"啊，袜子"。

从甜品店里出来，徐唯然先打车走了；秦晗要坐公交车，胡可媛也在公交车站等车。

大下午的太阳烤得人快要融化了，在甜品店里喝冷饮消下去的暑气重新扑面而来。

秦晗安静地站在公交站台的树荫下，胡可媛忽然开口："秦晗，你上午说有事，是和徐唯然一起出去了吗？不是说要去你奶奶家吗？"

"没和徐唯然出去，也没去奶奶家。"

胡可媛冷笑一声："我发现你特别没意思，不喜欢徐唯然还总要吊着他，这样有劲吗？是不是觉得有男生喜欢你特别得意啊？"

秦晗脑子里还想着"袜子"，回过头，很好脾气又莫名其妙地看着胡可媛。

"你装什么糊涂？你不就是这样吗？你明知道他喜欢你！"

看见她那张带着嘲讽的脸，秦晗皱了皱眉，忍着火气："我不知道。"

在此之前，秦晗只觉得徐唯然和胡可媛关系不错，无论胡可媛走到哪儿，徐唯然都要跟着。

但她自己对徐唯然这个人印象很模糊，只有一件事，让她不太愿意接近徐唯然。

好像是高三那年的寒假，徐唯然非要跟着胡可媛和秦晗一起去书店。

他从自己家车里下来时，车里跟下来一只很大的金毛狗。那会儿B市下了一场小雪，狗狗金色的皮毛显得暖融融的，很漂亮。

徐唯然呵斥金毛狗："滚回去！"

金毛狗哈着舌头，执意跟着他。

徐唯然没看见秦晗和胡可媛已经等在街对面的书店里，他抬脚猛地踢了金毛狗一脚，踢在头上。

金毛狗旁边是一个圆柱形的路障，它的头撞在路障上，然后发出可怜的呜呜声，耷拉着头回车里去了。

秦晗就是在那次之后，印象里觉得胡可媛的同桌性格不太好，就对他不冷不热的。

反正又不是她同桌。

胡可媛说徐唯然喜欢她，她一点都没察觉到。

胡可媛还是冷笑着的："得了吧秦晗，你不知道？照毕业照那天他不是还给你买了奶茶吗？只给你一个人买了，你不知道是什么意思吗？你不是也喝得挺开心的？再装就有点过了吧？"

奶茶？

秦晗想了想，依稀记起照毕业照那天的事情。

照毕业照的那天也很热，学校的摄影老师坚持说站在操场上照比在礼堂效果更好，还能把一整座教学楼当背景。

秦晗不高也不矮，挤在中间那排，在大太阳底下热得要命。

好不容易照完，徐唯然举了杯奶茶过来："秦晗，给你的奶茶，加冰的，凉快凉快。"

"谢谢。"

那天秦晗还真接了奶茶，因为徐唯然身后跟着的四五个本班女生都举着奶茶，秦晗还以为是班主任给买的。

毕竟他们班主任大方，经常给学生买西瓜、冰激凌、饮料什么的。

后来秦晗回到班里才知道，奶茶是徐唯然买的，于是她托同桌给徐唯然转了奶茶钱。

如果胡可媛像以前一样和她聊天，聊到这种事，秦晗肯定是言无不尽地都告诉她的。

可是胡可媛扬着下颌，满脸嘲讽，秦晗忽然就没耐心了。

她也不开心，她也在生气，但她不想吵架。

她根本就不会吵架。

不远处有公交车开过来,是回家的那趟。秦晗声音很轻:"就这样吧,以后我们就别再约着出来玩了。"

后来胡可媛可能是说了什么,但秦晗没听清,在公交车停下来打开门的时候,她头也不回地上车了。

没有争吵,也没有说很难听的话。

友谊就这么消散在明晃晃的太阳下。

但秦晗回家后还是连着几天都不太开心。

秦晗几天都没出门,以前的周末和假期她都是和胡可媛在一起的,胡可媛偶尔也会来她家里吃饭。

现在没有胡可媛,秦晗自己窝在家里看书看电影,也会弹弹钢琴。

秦晗的妈妈是全职主妇,爸爸很忙,尤其是秦晗高考完的这段时间,他很少回来。

有一天秦母练完瑜伽回来,带着秦晗一起在厨房烤饼干。

秦母拨动着额前的卷发,温声问:"小晗,这几天怎么没出去玩?对了,今天要不要叫可媛来家里吃饭?我给你们烤比萨?再烤一些鸡翅和薯饼?"

"不用了妈妈,我下午就出去。"

"和可媛一起吗?"

秦晗避开妈妈的视线,轻轻点头:"嗯。"

秦晗没说自己和胡可媛闹僵了,回到卧室拉开衣柜,觉得自己是该出去走走了。

这可是盼了三年才盼来的暑假,足足有两个半月呢!

可以去图书馆借几本新的书。

而且……也该去张郁青的店里把她的包和袜子拿回来了。

啊,袜子!

那团皱巴巴的脏袜子是秦晗唯一能忘忧的东西了。

她只要一想起袜子,就会尴尬得顾不上想其他事情。

去遥南斜街之前,饼干也烤好了,秦晗把自己独立烤的那一份饼干装进分装袋里,准备给张郁青带去。

毕竟她那令人糟心的袜子,在人家的店里躺了好几天。

遥南斜街还是那种热闹的样子,秦晗走进张郁青的店时,街口几个老人正坐在树荫下的石椅上拉二胡,曲调悠扬,配合着蝉鸣,很好听。

她进去时,张郁青并没在外面。

也不知道是不是听见她推门的声音,他戴着口罩从文身室里探出半个身子。看见是秦晗,这人直接就笑了。

秦晗怕他开口调侃,赶紧举了举手里的袋子:"我给你带了自己烤的饼干,谢谢你这几次的帮忙,还有……"

"还有收留你的袜子。"张郁青替她说完。

秦晗尴尬得想要转身就跑,却听见张郁青在笑:"东西在杂物间,自己去拿吧。"

秦晗放下饼干,"噔噔噔"跑到楼上,推开杂物间的门。

白色的单肩包就放在那张普拉提床上,旁边是她的白袜子。

而且是已经洗干净又晒干的。

秦晗蓦地蹲下,用手捂住脸。

简直不想活了。

她居然让别人帮她洗了袜子!

等她下楼时,脖颈还有些发烫。

张郁青的店里依然只有老式电风扇在吹风,她抬起手扇了扇脸侧。张郁青应该是在忙。她站在店里犹豫了两秒,坐到了床边的桌子旁。

出来时她和家里说是出来玩,总不能出来一个多小时就回家。她想在张郁青店里待一会儿。

他的店里有一点竹林的清香,好像能够让人安心下来似的。

秦晗安静地坐在店里,偶尔能听见文身室里传来说话声。

不过总是一个挺年轻的男人在说话。"青哥,你说我胸前这儿,再文个'我爱祖国'怎么样?"

张郁青没说话。那个男人又开始说了:"青哥青哥,我觉得文一个行,你给我设计设计呗,经你手设计的图案肯定好看,多傻的提议都能好看。你觉得我文个'我爱祖国'咋样?放胸口还是放后背?啊,要么背上再文个'精忠报国'吧?!青哥,你觉得我这提议是不是挺酷的?"

"酷个屁。"

秦晗能听出来,最后一句是张郁青说的。

其实他也算年轻男人,哪怕闷在口罩里,声音也很好听。

张郁青话少,还总是在怼顾客。

顾客可能真不是他的上帝。

"青哥,你别这么冷漠啊,我要是多文四个字,不对,我要是多文八个字,你不是还能多赚我点钱嘛。"

"不接。你点开团购 App 随便找一家店,一百九十九元的团购就行,或者九十九元的也可以。"

顾客可能是思考了一会儿,语气忽然就软了:"青哥,我就是慌,心里总觉得没着落。"

张郁青没说话,那个男人又闷着声音说:"老爷子以前就喜欢写书法,写'精忠报国'啊,'我爱祖国'啊什么的。你说他在贫困地区支教一辈子也没捞到什么好处,要是在 B 市,他那个病搞不好还能抢救一下。我连他的最后一面都没见到……"

秦晗第一次听见男人说话带哭腔,她坐在外面隔着墙壁和门都有些手足无措。

以前到底是谁告诉她来文身的都是不良青年?

张郁青居然很淡定:"你把自己文得像报纸似的满身是字,老爷子就能活了?"

"青哥,你这是什么形容?"

男人可能没料到张郁青的安慰方式这么特别，愣了愣，先笑了："得了，那字先不文了，还不如省钱去做慈善，回头烧纸的时候给老爷子念叨念叨，他没准儿还能高兴一下。"

张郁青从文身室出来时，没看见秦晗。

等他把一次性手套摘下来丢进垃圾桶，再一抬眼，才看见安安静静坐在桌边的秦晗。

他略带诧异地弯了弯唇角："没走？"

秦晗突然就有些尴尬。

她不是张郁青的朋友，也不是这家店的客人，在人家这里坐了这么久，确实很莫名其妙。

秦晗也不知道自己怎么想的，口不择言："我想文身！"

张郁青正拿着一个玻璃杯喝水，听见秦晗的话，他动作稍稍停顿一瞬，然后仰头，喉结滑动，继续把杯里的水喝完。

水杯被他放在一旁，发出玻璃轻撞木桌的响声。

他走过来，拄着桌子，凑到秦晗耳边："小姑娘，我不给未成年人做。"

8

可能因为是夏天，屋里气温本来就很高，张郁青走到秦晗身边时，她清晰地感觉到他那种温热的气息。

"小姑娘，我不给未成年人做。"

秦晗放在桌面上的手条件反射地蜷起来，整个人突然紧绷，耳郭发烫。

她知道"做"这个字眼是指做文身。

她也知道这句话没有什么特别的意思，但她就是愣在那里，半天没回过神来。

大概是因为文身室里有人等着,张郁青说完话就起身走了,属于他的那部分温热气息也随着不见了。

他回到文身室,门是半掩着的,秦晗能听见他对那位文身的男人交代注意事项。

连网购平台的机器人都知道和顾客说话要十分客气,都是"亲"长"亲"短的,"亲,你需要什么""亲亲,记得给个五星好评哦",可张郁青不会。

文身的男人问他:"青哥,我今晚能不能去个酒局啊?喝点没事儿吧?"秦晗听见张郁青哼出一声冷笑。

也该走了。

老赖在人家店里不像话。

秦晗把手机塞进包里。女孩子的包里统共就那么大点地方,包里本来还有东西,手机塞到一半就有些吃力了,包包的拉锁拉不上。

她叹了口气,把手伸进包里翻了翻,摸到一段光滑的缎带和纸盒。

是她给胡可媛的毕业礼物——去日本时买的樱花香水。

还没来得及送出去。

秦晗轻轻叹了一口气。

失去一个好朋友并不是一件轻松的事情。

记得那天,异国他乡,到处都是日语交谈声,秦晗用英语费力地和店员交流。

她选了粉色的包装纸,还让店员用白色缎带系了蝴蝶结。

那天秦母站在店外,打着一把日式花伞,催她:"小晗,再不快点要赶不上飞机了。"

"来啦!"她攥着盒子往外跑,心里愉快地想:可媛一定会喜欢。

高三的时候整天坐在教室里学习,听班里的女生们说总那样坐着屁股会变大,于是秦晗和胡可媛就在晚自习之前的休息时间手拉手去操场上遛弯,天南海北地乱聊一通,连早餐吃了什么馅的包子都聊。

原来毕业，挥别的不只是那些习题和做不完的卷子。

高中时候的情谊，也带不出校园。

阳光顺着窗口溜进来，窗外有人吆喝着卖冰镇乌梅汁。这条街上总是年纪大的人多一些似的。

人家都说B市是快节奏的一线城市，这里却像是被人按了慢放键，时光被拉得悠长。

秦晗拆掉香水外面的包装，把里面写了"毕业快乐"的字条团成团，和包装纸一起丢进垃圾桶里。

淡粉色的香水液体里融了金粉，晃动瓶身时像是流动的星河。秦晗盯着香水瓶看了一会儿，才把香水瓶塞回包里。

她磨磨蹭蹭地收拾着根本没必要收拾的东西，拖着时间。

桌边堆着罐装啤酒，她上次来就注意到了，只不过这次好像比上次少了几罐。

秦晗也不知道自己是怎么想的，把手悄悄伸过去，才刚拿起一罐啤酒，恰巧张郁青和那个文身的男人一起走出来。

文身的男人没有张郁青高，看见秦晗先是一愣，随后扭头，勾着张郁青肩膀问："青哥，你妹？"

张郁青瞥他一眼："说话注意点。"

"啊，不是，我不是骂你，我是想问，你妹……妹妹今天在家啊？"

张郁青这会儿没戴口罩，表情看起来有些无语："她不是。"

秦晗隐约想起，好像之前那个文花臂的女人也说过，问她是不是张郁青的妹妹。

张郁青还有妹妹？

顾客走了，店里没有其他人在，秦晗的手还搭在啤酒罐上。

张郁青靠在门边看过来，忽然扬起眉梢："厉害了，还想喝酒？"

秦晗从小到大没做过任何老师家长禁止的事——喝酒也是老师和家长都明令禁止的。

现在，人虽然是毕业了，但她还是有些学生的思维在。

听见张郁青问，她马上收回手，像犯错了似的，顾左右而言他，小声提议："你不尝尝饼干吗？"

张郁青看了秦晗一眼。

这小姑娘从今天进门起，看着就有点没精神。

一开始他还以为是外面天气太热了给晒的，但刚才看见秦晗拿啤酒的举动，他才觉得秦晗是有心事。

问她是不是想喝酒，她不回答。

那就是想喝。

这个年纪的人都以为酒真的能消愁。

秦晗带来的饼干放在木桌上，说是自己烤的。

包装挺精致，粉色的袋子，里面每一块饼干都分开包装，贴着英文字样的贴纸。

张郁青没说什么，走过去拿起装饼干的袋子，慢悠悠拆开一小块饼干，放进嘴里。

他笑了一声："你这饼干，是苦瓜味的？"

秦晗被他问得一愣，自己也拿起一块拆开去尝，刚嚼了两下，脸就红了。

不知道哪个步骤出错了，饼干居然是苦的。

表面上撒的糖霜都没盖住苦味。

早知道拿妈妈烤的那份好了。

"对不起，我以为我烤得不错，才给你带过来的……"

她说话时总有一种小心翼翼的感觉，像是在啜嚅。

张郁青拄着桌面，忽然弓了些背，和坐在椅子上的秦晗平视，很认真地说："谢了。"

秦晗一愣。

"袜子装好了没？"张郁青还拄着桌子，语气像站在门口叮嘱闺女的家长。

不提还好，一提起这事，秦晗顿时僵了，说话都有点像卡带似的往外蹦："那个……我的袜子，是……是你洗的吗？谢谢，我……我……"

"不是我。"

秦晗正费劲地道谢，冷不丁听见他否定，整个人蒙了一瞬："啊？"

"洗衣机。"

不是用手洗，还好还好。

可是用洗衣机洗的，她也觉得挺不好意思的，多难为情。

聊了几句也不见秦晗有起身的意思，张郁青随口问她："还惦记着文身呢？"

说想文身，是之前秦晗为自己磨磨蹭蹭赖在这儿不走找的蹩脚理由，她自己说完就忘了。

冷不丁听张郁青问起，秦晗自己都没反应过来，仰着白净的小脸，一脸茫然。

张郁青可能是看出了什么，边往文身室走边说："没什么事就待着吧，我这儿又不收费。"

秦晗没吭声，沉默地看着张郁青去文身室拿了一件纯色短袖。

又是黑色。

老实说，和他身上那件没什么区别。

秦晗正想着，忽然看见张郁青随手扯起衣摆，然后他像想起什么似的，动作猛地顿住，又把衣摆扯好，退回文身室，还关了门。

张郁青大概是想换衣服，又觉得当着她的面不太妥当。

整个过程中，秦晗只看见他露出了一截瘦劲的侧腰。

秦晗突然敏感地想：看吧，你在这儿待着，人家连换个衣服都不自在。

怎么也要和人家说个原因吧？

张郁青出来时还是黑色短袖和牛仔裤，但应该是换过衣服了。

秦晗沉默几秒，突然说：“张郁青，我不开心。”

张郁青住在遥南斜街好多年了，年纪和他差不多的人都叫他"青哥"，他真的很久没听见谁这么连名带姓地直呼他大名了。

这姑娘说话总是慢条斯理的，声音也细，这么叫他的时候带着一种莫名的信任和依赖。

秦晗说完这句话就变得更安静了。

张郁青又不是她的朋友，她真的不该和人家说什么心情不好，给人添麻烦。

张郁青也没再说话，秦晗再抬头时，发现他出去了。

可能是嫌她烦了吧。

秦晗闷了几天的情绪稍微有些要爆发的前兆，她垂着头愣了会儿神，把包包斜挎到肩上，觉得自己怎么也该走了。

门口传来脚步声，不轻不重。

秦晗抬头，听见张郁青问：“能喝凉的吗？”

秦晗不明所以地点了点头。下一秒，一个透明的塑料杯放在她面前。

真的是很大的一杯，像秦晗以前常去的奶茶店新出的巨无霸杯似的。

杯壁已经蒙了一层水雾，沁出的水珠顺着往下滑。

是冰镇乌梅汁，上面还撒了一层桂花，带着微酸的清甜。

张郁青用下巴指指乌梅汁，哄人似的语气：“孟婆汤。喝了，不开心的全能忘。”

秦晗抬头，目光幽幽地落在张郁青身上：“我不是小孩子了。”

不用说这么没有技术含量的话哄我的。

“行，那它就是冰镇乌梅汁。”

其实张郁青是有点怕的。秦晗刚才抬起头时，眼睛亮得吓人，感觉眼泪马上就要淌下来了。

他还挺怕小女孩儿哭的，难哄。

秦晗倒是没推辞，闷头叼着吸管喝了一口。

她动作挺慢的，张郁青在心里叹了口气，觉得这姑娘再抬起头，估计就要泪如雨下了。

却没想到秦晗重新扬起头时，眼睛发亮。

她的声音也没有想象中的沮丧，反而带着惊喜的欢快："张郁青，这个冰镇乌梅汁真的好好喝啊！"

张郁青没想到乌梅汁能有这种效果，先是一怔，然后笑呛了："看来还真是孟婆汤啊。"

第二章

少女的心事都藏在指尖

9

秦晗发现自己每次去张郁青的店里，都要欠下些东西。

就好像他的店是被大妖施了什么法似的，总要蛊惑人再去，再去。

连张郁青这人，也是有点邪的。

那天秦晗说自己不开心，张郁青坐在她对面抠开一罐啤酒，像个半仙似的眯缝着眼睛看了她一眼："和朋友闹别扭？"

秦晗两只手都握在冰镇乌梅汁的杯子上，感受着夏天的暑气从指尖开始消散。听见张郁青这么问，她觉得纳闷又诧异。

她明明什么都没和张郁青说过，他甚至连胡可媛和徐唯然都不认识。

"你怎么知道？"

"猜的。"

张郁青喝了一口啤酒："而且是因为一个男生？"

秦晗瞪大眼睛，不可思议地问："……你怎么什么都知道？"

他笑着："大概因为，我是个聪明的好人吧。"

张郁青不但说得准，还喝着啤酒。

她看了眼自己面前的乌梅汤，又看了眼被他随意拎着的啤酒罐："你也心情不好吗？"

"并没有。"

"那你……"

大白天的，喝什么酒？

张郁青像是听懂了她没说出口的话，用手里的啤酒罐指了指她的方向："我不是得安慰人嘛，安慰人需要气氛。"

其实那天他也没说出什么安慰人的话。

只不过把喝空了的啤酒罐捏扁时，他随口说了一句："夏天这么好，用来闷闷不乐太浪费了。"

本来秦晗没觉得夏天多好，热得人不在空调屋里就要流汗，阳光明媚时又容易晒黑。

可是太阳刚好从窗口照进来，秦晗喝着冰镇乌梅汁，外面有悠扬的二胡声混合着蝉鸣，那盆中间带着裂痕的小仙人掌沐浴在阳光下，欣欣向荣。

像催眠。

秦晗被乌梅汁灌醉，感觉张郁青说什么都是对的。

也许是他被啤酒渍过的声音太过平静，抹平了生活里的裂痕，秦晗忽然就觉得：夏天果然是很好呀。

而她拥有两个多月的漫长盛夏，简直是富翁。

窗口有车轮碾压过地面的声音，伴随着铜铃叮当，随后露出一张老奶奶的脸。

老人穿着棕红色的布衫，不俗气，反而显得很慈祥。

老奶奶看见秦晗喝得只剩一点的冰镇乌梅汁，笑眯眯地问："小姑娘，我做的乌梅汁好喝吧？"

怎么这条街上的人都喜欢叫她"小姑娘"？

秦晗赶紧应声："好喝的，特别特别好喝。"

"我这可是祖传手艺。"老奶奶有些骄傲地扬起下巴，皱纹更深了。

张郁青靠在窗边，伸长胳膊从老奶奶的推车上拿了一个透明的一次性餐盒。

餐盒里是桂花糕，看着白白糯糯的，淋了琥珀色的糖桂花。

卖乌梅汁的奶奶奇怪地看了张郁青一眼："你不是不爱吃糕？"

秦晗惊讶于张郁青这种人居然会有猫偷鱼似的举动，故而盯着他看。

她没看出别的，倒发现张郁青生得真的好看。

他的眼皮很薄，双眼皮的褶和内眼角都显得凌厉；睫毛弧度又小，像直的。

眉眼犀利深邃，却总是有着淡淡笑意。

张郁青和秦晗在学校里接触过的男生不太一样。

说他不好接近吧，可见面的这几次又都是他在帮忙；但说他热情呢，看他调侃顾客时懒懒的样子，又实在不算是热情的人。

如果真的有那种住在深林里的千年万年的男狐狸，估计就是这种相貌、这种性格了。

秦晗正想着，忽然听见张郁青说："这不是来了客人，招待她的。"

说着，他把那盒桂花糕放到秦晗面前，又拿了手机扫码，给老奶奶付款。

刚觉得他不热情……

这还热情上了！

等老奶奶推着车走过窗口，秦晗的脸已经又变成粉红粉红的颜色，看上去非常不好意思。

她统共就拿了点烤残的苦味饼干来，人家张郁青不但请她喝了冰镇乌梅汁，还给她买了桂花糕。

明明是她赖着不走，还让人家破费，这简直太不好意思了。

但张郁青告诉她，桂花糕是老奶奶卖剩下的，他买单，她负责处理掉，算是帮老人家的忙了，不用介怀。

秦晗像是被赋予使命，郑重点头，吃了大半盒。

桂花的香甜在唇齿间晕染开。张郁青把啤酒罐抛进垃圾桶，笑着说："慢慢吃。"

那天回来之后，失去朋友的郁闷好像也被留在了遥南斜街。

秦晗跟着秦母去练了几天瑜伽，拉伸动作做完，回家浑身酸疼，都是早早就睡了。

不过她心里倒是一直惦记着：自己喝了人家的冰镇乌梅汁、吃了桂花糕。

细想想，欠张郁青的人情是挺多的。

秦晗在心里罗列一遍，觉得自己该找时间再去一次。

再去遥南斜街，已经是几天后了。

秦晗先去了趟商场。逛到陶艺店，她看中一个小花盆，是纯手工的、陶瓷的，正好可以用来栽种转送给张郁青的那盆仙人掌。

商场里有之前去的那家甜品店的分店，秦晗也去了一趟，买了一整个杧果味的千层蛋糕。

下了单，她忽然想起杧果是容易引起过敏的水果，红着脸和店员商量，换成了草莓味的千层蛋糕，加了两杯不太甜的芋泥豆乳茶。

秦晗高中刚毕业，在家里仍然是小孩儿，出门前秦母都会叮嘱她，坐公交车比打车安全。

但今天秦晗拎着的东西实在太多了，想了想还是决定打车。

往外走时在商场的玻璃门里吹着冷气，秦晗忽然觉得门口的糖炒栗子味道也不错，又买了一大包糖炒栗子。

打到出租车后，秦晗小心翼翼地把花盆放在后座，又把蛋糕、奶茶和糖炒栗子也放进去，才坐进去。

司机师傅同秦晗闲聊："遥南斜街有亲戚啊？"

"一个……"

秦晗想了想，说："一个朋友。"

提起遥南斜街，司机大哥的话匣子打开了，用一种挺惋惜的语气说："遥南斜街可惨着呢，头些年都盼着拆迁，嘿，结果一出来，偏偏就差那么一点点，这条街都没划进去。往北再走个千儿八百米的，那一片的老居民区就拆迁了。"

秦晗的脑子里装的都是书本上的东西，对生活并不了解，一开始没听明白拆不拆迁有什么影响。

直到司机大哥感叹了一句："人家拆了迁的老居民区住户，现在个个都是富翁，摇身一变，成款爷啦！"

顿了顿，车子开过一个红绿灯口，司机大哥又说："要么说遥南斜街惨呢。"

其实秦晗没听出来这条街上的人哪里惨，甚至还觉得他们生活得很闲适。

但听人这么说，秦晗忽然就挺替张郁青可惜的。

毕竟错失了一个成为有钱人的机会呢！

司机大哥把她放在一个小胡同口："姑娘，从这边转过去就是遥南斜街了。不给你绕到街前面了，绕过去还要多收钱的。"

秦晗拎着大包小包的东西，走到遥南斜街后的小街上。

小街比主街看着还要破旧，不过一眼看去，有一个水果摊很打眼。

水果摊的老板是个年纪不大的男人，圆脸，脑袋顶儿上扣着大檐帽子，正在玩手机。

他看见秦晗，又扫了一眼她拎着的东西，估计是觉得她不像买水果的顾客，目光又落回手机上，很敷衍地吆喝了一声："沙瓤西瓜，保甜。"

西瓜个个翠绿，有两个被切开的露出红色的果肉，还没走近就能闻到一阵清香。

要不，再给张郁青买个西瓜吧？

秦晗拎着她的那堆东西，费力地挪到摊位前，非常不熟练地询问："您好，请问，这个西瓜怎么卖？"

"七毛。"

秦晗很诧异："七毛钱一个？"

水果摊主比她更诧异："七毛，一斤！"

"哦。"

秦晗看了看，每个西瓜看着都一样。"能不能帮我挑一个甜的？谢谢你。"

"个个都甜。"

水果摊主放下手机，指了指身后的一口井："给你挑个用井水冰过的吧，回去吃凉快。"

想到张郁青店里那台不怎么顶用的老式电风扇，秦晗赶紧点头："好的，谢谢你。"

井口吊着麻绳，摊主把麻绳摇上来，井里面的大水盆里躺着几个西瓜。

秦晗第一次见到用井水冰西瓜的，觉得有些新奇，盯着他把西瓜拿出来又用手弹了几下。他扭头对秦晗说："就这个吧，绝对甜！"

"嗯！"

秦晗付款时，水果摊主用帽子扇着风："你不是这街上的人吧？东西这么多，能拎得动吗？我送送你？"

秦晗摇摇头："不用啦，我自己可以。"

摊主罗什锦看着小姑娘倔强地拎着好几个袋子往遥南斜街主街去，拽了拽裤子，敲开身后的门："青哥，开门！我憋不住了，要尿尿！"

张郁青的声音从门里传出来："门没锁，自己开。"

罗什锦蹿进屋里，直奔卫生间。

从卫生间出来，他才和张郁青闲聊起来："青哥，刚才我摊上来了个小姑娘，拎了大包小包的东西还买西瓜，啧啧啧。"

张郁青正垂头给人文线条，没理他。

不知道罗什锦哪根神经搭错了，和他聊什么日常？

倒是被文身的客人问了一句："那她能拿动吗？"

"说的就是啊，肯定是不好拿啊！"

罗什锦给自己倒了一杯水喝，咂巴着嘴，挺气愤的："人家姑娘买那么多东西，男朋友也不知道来接一下。狗东西，这种人也配有女朋友！"

被文身的男人附和着："可不，真不配！"

正说着，门口传来塑料袋的摩擦声，伴随着脚步声。

然后是一个干净的女声："张郁青，你在吗？"

罗什锦探出头，看见刚才买了他西瓜的姑娘站在张郁青店门口。

他默默回头，看向他青哥。

原来他刚才骂的狗东西……

是他青哥。

10

大西瓜太沉了，秦晗还拎着一整个千层蛋糕、奶茶、糖炒栗子，还有陶瓷做的小花盆。

她步履蹒跚，像个老太太似的，每走几步就要弯腰把东西放在地上歇一歇，手都被勒出几条红印子了。

好不容易走到张郁青店门口，熟悉的淡竹香拢过来，秦晗才松了一大口气。

她绷着劲儿把手里的东西都拎进去，放在地上，才轻声问："张郁青，你在吗？"

问完，屋里闪出一个人。

秦晗刚挂上笑脸，可看清文身室里出来的人，怔住了，匆忙后退一大步。

场面一度混乱，她绊在脚旁的西瓜上，又顾着手里的千层蛋糕，挣扎着，扑腾着。幸亏身旁是门框，她扶了一下才勉强没有摔倒。

这个人！这个长相！

他明明是水果摊的老板啊！

058

他怎么会出现在张郁青店里？！

几乎有那么一瞬间，秦晗想，遥南斜街果然是住了妖怪的。

搞不好刚才的水果摊主也是张郁青变的……

张郁青从文身室里出来，看见秦晗带来的东西。

他偏过头，意味深长地看了罗什锦一眼。

罗什锦缩着脖子："哎哎哎，青哥，天地良心，我真不知道那个狗东西就是——"

触及张郁青有点危险的目光，罗什锦飞快改口："啊，不是，真不知道这小姑娘是来找你的。"

秦晗不明白他们在说什么，就看见那个水果摊主把大檐草帽往头上一扣，拉开屋里面一扇门，躲到门外去了。

门敞开着，闷热的夏风穿堂而过，她能看见外面的水果摊位。

原来水果摊的后面就是张郁青的店。

那她刚才拎着东西，长途跋涉地绕了这么大一圈……

秦晗在心里叹气。

她觉得自己好傻。

张郁青靠在门边，打量着秦晗大包小包的东西，眉梢微扬："准备搬家来我这儿住啊？"

今天秦晗应该心情很好，不但没露出那种怯怯的样子，还笑着应了他的玩笑："你上次不是说你这儿不收费嘛。"

秦晗吭哧吭哧地把东西挪到桌上，又献宝似的，一通介绍——

"这个千层蛋糕，特别特别好吃，最近可火了，我是排了队才买到的，草莓味的。

"还有这个奶茶，这种是芋泥豆乳茶，不甜，很多男生都买的，不知道你喜不喜欢。

"糖炒栗子是在商场门口等车的时候买的，我以前吃过，软软糯糯的，口感很好，而且栗子个头大。

"花盆是给小仙人掌的,感觉和它很配。"

"还有西瓜……"秦晗顿了顿,看向后门站着的罗什锦,有点卡顿。

她本来想说,西瓜是水果摊老板帮我挑的,保证甜。

可是说西瓜是从后街水果摊上买的,不就暴露了自己绕远的事情?

秦晗犹豫着。

罗什锦一听说到他的西瓜,马上嚷嚷起来:"保甜!绝对甜!我给你们打开尝尝你们就知道了。"

张郁青的顾客在文身室里面,气若游丝:"青哥,我疼得受不了了,歇一会儿,给我也来一块西瓜吧。"

西瓜被放在桌上,罗什锦拎了一把宰西瓜的刀进来,形象极其残暴,像来寻仇的。

秦晗不自觉地往张郁青身后躲了一下。

不过罗什锦的西瓜真的是很棒。

他的刀尖才刚碰到西瓜皮,"咔嚓"一声脆响,西瓜几乎是自己炸成两半的,屋子里顿时飘散出一阵甜甜的清香。

罗什锦很得意,一边切西瓜一边说:"看吧,这西瓜,棒极了!"

"你亏了。"张郁青笑着对秦晗说,"稍微晚点来,他就该把西瓜送来了,轮不到你请客。"

张郁青说完,水果摊老板又嚷嚷起来:"我还能占一个小姑娘便宜吗?!早知道是给你买的,我都不能收钱!现在就把钱退给你!"

秦晗连连摆手:"不用……"

水果摊老板可没有张郁青那么和气,手里还拎着刀,气势汹汹:"就现在!"

秦晗看了张郁青一眼,见他不阻止,也就接受了。她心里还是不好意思的,耳郭也悄悄红了。

水果摊老板满意地拍了拍手,拿起一块西瓜,咬了一口:"哎,我现在像不像'渣'?"

秦晗很茫然。

渣？什么渣？渣渣的"渣"吗？

他为什么要自己骂自己？

张郁青笑着："猹，那字念'chá'，不念'zhā'。"

很多玩笑秦晗都是陌生的，但这种念错字的玩笑，是校园里所熟悉的，惹得她也跟着笑起来。

正笑着，张郁青挑了一块最中间的西瓜，递到秦晗面前："这块看着甜。"

文身室里传来顾客哼哼唧唧的声音："青哥，你别逗妹子了，能不能关心一下你顾客的死活？我要疼死了，得吃西瓜才能好，要看着就甜的那种。"

张郁青还是那副没什么表情的样儿。罗什锦搓了搓胳膊："挺大的老爷们儿，你撒什么娇？！"

张郁青随手拿了一块西瓜，往文身室走，外面只剩下罗什锦和秦晗。

罗什锦上上下下看了秦晗一遍，好奇道："以前没见过你啊，和青哥怎么认识的？"

被问到怎么认识，秦晗愣了愣。

如果只是单纯地在张郁青的屋檐下躲雨，秦晗也没那么难回答。

可是……

这时候张郁青走出来，秦晗看他微微启唇。

别别别！

千万别说是帮我关掉那个电影才认识的！

秦晗嘴里还嚼着西瓜，阻止的话来不及脱口，动作已经快过脑子，转身冲着张郁青扑过去，想去捂住他的嘴。

秦晗忘了张郁青和自己是有身高差的。

她的另一只手举着只咬了一口的西瓜，动作急，她踩到了张郁青的脚尖，然后整个人向前扑了一下，没等稳住身子，又固执地抬了手去捂他的嘴。

冷不丁冲过来个人，张郁青虽然认出来是秦晗，也伸手托住了她的胳膊防止她摔倒。但她把手往他脸上探的时候，他还是条件反射地往后仰了一下。

于是秦晗的手，覆在他的喉结上。

"灭口啊？"张郁青把人扶稳，笑着说。

秦晗左手是井水镇过的西瓜的丝丝凉意，右手是张郁青皮肤的温热。

他轻轻笑起来时，喉结微小的振动传递到秦晗手心。

她一愣，收回手，连连后退。

罗什锦看着两人一系列操作，张了张嘴："不是，我就问问你俩怎么认识的，你俩慌啥？有奸情啊？"

秦晗紧张地去看张郁青，听见他说："在我屋檐下面躲雨认识的。什么你都问。"

她手心发麻，怔怔地站在阳光里。

她忽然觉得张郁青避重就轻的描述里，有维护她的意味在。

秦晗回家时，已经是晚饭时间了。

打开门，她意外地看见爸爸站在客厅里。

"爸爸，你回来啦！"

秦父顿了一瞬才笑着回头："几天没回来，我们小晗想我了吧？"

"当然啦！"

秦母从厨房走出来，敛了敛耳边的卷发，半是嗔怪半是含笑地说："你看你，总是忙，孩子都想你了。"

家里花盆里的鲜花发出馨香，是秦母喜欢的香水百合的味道。

秦父平时工作很忙，秦晗看他还穿着西装，问："爸爸今天不在家吃饭吗？"

秦父把领带拆掉，又脱了西装外套："在家吃。走，去厨房看看你妈妈做了什么好吃的。"

"哎呀,你们出去,"秦母笑着说,"你们父女俩进来就只会偷吃,还碍事,出去等,出去出去。"

其实秦晗今天有些走神,总觉得手心里残留着一些温热的触感。

饭桌上爸爸妈妈说了什么秦晗都没留心听,却总是想起张郁青把西瓜里最中间的那块挑出来,递给她的样子。

那么随意的、漫不经心的温柔。

饭后,秦母把果盘端上来,西瓜肉被她挖成小圆球,和火龙果球、杧果丁、草莓一起放在半圆的西瓜皮里,旁边还摆了几颗去掉一半果皮的山竹。

秦母笑着:"夏天暑气这么旺,多吃点西瓜也是好的,降降火气。"

秦晗心不在焉,叉起一块西瓜放进嘴里。

没有张郁青店后面的水果摊卖的甜。

秦母把水果叉递给秦父:"你也吃点水果。上大学的时候我就发现了,你这人,水果不洗好切好,总是不记得吃。"

秦晗没留意到秦父今天有些沉默,也没留意到秦母在吃饭间已经提起了好多个话题,而秦父一直没多说话。

直到提起大学,秦父像是忽然被触及了什么温馨的回忆一样,接过水果叉,脸上挂了一些笑容:"那时候我们没有你们女生精致,每天都要吃水果。"

秦母笑着:"可是你们有时间打篮球,就是懒得去洗水果。"

"又栽赃我,明明认识你之后,我的空闲时间都是陪你去图书馆的。"

"我们还一起去过旧书集市淘二手书呢,你记不记得?"秦母像是很享受聊起旧事的时刻,把水果叉放在一旁,神情愉快。

"嗯,记得。"

秦父吃了一块西瓜球,笑着说:"旧书集市不是就在遥南斜街那条老街道上吗?"

遥南斜街！

秦晗蓦然抬起头，脑海里闪过张郁青那双笑着的眼睛。

11

"爸爸，你也去过遥南斜街吗？"

秦晗问这句话时，秦父放在桌上的手机振了一下。

他没解锁手机，只把手机屏幕轻轻扣在餐布上。

秦母忽然出声："也？小晗，你去遥南斜街干什么？那条老街破破烂烂的，去了可不要乱吃东西，小心吃坏肚子！"

餐桌上的香水百合依然馨香，但空气里忽然融了些紧张的气氛。

秦晗敏感地抬起头，下意识地说了谎话："我没有乱吃。"

失去胡可媛这个朋友对秦晗还是有影响的，她开始变得敏感。

直觉里，妈妈突然的尖锐并不是因为她去了遥南斜街，而是因为爸爸把手机扣在桌面上的动作。

秦父笑一笑，打破沉默："那条街不错，以前还有旧书集市。"

秦晗吃过晚饭进屋时，隐约听见秦父说："你有脾气冲着我，不要莫名其妙地针对孩子。"

这种对话不适合秦晗在场，她轻轻关好自己的卧室门。

以前上学时她没留意过，她每天早早背着书包去学校，晚上上过自习才回来，从来没发现爸妈之间也不是永远和平的。

秦晗在自己房间里的浴室洗了澡，又吹干头发。

晚上气温没有白天那么高。秦晗关掉空调，打开窗子，小区里的蝉鸣伴着月光，从窗口柔柔地涌进来。

秦父说的旧书集市，秦晗在网上居然查到了。

现在依然在遥南斜街。

查旧书集市时是夜里，秦晗把自己蒙在蚕丝凉被里，看着手机屏幕上显示出遥南斜街一角的照片。

很多书籍被堆在地上,稍微讲究些的被放在格子布上。

都是些旧书,但莫名地又比新书多了些故事的味道。

只不过现在的旧书集市每星期只有一次。

在星期三。

秦晗几乎是用一种欣喜的态度去看网上的遥南斜街。

张郁青不是学校里的那些同学——同学之间哪怕没有什么借口相约,每天只需要去学校就有无数的机会见面。

秦晗忽然有些后悔。

今天去时买的东西太多,好像把张郁青的人情都还完了,就再也没什么理由去遥南斜街了。

她甚至想过,凭借买西瓜这种理由是否靠谱。

但现在有了旧书集市,她就有了去遥南斜街的理由。

其实秦晗不知道为什么自己非要找理由,也没意识到自己对遥南斜街的那种在意的态度。

只不过高考之后,她是第一次开始像上学时一样去看日历上的日期是星期几。

到了星期三那天,秦母把一头漂亮的棕红色卷发绾成发髻,问秦晗:"小晗,今天和妈妈一起去练瑜伽吗?"

秦晗摇头:"不去啦,我今天要去旧书集市。"

秦母的眉心蹙起一条不明显的小褶:"去那条破旧的老街吗?会不会很乱?需要妈妈陪你吗?"

"没有很乱,是那种很安逸的街道。"

"那……叫司机送你吧。"

秦晗从鞋柜里拎出一双咖啡色皮鞋:"不用不用,小区门口的公交车可以直达的。"

秦母是个精致的女人,她喷了一点香水,挎上小皮包,把脚踩进高跟鞋里，埋怨着："你爸就是这样，现在正规的书店到处都是，还要支持你去什么旧书集市。去吧，小心中暑，早点回来。"

旧书集市上人并不多，堆着书本的地摊一个挨着一个。这是在遥南斜街的西边，是秦晗去张郁青店里不会路过的地方。

她逛了一会儿，蹲在一个摊位前，拿起一本书。

书皮是古朴的灰蓝色，像是颜色不均匀的墙体，只印着三个字——小团圆。

摊主是一位戴着眼镜的年轻人，和秦晗的爸爸看上去气质差不多，笑着向秦晗介绍："这可是一本好书啊，小姑娘。"

又一个叫她"小姑娘"的人。

秦晗忽然想起张郁青叫她时的语气。

他明明也没比她大多少，还总是一种长辈叫法。

还是那种不怎么正经的长辈，语调都懒洋洋的。

可能是见秦晗拿着书发呆，摊主又问："这书是张爱玲写的，你知道张爱玲吗？"

秦晗知道张爱玲，高中语文老师讲过她。

秦晗没拜读过作品。

但总归是知道的。

秦晗点点头。

摊主看上去很高兴，介绍起来："这可是第一版《小团圆》，2009年出版的，很值得收藏。我要不是已经有了一本，一定不会拿来卖的。"

秦晗翻了翻书页，有些疑惑："可是我们老师说，张爱玲……"

说到这儿她又觉得直呼大名不太好，犹豫半秒才接着说："张爱玲老师，她1995年就已经去世了，第一版怎么会是在2009年？"

"这你就不知道了吧！"摊主蹲在树荫下给秦晗科普，说张爱玲这本书出版时的风波，也讲了不少张爱玲生前的故事。

秦晗蹲在大太阳下面听得入迷，最后掏腰包把书买了下来。

她需要一本书，好证明自己来这里只是为了旧书集市。

从旧书集市走到张郁青的店，几乎要从西到东走完整条街。

天气有些热，老槐树落下黄色的花。可能是落花太多，柏油马路踩上去有些黏黏的。

街道两旁的橱窗都是很朴素的装潢。早餐店已经过了饭时，老板正在收拾炸油条油饼的大锅。

没有什么特别的，但秦晗有种说不出来的愉快。

到张郁青店门口时，正好遇上前两天卖水果的那个水果摊主。

水果摊主仍然是戴着草帽的，看见秦晗，他顿了顿脚步："咦？你怎么又来了？"

秦晗举起手里的书："我去买书，是路过。"

可能是心情好，秦晗主动问了他的名字。

"罗什锦。"

店里，张郁青刚刚落座在靠窗的桌子旁，听见一个认认真真的女声："是哪个'luó'呀？是包罗万象的'罗'吗？"

然后是罗什锦语塞的沉默。"……就是萝卜的'萝'，去掉草帽。"

"哦，那'shí'呢？是朝花夕拾的'拾'？"

"……"

罗什锦是个小学都没上完的文盲，一个"包罗万象"已经够难的了，又来了个"朝花夕拾"。

张郁青听着觉得好笑，嘴角弯了弯。

他起身站到窗边，挂着窗台，替罗什锦回答："什袭而藏的'什'。"

秦晗顺着声音看过去，一眼看见张郁青含笑的眸子，她抱着书的手紧了紧。

罗什锦这才回过神："我都让你问蒙了。我这个名字特别好记啊，就是什锦罐头的'什锦'。什锦罐头吃过吧？"

秦晗想要和张郁青打招呼，又觉得不回答罗什锦太不礼貌，只能

067

收回视线，强迫自己认真和罗什锦对话："吃过。"

"我家里人没什么文化，我出生那会儿他们就觉得什锦罐头好吃，比什么大黄桃的啊、橘子的都好吃，就给我起名叫'什锦'了。"

"我叫秦晗。"

张郁青注意到秦晗手里的书："去旧书集市了？"

"嗯。"

秦晗有种掩耳盗铃的拙劣感，又把和罗什锦说过的理由重复一遍："这边有旧书集市，我来找找看有没有喜欢的书，正好路过你这边，就……就过来看看。"

张郁青伸出手："看看。"

秦晗不明所以，去看张郁青掌心。

干净的手掌纹路，修长的手指——除了手特别好看，没看出其他特别的。

可能是秦晗的表情过于迷茫，张郁青笑了笑："我说你的书，给我看一下。"

哦。

秦晗把书递过去，张郁青翻了翻："多少钱买的？"

"六十块。"

秦晗还挺骄傲："卖书的老板说了，这本书值得珍藏，以后还能升值的。"

"我去，一本旧书能卖六十块钱？！"罗什锦在旁边嚷嚷，"新书都没有这么贵吧？！我干脆也别卖水果了，倒腾旧书去得了。"

张郁青叹了口气，把书递还给秦晗，轻轻拍了一下她的头，语气像个长辈："傻姑娘。"

秦晗只感觉到头顶有被手掌轻轻覆盖的一点重量。等她回过神，张郁青那只手已经插回裤子口袋里。

"这本书是2011年出版的，已经是再版很多次的了，不是第一版，没什么收藏价值了。"

秦晗愣了愣:"我被骗了吗?"

"旧书市场也要挑摊主的,有人是真的在卖自己的旧书,有人是专门收购了旧书来卖,也有人用盗版的充数。"

张郁青发现秦晗肉眼可见地蔫了,顿了顿才说:"你这个好歹是正版书,你喜欢,就算值了。"

秦晗又灿烂起来:"也对,千金难买心头好嘛。"

为了证明自己真的是对书籍的兴趣比来张郁青店里的兴趣大,她装模作样地翻开《小团圆》。

正文的第一页,写着一句话——

　　雨声潺潺,像住在溪边,宁愿天天下雨,以为你是因为下雨不来。

秦晗是个感性的小姑娘,没经历过什么不顺,书里的句子稍微有一点悲伤,她都会跟着难过。

只是这么一句话,她赶紧合上书,嘟囔一句:"完了,我不敢看,会不会很悲情啊?"

张郁青明明站在离她两米外的地方,却像是知道她看了什么样的句子似的,很随意地说:"看吧,没事儿,前半本都和爱情没什么关系。"

秦晗愣了愣:"你看过?"

"开玩笑!我青哥看过的书那可是很多的!他有学问着呢!"罗什锦在一旁,以一种专业吹牛的姿势,骄傲地扬起下巴,叉着腰,"你知道我青哥什么学历吗?!"

张郁青警告地看了罗什锦一眼,罗什锦马上闭嘴了。

"什么学历?"

"学历啊。"张郁青回答得非常不走心,他指了指窗外的遥南斜街第一幼儿园,顺嘴胡诌,"看见了没?就那儿。"

秦晗顺着他手指的方向看过去,只看见一个破旧的牌匾,上面印了褪色的阳光、沙滩、椰子树,还有红色印刷体大字——光明大澡堂。

窗户上贴着同样褪色的价目表——

洗澡:20元

搓澡:7元

拔罐:10元

大保健:20元

秦晗疑惑地看向张郁青:"光明大澡堂?大保健?"

12

张郁青忽地笑了:"小姑娘,你想什么呢?"

秦晗连忙换了个角度看,才看见张郁青真正指着的牌子——遥南斜街第一幼儿园。

老实说,这还没有光明大澡堂显眼。

说张郁青是幼儿园学历,秦晗是不信的。

毕竟刚刚在窗口,他还说出了"什袭而藏"这样的成语。

秦晗想:就算是幼儿园学历,他也是读过一些书的优秀幼儿园毕业生吧?

毕竟是打着买旧书的幌子来的,秦晗没在张郁青店里久留,闲聊了几句就走了。

好像她真的只是买旧书路过这里,很随意地过来打了个招呼。

秦晗走后,罗什锦跷着二郎腿坐进椅子里。

他看着秦晗背影的方向,摸着下巴:"青哥,我觉得,这个叫秦晗的小姑娘肯定是喜欢你。"

"不会。"

"怎么就不会了？！"

罗什锦指了指窗台上的小仙人掌："上次她来，我就想说了，她那堆大包小包的东西可都是给你买的，不喜欢你，会给你买那么多？"

张郁青的手擦拭着文身机，他连头都没抬："阴错阳差帮过几次小忙，小姑娘脸皮薄，想还人情吧。"

"不对！"

罗什锦据理力争："我帮我家的邻居李美丽也帮了不少次，她可从来没给我买过东西！她不但不给我买东西，每次来我水果摊还要拿个西瓜走，吃完还嫌我没给她挑最甜的……"

张郁青瞥他一眼："秀恩爱呢？"

罗什锦的脖子瞬间就红了，扯着嗓子喊："秀什么啊？！李美丽对我，那才是正正经经的友谊！"

"哦，你还挺骄傲？"

"秦晗那种，绝对是芳心暗许。"罗什锦一哽，还是把话说完了，说到激动处，居然用了个成语。

他反应过来，给自己啪啪鼓掌："我厉害了，我像不像文化人儿？"

学历真正止于遥南幼儿园的罗什锦，沉浸在自己用了成语的伟大壮举中，忽然听见张郁青声音淡淡地叫了他一声："罗什锦。"

"啊？咋了，青哥？"

张郁青皱了皱眉："人家是未成年人。"

"啊？未成年咋了？"

"所以，别乱说。"

张郁青警告地看了罗什锦一眼："对她影响不好。"

罗什锦叹了口气，嘟囔一句："我这不是担心你嘛。你压力都这么大了，那个秦晗看着就是娇生惯养的，她要是缠着你，你岂不是又多了个祖宗？"

"不会。"张郁青还是这俩字。

人家小姑娘才刚走出高中校门，是个连男生暗恋自己都看不出来、在旧书集市花六十块钱高价被人忽悠着买二手书的天真小孩儿。

喜欢什么喜欢，净扯淡。

但那天秦晗冲着他扑过来，又慌乱退开时，眼睛里面的躲闪……

会不会真的对他……

张郁青自嘲地笑了一声。

真行，居然无聊到去推测一个未成年的小姑娘是不是对自己有意思。人生三大错觉啊。

——手机在振动；有人在叫我；她喜欢我。

啧。

秦晗的人情都还完了，也知道旧书集市掺杂了坑人的旧书贩子。

张郁青估摸着，小姑娘是不会再来遥南斜街了。

但没隔几天，秦晗不但来了，身后还跟着一只不太大的小金毛狗。小金毛狗哈哧哈哧地吐着舌头，尾巴摇得只能看到虚影，像个小跟屁虫。

秦晗一进张郁青的店门，就像是看见了救星："张郁青！"

秦晗烤了饼干。这次烤好饼干后她尝了一下，味道不错，奶香浓郁。她觉得有必要带给张郁青尝尝，以便给自己正名。

凭借这个理由，她又来遥南斜街了。

结果从下了公交车开始，一只小金毛就跟着她。

起初她还觉得有意思，从包里翻出一根迷你鱼肠喂它。但小金毛狗吃完，不但没走，还继续跟着秦晗。

秦晗走，它就走；秦晗停，它就停。

它可能是一只被遗弃或者走丢了的小狗。秦晗没办法，只能把它带到张郁青店里。

秦晗额头上的碎发里藏了些汗意，张郁青站在冰箱前，拉开冰箱门，又拿了杯子，倒了一杯冰水给秦晗。

他的冰箱和这街一样，有些老旧，打开门时会有"嗡嗡"的声音。

水递到一半，张郁青顿了顿："可以喝凉的吗？"

"可以的。"秦晗接过来。

张郁青低头看了眼扒着自己鞋面的小金毛狗。挺可爱。

它就是有点脏兮兮的，屁股后面还沾了一块口香糖。

窗外起了些微风，吹动树叶沙沙作响。秦晗穿着一条浅色的牛仔背带裙，背着个双肩包，坐在桌边。

她喝完半杯水，喘了口气，才把遇见小金毛狗的经过讲给张郁青听。

她之前流过汗，额角有两绺碎发有些卷曲，像烫过一样。

张郁青把桌上的抽纸盒递过去："你想怎么办？"

小金毛狗是不能带回家里去的，妈妈对小动物的毛过敏，不能收养狗狗。

可其实，秦晗此刻有些庆幸家里不能养狗。

她想把小金毛狗放在张郁青店里，这样就不用每次来都煞费苦心地找借口、找理由。

秦晗从来没有过这样的小心机，话还没说出口，自己先紧张起来。

她握着水杯的手抠着玻璃杯壁，借助这样的小动作缓解自己的紧张。她小心试探："我想……我想画一个那种告示，贴在你店外面，万一小金毛狗的主人能看见呢……"

张郁青安静地看着秦晗，她垂着头，目光躲闪，指尖不住地抠着玻璃杯。

少女的心事都藏在指尖。

张郁青收回视线，若有所思。

秦晗没等到张郁青的回答，惴惴不安："是不是，不方便？"

"方便，贴吧。"张郁青笑了笑，"狗打算怎么办？带回家去还是放在这儿？"

"我妈妈对狗毛过敏。"明明是事实，秦晗说出来时却有种心虚，连声音都小了。

张郁青答应得挺痛快，眼睛里带着他一贯的笑意，好像什么都没察觉到似的，还给她准备了A4纸和笔。"你来做告示，一会儿我帮你贴出去。"

秦晗接过纸和笔，头皮有点发麻。

她画画真的不太好看。

小学时，在美术课上，她明明画的是海草，可同学们都以为她画了水蛇。

可是今天已经很麻烦张郁青了，画个告示总不能还厚着脸皮让人家来。

秦晗握着笔憋了半天，最后还是打开手机，搜了搜小狗的简笔画，照着画了。

好不容易画完，秦晗写上几个大字：谁丢了可爱的小金毛狗，请联系我。

电话号码是不是该留张郁青的？

毕竟狗狗是要放在他这里的。

秦晗偏过头。张郁青正非常随意地坐在地上，给小金毛狗修剪它的毛。

秦晗家里的地板是一尘不染的，即使那样，妈妈也经常说不许坐在地上，要记得穿拖鞋，不要怎么样怎么样怎么样……

张郁青身上，有一种和秦晗的认知"反其道而行之"的洒脱。

秦晗知道狗狗的毛上粘了些口香糖，但她不知道该怎么办，还想着一会儿带它去宠物医院清理。

张郁青的动作很温柔，小金毛狗甚至把下巴放在他的腿上，眯着眼睛像要睡着了似的。

她举着A4纸蹲到张郁青身边,非常委婉地问:"这里是不是留你的手机号比较方便?"

张郁青剪下一撮粘了口香糖的狗毛,忽然回头,笑着:"不是有我的电话号码吗?"

他这个动作太过突然,秦晗的视线猛然撞进他的眸子里。

距离太近,秦晗那点刚萌发出来的小心机无处匿藏,她只能扑腾着手里的A4纸往后躲,也坐到了地上。

张郁青笑着提醒:"起来,地上脏。"

秦晗想:他自己明明都坐在地上!

张郁青起身,顺便扶住秦晗的手臂,稍稍用力,把人从地上拎起来。

秦晗堪堪站稳,听见张郁青报了一串数字。

她把背包和袜子落在他店里那次,张郁青是给她打过电话的,现在翻翻通话记录也能找到他的电话号码。秦晗也不知道为什么自己非要再问一遍。

傍晚,罗什锦举着一个大西瓜从后门进来,一眼看见在前厅摇着尾巴的小金毛狗。

张郁青靠在桌边,正拿着手机给狗拍照。

"青哥,哪儿来的狗啊?"罗什锦把西瓜放在桌上,问了一句。

"捡的。"张郁青把手机递到罗什锦面前,"给我录个视频。"

罗什锦接过手机,对准张郁青,看见他丢了一个玩具球出去,小金毛狗紧追着球冲了出去。

录完,罗什锦把手机还给张郁青,挺纳闷地问:"这狗长得倒是不错,但你都忙成什么样了,还养狗?"

"这狗一直跟着秦晗,小姑娘不知道怎么办,带到我这儿来了。告示贴在门外,不知道主人能不能找过来。"

罗什锦皱起眉:"青哥,说真的,你真的一点没觉得秦晗那姑娘对你有意思吗?"

13

秦晗是在回家的路上才发现,自己带的饼干忘记给张郁青尝了。

饼干一直放在背包里,已经压碎了几块,用裱花嘴挤出来的曲奇形也散了。

不过也没关系。

把小金毛狗放在张郁青店里,秦晗有了找张郁青的正当理由。

回家后没多久,她就给张郁青发了信息,问他有没有人来认领小金毛狗。

张郁青迟迟没回,秦晗也安不下心做其他的事,把之前在旧书市场买的那本《小团圆》拿出来,勉强静下心来,看了一章多。

真的和张郁青说的一样,前面的章节和爱情没什么关系,男主角一直没出现。

但这书,字里行间总弥漫着一种令人悲伤的气息。

秦晗的生活太顺,她看不懂那个水深火热的年代,也看不懂那些复杂的人情和家庭气氛。

张郁青的电话就是这时候打来的。手机铃声把她从悲伤笼罩的文字里拯救出来。秦晗看见手机屏幕上张郁青的名字,深深吸了一口气,才接起电话。

秦晗还是紧张的。手机刚放在耳侧,听见那边细微的气流声,秦晗就已经开始紧张了。

这种时候,她居然憋出来一句:"您好!"

说完,秦晗整个人都不好了,扑在床上胡乱蹬着腿。

您好什么您好?!

谁会在明知道是熟人的情况下说"您好"?!

电话里的张郁青一声轻笑,倒是配合她:"您好,请问秦晗在吗？我找秦晗。"

秦晗被他逗笑了，紧张的情绪也散了大半："有人来认领狗狗吗？"

"还没。"

"那怎么办……"

秦晗忽然就觉得自己做错事了。

她是怀揣着私心，希望把小金毛狗放在张郁青店里一小段时间，这样她就能有借口联系张郁青了。

可她并不希望小金毛狗真的找不到主人。

张郁青对小金毛狗很温柔，可是他也忙，秦晗每次去张郁青店里，文身室都是有顾客在的。

她觉得自己给张郁青添麻烦了，语气也低沉下去："那怎么办……"

"没人认领，我就养着呗，这小家伙洗完澡还挺好看的。"

秦晗愣了愣："你还给它洗澡了？"

"嗯，想看吗？是个精神小伙儿。"

张郁青的声音永远是带着半分笑意的，不过分热情，但显得声音很好听。

秦晗想了想："我可以加你微信吗？"

"行，加吧。"

张郁青说完就把电话挂了。秦晗正犹豫呢，微信提示有人申请加她为好友。

张郁青的微信名片很简单，昵称就是他的名字，头像是"氧"的招牌。

通过好友申请后，张郁青直接发了几张小金毛狗的照片过来。

是在他的店里，小金毛狗蹲在地上。白天，它身上的毛还灰扑扑的，现在看起来蓬松又柔软，眼睛也亮亮的，很可爱。

连着几张照片，秦晗一一翻过去，目光忽然停在最后一张上。

可能是张郁青想要让小金毛狗看镜头，他拎着玩具球的手也一同入镜了。手背上隆起一点淡青色的血管，几根掌骨分明，像是白玉做的扇骨。

秦晗的卧室外传来一点动静，是钥匙打开门锁的声音。

她的目光还停留在照片上，没及时从卧室出去，正想开口叫一声"妈妈"，门口忽然传来一声摔门的巨响。

秦晗吓了一跳，手机摔落在床上。

"你今天为什么突然去我公司？"

这是爸爸的声音？

爸爸在跟谁说话，是妈妈吗？

果然，妈妈的说话声也透过半掩着的房门传过来。

妈妈依然是温柔的声音，但语气让秦晗很陌生，嘲讽夹杂着冷笑："怎么，我去你的公司还需要提前和你预约时间吗？"

秦父压抑着怒气："你去我公司我很高兴，但你没必要对我的工作伙伴说一些冷嘲热讽的话，这会让我很难做。"

"怎么？就因为我和那个狐狸精说了几句话，你就不高兴了？"

"什么狐狸精？赵总是我的合作伙伴。"

秦母的声音突然增高："那么多这个总、那个董事的都是男人，怎么你的合作伙伴就非得是那个花枝招展的狐狸精呢？！"

"李经茹，你也是女人，能不能不要对女性敌意那么大？！她喜欢怎么打扮是她的事，我们无权评价她是否花枝招展，也没有资格说人家是狐狸精！"

秦晗能听出来爸爸真的很生气了，说话几乎是在低吼。

妈妈没有示弱，反而言语更加尖锐。

"她不是狐狸精是什么？秦安知，你少在这儿装模作样，我不相信你们每天好几通电话都是为工作！"

秦母开始尖叫："她就是狐狸精！狐狸精！"

坐在卧室里的秦晗很茫然，她从来没见过爸爸妈妈情绪这么激动。

就在半个小时前,她还在感叹,认为书里那些苍凉的瞬间在真实的家庭中是不存在的。

卧室外面的争吵还在继续。秦父满腔怒火:"你能不能不要总是偷看我的手机?"

"你不心虚为什么怕我看你的手机?怕我看到你和狐狸精的聊天记录吗?"

"如果你真的信任我,是不会看我的手机的。我说了,我们只有工作往来。"

秦母尖叫道:"什么样的工作往来非要在夜里1点多通话?!"

秦晗从卧室里走出去:"爸爸,妈妈,你们回来了。"

客厅的灯没开,秦父和秦母听见秦晗的声音,忽然一愣。两人只顾着吵架,根本没看见秦晗卧室那边的灯是亮的。

秦父按开客厅的灯,秦晗被灯光晃了一下,条件反射地揉了揉眼睛。

可能是因为她这样的动作,让秦父和秦母误以为她刚才是在睡觉。

秦父脸上忽然挂上平日常有的笑容:"小晗什么时候回来的?我和你妈拌了几句嘴,把你吵醒了?"

秦母柔柔地推了秦父一下,声音温和:"谁让你那么大的嗓门,把孩子都吵醒了,真讨厌。"

客厅明晃晃的灯光下,爸爸妈妈和平时没什么两样。

好像刚才的争吵只是秦晗的错觉。

秦父笑着说:"在孩子面前吵架真是不体面。"

秦晗将信将疑,反复去看他们的神色。

难道真的只是小争吵?

"妈妈这就去做饭,今天做你们都喜欢的啤酒鸭好不好?"

晚饭时秦父秦母都挂着笑脸,秦父主动讲起秦晗小时候的事情,秦母也跟着回忆,两人说到秦晗小时候的糗事,还笑得很快乐。

不知道是啤酒鸭里面的酒精的作用,还是被自己小时候的傻样给窘的,秦晗脸颊微红:"我小时候怎么那么傻!"

"不傻,你是爸爸妈妈的宝贝。"

晚饭吃得其乐融融,秦晗没留意到她离开时,秦父和秦母脸上的笑容瞬间消失。

她还以为,争吵已经被留在了客厅没开灯时的黑暗里。

再回到卧室,秦晗松了一口气,天真地想——

还好,生活不是嶙峋、骨感的小说,爸爸妈妈应该只是争吵了一瞬就和好了。

在卧室里甚至还能听见秦母边洗碗边哼着的小曲。

手机还躺在床上。秦晗扑到床上,碰亮屏幕,有一条未读信息。

点开,是张郁青发过来的一段小视频。

视频不知道是找谁帮忙录的:张郁青站在他的店里,手里拿着橘色的玩具球,动作舒展地抛出去。

小金毛狗原本在他身边,尾巴抻得直直的,蓄势待发,看见球飞出去,它也跟着蹿了出去。

他身后是店里的窗子和窗外的遥南斜街。

可能是刚到傍晚,街上有几家店铺都没来得及点亮牌匾,遥南斜街第一幼儿园早已经放学了,只剩下拉下来的蓝色的卷帘铁门。

破落又老旧的街道,张郁青嵌在其中,有种安静的突兀感。

录像的人应该是没什么耐心,没有追着去录小金毛狗,反而把最后一个镜头停留在张郁青身上。

他站在店里的灯光下,眉眼含笑。

秦晗是趴在床上看这段视频的,手机就立在枕头边。可能是因为距离太近,她忽然有种张郁青就站在她眼前的错觉。

视频播放完,自动停下。

秦晗又点开视频,重新看了一遍。

张郁青的动作莫名地让她有种熟悉感。

是在哪儿看见过呢？

这样的抛物动作……

是他！

秦晗忽然想起初中那次，学校组织去地质博物馆参观，大巴车堵在十字路口，而她趴在车窗上，隔着车水马龙的街道，看见对面公园里投箭的小哥哥。

小哥哥也是像张郁青刚才那样，动作舒展地把箭投掷出去，然后在阳光下爽朗地大笑。

那时候秦晗想过，长大以后如果要找男朋友，就要找小哥哥那样的。

这事一直被她自己戏称是遇到人生的初恋，一见钟情。

视频再次停下来，停顿的画面回到没抛球前。

张郁青淡淡地看向录像的人，又像是透过手机屏幕在和秦晗对视。

可能是因为动作相似，也可能是因为秦晗曾经对那个小哥哥萌生过想法，她压在床上的心脏位置，忽然重重跳了几下。

不知道什么时候，窗外积压了厚重的云层。秦晗愣着神看着手机屏幕，然后挠了挠头。

她为什么要对着张郁青的视频心跳加速？

难道……

难道她真的那么喜欢多年前的小哥哥？！

秦晗猛地翻身从床上坐起来，暗自警告——

秦晗，你可不能当渣女啊！

可不能因为对小哥哥爱而不得就找替身啊！

14

那天给秦晗发过小金毛狗的视频之后，张郁青没再给她发过任何东西，秦晗也没去联系张郁青。

因为那天半夜,她又听见了爸妈的争吵。

可能是因为天气闷,秦晗又没开空调。半夜的时候,秦晗热得不情愿地从睡梦中醒来。她身上汗津津的,不大舒服。她闭着眼在黑暗中摸索床头的物品,想找到空调遥控器。

摸了半天,秦晗想起来,晚上睡觉之前妈妈借走了她的空调遥控器,因为主卧的遥控器没电了。

她在黑暗里愣了一会儿,又摸索着开了一扇窗子。

真的是好热,冷清的月亮都闷在云团里,只露出一点虚影。秦晗起身,想去厨房倒一杯冰镇的蜂蜜柠檬水降降温。

这种夜里偷偷喝冰水的事情绝对不能让妈妈发现,不然会被教育女孩子贪凉不好。

她蹑手蹑脚,轻轻拧开卧室门,走了出去。

越是小心翼翼地控制动作,就越觉得热,秦晗觉得自己快要原地蒸发了。

路过爸妈卧室时,安静的空间里忽然响起妈妈的一声冷笑,秦晗吓了一跳。

秦母嘲讽的声音隔着主卧的门传出来:"才回家住一天,狐狸精就迫不及待给你打电话了吗?"

"讲讲道理,我前段时间没回来是因为在出差。你能不能不要总是恶意揣摩别人的行为?不是所有男人都会婚内出轨的!"

"出轨?!你还想出轨?!"

"李经茹,你能不能小点声,不要吵醒孩子!"

秦母继续冷笑:"你不做对不起家庭的事情,我就不会吵醒孩子。"

秦父也火了:"我做什么对不起家庭的事了?我为这个家付出的不够多吗?你知道我为什么不爱回家?一回来你就跟我吵,我在外面工作赚钱也很累,我需要休息。"

"我在家里就不累了吗?!每天做家务就不累了吗?不爱回来是

什么意思?你是不是想跟我离婚?"

"如果你这么想,我也没有办法。"

秦父压抑着的怒气变成疲惫,他叹了一声气:"你总把离婚挂在嘴边,我最近也在想,也许有时间可以谈一谈离婚的事情了。"

离婚?

秦晗整个人愣在客厅里,她想起傍晚时爸妈对她温柔地笑,也想起晚饭时他们笑着和她聊天的样子。

也许那些温馨的时刻都是假的。

他们那么熟练地在她面前扮演恩爱夫妻,说明这样歇斯底里的时刻已经不是第一次了。

秦晗在客厅站了一会儿,闷热感早就在爸妈压着声音的争吵里散掉。她的指尖变得冰凉,有些呆滞地回到自己的卧室,又轻轻关好卧室门。

窗外不知道什么时候开始下起雨,雨势不大,却总有闷雷滚滚。

秦晗听见外面关门的声音,可能是爸爸在深夜里冒着雨离开了家。

她躺在床上,辗转反侧。

忽然想起高三时最后一次班会。

那天她坐在教室右侧的第一排,挨着窗。

班里有同学在讲台上讲自己高考前放松心态的方法。讲了半天,一个坐在后排的男生吊儿郎当地喊了一嗓子:"需要什么放松心态,想想考完就毕业了,做梦都能乐醒。"

台上的女生气得跳脚,班里有几个男生鼓掌起哄,秦晗听见站在教室前面的班主任笑了一声。

怎么形容那种笑呢?

很像是在笑人不知好歹。

站在班主任身旁的英语老师也笑了,摇着头,压低声音和班主任说:"这个年纪的孩子真好,天真,觉得高中毕业就是天大的喜事了。"

"是啊,"班主任笑着附和,"等到了我们这个年纪再想想,毕业简直就是在告别天堂,没有比上学更无忧无虑的事了。"

英语老师用一种怀念的神情漫无目地扫了教室一眼:"可不是嘛,进了社会才发现,这世界真的太复杂了。"

秦晗离得近,老师们这番对话她听得真切。

听清是听清了,但那些字里行间的淡淡惆怅她听不懂。

班主任留意到秦晗的视线,笑着看向她:"偷听老师讲话呢?"

秦晗一惊,紧忙垂下头去。

班主任和英语老师一起笑了。英语老师安慰她:"不用往心里去,该你懂的时候,自然就会发生一些事情,教会你懂。"

B市的夏天其实降水量并不大,但这几天连着都是阴雨连绵,把北方都市营造得像是江南。

秦晗问到爸爸时,秦母只是表情稍稍僵了一下,随后笑着说:"他出差了呀。你可以给你爸爸打电话,让他给你带小礼物回来。"

等天气再放晴时,已经是几天以后。秦晗读完了整本《小团圆》,甚至将在网上买的邮寄过来的其他张爱玲的作品集也读了个七七八八,整个人几乎都被笼入一种忧伤的情绪里。

好在几天后天气放晴了,明媚的太阳晒掉了一些负面情绪。

秦晗忽然想起来,自己已经好几天没关心过那只放在张郁青家的小金毛狗了。

小金毛狗肯定是没被人认领。

寄养在张郁青家那天时,他说过,如果有人来认领,他会通知她。

但这些天,两人对话框里面的信息,还停留在他发过来视频那天。

秦父一直没回过家,倒是偶尔在家庭群里发点什么,还给秦晗发过一个书单,说是适合年轻人读。

父母之间的矛盾让她不知所措,她只能努力地去当一个乖女儿,支撑起家里的温馨。她在群里回爸爸——

"好感兴趣,今天就去图书馆借,回来和妈妈一起看。"

秦晗先去了趟图书馆,借了几本书单上的书,又买了一大堆进口狗粮和罐头。

狗是她收养的,总不能什么都麻烦张郁青。

从商场去张郁青店里的路上,路过寿司店,路过红豆糕店,又路过自制酸奶店,所以到张郁青店里时,秦晗又是大包小包的样子,两只手都被勒得指腹发红。

她远远地就听见张郁青的声音:"北北,放下。"

秦晗拎着一大堆东西,不方便快走,但也看见小金毛狗被他抱起来。

可能是小家伙闯祸了吧?但他的声音里真的没有呵斥的成分。

明明是她捡回来的小麻烦,他还给它起了名字。

张郁青可真温柔。

这几天天气不好,她又读了几本压抑的书,加上爸爸妈妈的事,秦晗的情绪也是不动声色地低落了几天的。

可站在张郁青店门口,闻到他店里丝丝缕缕的竹香,又看见他抱着小金毛的身影,秦晗是发自内心地松了一口气,前些天的压抑情绪忽然散了。

她站在阳光下,极愉快地扬起声调叫了一声:"张郁青!"

张郁青偏过头,看见秦晗。

下了几天雨的天蓝得发翠。秦晗穿了一件白色连衣裙,笑得灿烂,眼睛都弯了起来。

张郁青注意到她手上那堆东西:塑料袋、纸袋上印着不同店铺的商标。

能看出来,除了狗狗用品,还有一些是给人买的。

果然,秦晗把东西放在地上,开始清点。

她还是和从前一样的语气,欢快的。

"这个是自制的老式酸奶,不过不是我做的,是在店里买的,我以前喝过，特别浓郁。

"这个是寿司盒子，有金枪鱼的，还有北极贝刺身的和三文鱼的。

"还有还有，这个是红豆糕，不算很甜，馅料挺足的，不知道你爱不爱吃，我排队时也有男生在买。"

她滔滔不绝，额角沾染的细小汗珠被阳光晃亮，明媚又阳光。

张郁青忽然想起罗什锦前几天问他的问题——

"青哥，说真的，你真的一点没觉得秦晗那姑娘对你有意思吗？"

说实话，他本来是没觉得的。

在张郁青印象里，秦晗真的是那种有些不谙世事的小姑娘，他甚至觉得她的心理年龄比实际年龄要小一些。

罗什锦问他时，他还哼笑一声，笃定地说"不可能"。

不过现在，看见秦晗那么开心地对他笑，还又拎了一大堆东西来，他忽然有那么一点拿不准。

这姑娘不会是真的对他有意思吧？

张郁青不动声色地回忆起秦晗来店里的次数，又想起她说的旧书市场，总觉得"路过"这种理由有点站不住脚。

上次她说要把狗寄养在他店里时的紧张，现在想想也好像不只是怕他拒收小狗。

秦晗终于介绍完她那些大包小包的东西，蹲下去拆狗粮的包装。

张郁青把小金毛狗放在桌上，指了指秦晗脚边的东西问："给我的？"

"是给狗的。"秦晗头也没抬地说。

张郁青："……"

感觉到张郁青的沉默，秦晗才反应过来他是在问那些吃的，赶忙拎起一盒寿司放到张郁青桌上："是给你的，现在要吃吗？"

张郁青的视线丝毫没有落到寿司上，反而轻轻落在秦晗脸上，含着笑意："小姑娘，有个问题问你。"

"啊？"

这种视线认真得有些灼人,秦晗下意识躲开一瞬:"什么问题……"

"你是不是看上我了?"

秦晗没被人问过这样的问题,脸瞬间就红了,忽然想起前些天自己给自己下的结论——

她念念不忘的,应该是扔箭的小哥哥。

秦晗是个耿直诚实的孩子,回答问题的态度也很认真:"没有,我没看上你,我看上的是……是另一个小哥哥。"

15

这话说完,秦晗忽然就尴尬了。

"我没看上你。"

这句话让人听着有歧义。

可以理解成"我看上你"的否定。

也可以理解成,我压根就瞧不上你。

秦晗担心张郁青误会她,急着想解释。

可她脚边是装着狗粮的大塑料袋,她一着急就绊在了上边。狗罐头的金属盒从袋子里咕噜咕噜滚出来。她也没太站稳,又想着转身去捡罐头,差点儿摔倒。

多亏了张郁青扶了她一下。

他的手臂是从她背后伸过来的,指尖温热,轻轻托了一下她的小臂。

把人扶稳后,一触即离。

有那么一瞬间,秦晗能感觉到萦绕着她的竹香稍微浓了一度,也感觉到背碰到了些温热的气息。可这些只是一瞬间的事情,更像是她的错觉。

"谢谢。"

秦晗站稳,重新转回去,看见张郁青正弓着背把地上的狗罐头捡起来。

等张郁青抬头,她才看清他的神色。他不像往常那样目光含笑,眉眼幽深,看起来挺严肃的。

秦晗心里顿时"咯噔"一声。

完了。

她就是情商再低,再不懂人情世故,也觉得"我看不上你"这话如果理解成另一层意思,就很过分很过分了。

张郁青一定是生气了。

秦晗很忐忑,站在张郁青对面手足无措。

张郁青把手里的罐头放在桌上,然后看向秦晗:"小姑娘,下次来不要再买东西了。"

秦晗没料到张郁青说的是这件事,也没料到他哪怕严肃时语气也还是温和的。

她瞬间松了一口气,挠了挠后脑勺:"可是小金毛狗寄养在你这里,很给你添麻烦……"

"所以给人和狗都买了吃的?"

张郁青又恢复了一贯的语气,用脚尖稍稍碰了一下地上装着狗粮的袋子,故意开玩笑:"放我这儿还怕饿到它?"

秦晗连忙摆手:"不是不是。"

"不是的话,下次就不要这么客气了,刚毕业的小姑娘又没赚钱,买什么东西。"

张郁青像长辈似的抬手,拍了一下秦晗的头,然后拿着狗罐头去叫小金毛狗:"北北,来,你的小恩人给你改善伙食来了。"

他蹲在地上,小金毛狗兴高采烈地摇着尾巴过来。狗罐头的味道弥漫了整个屋子。

他看了眼:"牛肉啊。"

秦晗蹲在张郁青身边,正看着小金毛狗吧唧吧唧地吃得高兴,后门传来一声轻响。罗什锦抱了个大西瓜进来:"青哥,井水冰镇的西瓜,半车西瓜我挨个儿看过,这个准保是最甜的……"

话没说完,罗什锦看见秦晗,顿了顿,不大情愿地打了个招呼:"嗨。"

秦晗笑着挥挥手:"嗨,罗什锦。"

罗什锦把大西瓜往桌上一放,拎起狗粮瞧了一眼,满袋子的外语。他连中文都认不全,哪能看得懂外语?不过拎起狗粮时带出来的一张购物小票,他倒是看懂了。

这印了鸟语的狗粮,这么一小袋居然要二百多块?!

这才四斤!

二百多块?!

还有那几个狗罐头,居然要好几十块一个!

神仙肉做的吗?!

在这点上,罗什锦其实挺不喜欢秦晗的。

不是说她这个人不讨人喜欢,相反,秦晗长得白白净净,性格也文静,其实是十分讨喜的那类女孩儿。

但她家境太好了,和他们不是一路人。

就她上次买来的陶艺花盆,前几天有顾客来文身,对着花盆说了一句:"青哥品位真好。"

当时罗什锦也在场。在他眼里,花盆就应该是遥南市场里那种,五块钱一个,但是蹲在那儿和摊主讲讲价,也能花十块钱买下来三个。

结果那位文身的顾客怎么说?

她说秦晗买的陶瓷花盆是一个名牌的,每一款都是手工做的,一个怎么说也得一百五十块。

这种价格上的差距刷新了罗什锦的认知,让他越发觉得:秦晗娇生惯养,是个娇小姐。

后街胡二麻子的儿子不就是看上了个富家女?后来富家女说了,结婚必须在 B 市市中心买房子。

结果胡二麻子家那个缺心眼的傻儿子，搞不到钱，跳河死了。

罗什锦实在是怕他青哥也因为认识秦晗，背上更多压力。

张郁青在罗什锦眼里，是非常非常牛的存在。

他青哥多牛啊！太牛了！

但就是压力太大了，生活就没给他任何享受生活的时间！

张郁青从初中起就勤工俭学。这么边打工边学习，高考时他在校内排名也是前三。

可是他考了那么好的大学，没等上多久呢，就因为家里经济压力大，说退学就退学了。

就说他这家文身工作室吧，开在遥南斜街这么个破地方，慕名而来的人还是不少。

要不是为了奶奶的医药费和妹妹的学费，他文身赚的钱都够他当个款爷挥霍着享受了。

生活凭啥要这么压迫他青哥啊？！

罗什锦越想越替张郁青心酸。这种情绪无处发泄时，人总有找软柿子捏的臭毛病。罗什锦挑了屋里最软的"软柿子"。

他语气挺冲地和秦晗说："什么狗粮这么贵？人才吃几块钱的大米，给狗吃这么好。"

可能是上学时候老师总教育说做事情要一心一意，秦晗的注意力分配挺差的。

她一门心思看着小金毛狗吃得香，也没留意到罗什锦话里的讽刺意味，还挺善良地给罗什锦解释："我也不懂，不过那个导购员姐姐说，这个狗粮能健骨明目，狗狗吃了是很好的。"

秦晗说话总是慢条斯理的，还带着一股认真劲儿。

罗什锦像是一拳打在棉花上，堵得胸口疼，最后只能把手里的购物票团成团泄愤。

倒是张郁青听出来一些端倪，警告地瞥了罗什锦一眼。

罗什锦被张郁青一看，顿时老实了，拿了西瓜刀准备切西瓜。

他在这边切西瓜，张郁青、秦晗和狗狗蹲在一起。

已经是下午3点多，阳光偏过窗口，只投了半扇窗那么大的光进来，两人一狗就蹲在那些阳光里。

秦晗满眼笑意，托着脸："你为什么给它起名字叫'北北'？"

"不觉得它的眼睛很有神吗？像北极星。"

"所以叫北北？"

"嗯，众星拱北。"

"哪儿来的众星？"秦晗纳闷地看着张郁青。

张郁青笑了笑，有种调侃劲儿藏在笑里。

他指了指窗外："外面总有小土狗，就它被我洗得干干净净，它出去，就是众星拱北。"

秦晗忽然笑起来，张郁青也笑着。

罗什锦听不懂什么拱不拱北的，只觉得如果生活没给他青哥这么大的压力，他青哥本来也可以做一个天之骄子，可以像秦晗那样开开心心，那样不知人间疾苦。

生活差点儿要把他青哥压死。

这时候冒出来个小姑娘，还整来一条狗放这儿，这不给人添麻烦吗？！

偏偏，添麻烦的不觉得自己是麻烦，还买二百多块一袋的狗粮！

被添麻烦的也不觉得麻烦，还和人开着玩笑。

关键是……

他们开的玩笑自己还听不懂！

罗什锦一刀劈在西瓜上，吼了一嗓子："你俩，吃不吃西瓜了？！"

吃西瓜时，秦晗还在逗小金毛狗，罗什锦趁着张郁青站得稍远，凑过去，问秦晗："秦晗，你说说，你天天往这儿跑——"

他的声音不大不小，张郁青也听见了，拧着眉头看过来，眼神里警告意味十足。

罗什锦心直口快，憋不住心里话，顶着张郁青的目光，还是问完了："你是不是对我青哥有意思？"

万一他青哥像后街那个胡二麻子的儿子似的呢？！

万一呢？！

这是秦晗今天第二次被问到这个问题。她先是愣了愣，然后连脸红都省下了，非常流畅地吐出之前说过的答案。

只不过鉴于之前遣词造句的歧义，这次她换了个方式，没提张郁青。"没有呀，我喜欢的是另一个小哥哥。"

张郁青："……"

罗什锦也愣了："啊？你有喜欢的人了？"

秦晗点点头。

那天看过张郁青的视频之后，她时常想起视频里他的动作，秦晗把这种"惦念"归结为对小哥哥的怀念。

她觉得，可能是时间太久了，自己记不清小哥哥的样子，所以总用想起张郁青来代替。

嗯，应该就是这样。

罗什锦疑心秦晗在诓他，又追问了一句："什么小哥哥？你们学校的？"

"不是。"秦晗摇了摇头。她觉得张郁青和罗什锦都不是外人，没什么可保留的，兴冲冲地讲起她遇见小哥哥的事情，"就是我以前遇见的，特别帅的小哥哥。他在公园里投箭，不是射箭那种，是投箭。白色的羽毛长箭，他随手一丢，'嗖'的一下就进到筒子里去了。"

这么说时，秦晗还起身比画了一下投箭的动作。

其实具体动作她已经记不清了，比画时，脑子里想的是张郁青逗北北时扔球的动作。

阳光晃在她白皙的小脸上，她耳郭微红，眼睛亮晶晶的。

罗什锦挺纳闷地问:"就这?这就能喜欢上了?你让我青哥投,他没准儿也能扔进啊,有啥特别的啊?"

"那不一样的,"秦晗还挺不服,像所有维护偶像的小女孩儿一样,一叉腰,"我那个小哥哥,特别特别特别帅呢!"

张郁青:"……"

第三章

她喜欢张郁青

16

秦晗提起小哥哥，就总是在不经意间比画那个往外投掷东西的动作。

罗什锦起初没太反应过来，多看了两遍忽然觉得有些熟悉。

想了一会儿，罗什锦从脑子里一堆水果买卖数据的角落，记起前些天他给张郁青录的视频。

当时张郁青抛出那个玩具皮球时，不就是这样的动作吗？

罗什锦举了块被咬得参差不齐的西瓜皮，指着秦晗："不对啊，前几天青哥发给你的视频，就是这个动作啊。"

秦晗一惊。

被说中了！

她忽然尴尬起来，羞赧得脸和脖子上的皮肤都泛起一层粉红色。

老实巴交的孩子又不会撒谎，只能垂着头，几乎把下巴含进胸腔，声音小得像蚊子："张郁青和小哥哥是很像的……"

是张郁青和小哥哥像，不是小哥哥和张郁青像？

张郁青稍稍扬起眉梢，情绪不明地笑了一声。

罗什锦不可思议地说："不是，你啥意思？你不会是把青哥当你那人的替身了吧？"

秦晗赶紧摇头，不怎么有说服力地反击："我没有……就是觉得像……"

她说不下去了，越说越像是给自己定罪，只好扭头去看张郁青。

张郁青把手肘搭在桌边，手里拿着一瓶文身专用的颜料，上下掂着逗北北。

小金毛狗只有他小臂那么长,摇着尾巴站在桌面上,用爪子按住颜料瓶,又去舔他的指尖。

这人看着好像完全没在听他们的对话,却笑着出声,弯了些唇角:"和我像啊?那是挺帅的。"

罗什锦本来是怕他青哥和这个家境殷实的小姑娘扯上关系。

但现在一听,小姑娘话里话外的,好像觉得她那个小哥哥比他青哥强?

他顿时又不乐意了,把西瓜皮往垃圾桶里一丢:"说得我青哥像替身似的。我跟你说,我青哥可是非常牛的,想当年也是学校里的扛把子,要不是家里破事多,现在也是优秀大学毕业……"

张郁青瞥了罗什锦一眼,不动声色地打断他:"吃你的西瓜。"

"哦。"

罗什锦收住话题,又拿起一块西瓜"咔咔"啃了两口,像是要把自己没说完的话咽回肚里去。

前些天B市都在下雨,秦晗贴在张郁青店门口的那张告示,早就不知道被风雨掀到哪儿去了。

桌上倒是有一张新的告示,估计是张郁青画的。

他的画功真的不错,Q版的小金毛狗居然和北北神态一模一样。

比起秦晗那天几乎画成羊驼的狗,真是天壤之别。

其实更让人诧异的是张郁青的字。

以前在班里,老师整天叮嘱班里男生,让他们把狗爬似的字练练,免得高考阅卷老师看不清误判。

那时候女生一笔一画的工整字体得到老师的极力赞扬。

张郁青的字不同,张弛有度,架构飘逸,和他的人一样,有种洒脱的感觉。

秦晗看向张郁青的侧脸,恰好这时他转过头来,她不自觉地低下头，躲过他的视线，在自己都没想清楚为什么要躲时开口："这个是打算贴出去的吗？"

"这个吗？"张郁青拿起告示看了一眼，又随手丢回去，"本来是，不过又不打算贴了。"

"为什么？"

他一只手挠着北北柔顺的白金色长毛，浅笑："舍不得呗。"

"也是，毕竟养了好几天了。"秦晗叹了口气，表示理解。

如果是她，恐怕也会舍不得北北被人认走。

张郁青开了个玩笑："吃了好几十块一盒的牛肉罐头呢，能那么轻易放它走？"

他明明不是那样计较的人，却开这种玩笑。秦晗也跟着笑了，说了句傻话："那怎么办，让它吐出来吗？"

后来聊的都是北北的去留问题了。

张郁青说如果有人来认领，他会替秦晗把那些狗粮送给北北的主人。

如果没有，也没关系，他会养着北北。

聊完，临近傍晚，他很随意地问："留下吃饭吗？"

一直没说话的罗什锦突然冷哼一声，吓了秦晗一跳。

她连连摆手，有些不好意思地说："不用不用，我也该回家了。"

张郁青送她出去，秦晗笑着说："我走啦。"

他忽然凑近秦晗耳畔，压低声音："罗什锦的态度你别往心里去，回头我骂他。"

"嗯。"

正逢风起，被大太阳烤了一整天的热空气吹过秦晗耳侧脸颊。

让人一时间分不清，耳垂上的感觉是夏风，还是他唇齿间温热的气息。

秦晗连忙点头，借着把碎发掖在耳后的动作，掩饰了心里的慌乱。

这份慌乱一直延续着，她快走到街口仍没有得到缓解。

耳朵像是坏掉了，耳垂越来越烫，她说不清自己这是什么反应。

"真恶心！"

"我多看他一眼就觉得自己要长针眼了！"

"真变态，人妖！"

遥南斜街的小胡同里传来一阵吵嚷声。秦晗脑子里正纳闷着自己发烫的耳朵，猛然听见那些肮脏语言，下意识顺着声音看过去。

几个男的把一个长发"女孩儿"围在中间，身后是他们有些破旧的自行车，乱七八糟地停放在一起。

也许是这群男的和自行车加起来给人一种"庞大"的视觉效果，被他们围住的"女孩儿"显得格外形单影只，且可怜。

其中一个男的举着半块砖，对着"女孩儿"冷嘲热讽："还穿裙子，你可真恶心啊，是不是还穿了女人的内衣啊？"

说着，就把手伸过去了。

那个长发"女孩儿"忽然抬起头，把脸露出，吼道："我没有！别碰我！"

秦晗看清他的长相，愣了愣。

是男生？

还是她认识的男生——

是秦晗的高中同班同学，叫……

叫什么她猛然有些想不起来了。

他们高中三年也没什么交集，忽然在遥南斜街遇见，秦晗也很诧异。

而且他还穿着格子短裙，一头披肩大波浪长发。

秦晗的同学几乎缩成一团，假发上的刘海儿狼狈地黏在他额头的汗水上。

他吼过之后，那几个男的更加不依不饶，说着各种恶心的话，时不时推搡他，把手里点燃的烟和砖头在他眼前晃。还有人踢了他。

男生是光着腿穿裙子的。

小腿上，膝盖上，都是灰扑扑的鞋印子，还有瘀青，蹭破的皮肤在流血。

秦晗其实也害怕，她从来没见过小混混儿，害怕得小腿发抖。

但真的看见了，又不能坐视不管。

要怎么阻止他们呢？

现在已经不是在校园里了，连"告老师"这种设想都不能成立。

她深深吸了一口气，突然冲过去，狠狠对着那几个人摆放在一起的自行车踢了一脚。

自行车哗啦啦倒了一片，趁着所有人都没反应过来，秦晗猛地拽住那个男生："快跑啊！"

跑起来时，夏季的热空气拍打在脸上，秦晗脑子里一片空白。

她只有一个念头：她要去找张郁青。

后面的几个男的大概是反应过来了，骂骂咧咧地追上来。

谢天谢地，他们没想到骑自行车来追。

秦晗的同学，穿着条小裙子，跑起来勉勉强强和她一个速度。

她紧张得心脏都快要从嗓子眼儿蹦出来了，耳边都是蜂鸣声。

她越是紧张，腿脚越是不听使唤，速度也快不起来，胸口像堵着一块大石头，呼吸都变得困难了。

我会被他们抓住用砖头打死的，她想。

紧要关头，她看见了站在店门口的张郁青。

他叼着一根棒棒糖，看见秦晗时似乎有些诧异，还以为她是又落下了什么东西。

但等他看清她身后的人，面色忽地冷了下来。

"张郁青！"

秦晗只喊得出这么一句。

她太紧张，最后几步都是踉跄着跑过去的。她绊在凸起的石块上，扑向他。

张郁青稳稳接住秦晗，看了秦晗一眼，确定她没事，才把秦晗和她的同学推进店里。

遥南斜街都是老房子，用铁质卷帘门防盗的都是大户，多数人还用过去的传统法子——门外、窗外安装一层木板，晚上关店时再锁上。

把秦晗他们推进去后，张郁青关上了木质防盗门，靠在木板上，挺平静地看着追过来的几个人。

他们停在店前面，互相看看，其中一个抹掉汗珠："你别多管闲事！"

张郁青淡笑着抬起眼："我要是就管了呢？"

秦晗被关在店里，最初的紧张散去后，她突然开始害怕了。

张郁青还在外面！

他会不会有事？！他会不会受伤？！

木质门从外面锁上了，秦晗拍着门板，急得要命："张郁青，你开门呀。"

可能动物更容易感受到周遭的气氛，北北跳上桌子，疯狂地冲着窗外叫。秦晗这才反应过来。

还有窗子！窗子是开着的！

秦晗慌里慌张地跑过去，却看见一只手从窗口伸进来——干净、骨节分明——是张郁青。

他轻轻抚了抚北北的头，语气温柔："别闹，乖乖等着。"

北北被轻易安抚，秦晗却还急得不行。

她没有任何打架经验，连观看经验都没有，只能拎起一个立在桌边的空酒瓶，郑重地递出窗外："用这个！"

张郁青看过来，眸子里含着无奈的笑意。

他没接秦晗的空酒瓶，抬手过来，轻轻拍了下她的发顶："你也是，屋里面乖乖等着。"

说完，他把窗户的防盗木板也关上了。

17

夏季的夜来得晚，黄昏的天色本就模糊，整条老街都像海市蜃楼。

张郁青把门窗都关上，屋子失去光源，顿时暗下来。

在这种昏暗笼罩下，秦晗更加不安，急得团团转。

她只能隐约听见外面的一点声音，居然是张郁青在含笑教育人，说什么"不如多读书"。

秦晗趴在门上，才听清他后面的话："多读书，才不傻。"

她愣了愣，这是张郁青？

他骂人了？

这个念头一闪而过，秦晗仍然紧张，生怕他们打起来。

北北两条小腿搭在窗边椅子上，不住地"汪汪"急吠。混乱间本来就听不真切，偏偏罗什锦也从后门进来，大着嗓门喊："青哥，打架呢？用不用帮忙？"

秦晗的同学站在一旁，揪着他的长发，不住地嘟囔："怎么办怎么办怎么办？秦晗，我们报警吧，我们是不是应该报警？"

太乱了，根本听不清外面的声音。

好像有人在呻吟，秦晗急得不行，拍门板也没人应。

嘈杂的环境让人心焦，她突然闭着眼睛大喊一声："张郁青！！！"

声音真的是很大，秦晗感觉自己从来没有过这么大分贝。

她喊完震得自己耳朵"嗡嗡"响，可能是太用力，眼前都发黑。

隔了不到一分钟，门被张郁青拉开。

黄昏的光色将暗未暗，张郁青站在朦胧的光线里，还叼着他的棒棒糖。

他有些好笑地看向秦晗，调侃她："震耳欲聋啊。"

这人一副闲适的样子，仿佛门外从来没出现过叫嚣的混混儿。

秦晗却没被蒙混过去，一眼看见张郁青下颌的擦伤："你打架了？受伤了？"

"嘘。"

张郁青食指放在唇边，比了个噤声的动作："我是好人，好人不打架。"

罗什锦冲到张郁青面前，大着嗓门："青哥，是哪个胡同的小兔崽子敢来惹你？你怎么不叫我？老子扒了他们的狗皮！"

"叫你干什么？"

张郁青语气淡淡："随便挥几下就都跑了。"

说完，他挑挑眉梢。

说漏嘴了。

他扭头看过去，果然看见秦晗正目光灼灼地看着他——骗子，你不是说好人不打架吗？

张郁青勾了勾唇角："我呢，是正当防卫。"

罗什锦非常气愤，又挑"软柿子"撒气，对着秦晗就是一通教育："有人追你，你往这儿跑什么？青哥的店就在这儿，又不能搬家，真要是惹上什么麻烦人物，天天来砸场子，青哥这文身店还开不开了？！"

秦晗从小到大也没被人这么吼过，愣了愣，又觉得罗什锦说得实在很对。

张郁青错过身，把秦晗挡到身后："罗什锦，闭嘴。"

秦晗垂着头，吸了吸鼻子："他说得对。"

张郁青转过来时，拖了一把椅子坐在秦晗面前，表情严肃，指了指她身后桌边的长椅："坐。"

张郁青不笑时看着太冷，秦晗的同学吓得一哆嗦，又往角落缩了缩。

103

秦晗坐下，和张郁青面对面。

"知道自己做错了吗？"

秦晗使劲儿点头。

知道，她知道错了，不该把人往店里带的。

"想帮忙不知道先叫人？"

张郁青皱着眉："这路面本来就不平整，都不用人追到你，真要是踩到哪儿摔倒了，伤口都小不了。再说，他们真追上你呢？推你两下、打你两下都是好的，要是有更过分的呢？你一个小姑娘，你想怎么办？"

他完全没介意秦晗是否把危险带到他店里，介意的是秦晗的个人安全。

秦晗小声狡辩："我也不傻，别人给我一巴掌，我会还回去；骂我，我也会还口的……"

"还不傻？要是给你一刀呢？你直接就死了，还什么？！"

这是秦晗第一次感受到张郁青动怒，他眼里一点笑意都没有，就那么拧着眉心直直看着她。

棒棒糖的小塑料棒被他咬瘪了，吐了出来。

秦晗心虚地垂着头，咕哝："对不起。"

"知道错了？"

"知道了。"

"下次呢，下次遇见这种事怎么办？"

"先……先找人？或者报警……"

秦晗说完，又忐忑地去看张郁青。

"记住就行了。"他忽地笑了，又抬手轻拍她的头，"你是小孩儿吗？不吓唬吓唬不长记性。"

秦晗忽地瞪大眼睛。

她才不是小孩儿！

训完话，张郁青扭头去看秦晗的同学，男生正努力往墙角缩以便降低自己的存在感，大波浪假发歪了，露出额顶的寸头。

张郁青愣了愣，又笑了："哦，是个男生啊。"

罗什锦也探头过去看："不是妹子啊？！"

这会儿没那么紧张，秦晗也想起她同学的名字了，叫李楠。

她在班里就够默默无闻的了，但成绩好，总能被老师夸几句，也算有点存在感。

李楠比她更默默无闻，更没有存在感。

他不和班里的男生们打闹，也不参加体育运动，和女生们也很少聊天，成绩平平，高中三年都没有什么值得被记忆的地方。

秦晗对他的印象真的很淡薄。

她不知道李楠为什么会戴着长长的假发，也不知道他为什么会穿裙子，但总归是有他自己的理由。

那些混混儿那么对他，真的很过分。

罗什锦说话时，秦晗一直紧张地看着他，生怕他像刚才对她一样，用嫌弃的语气训斥李楠。

但罗什锦没有，他倒是过去仔细看了李楠几眼："你这个皮肤，绝了，细皮嫩肉的，睫毛还长，比一般小姑娘还好看啊。"

李楠挺不好意思地挠了挠头，摘下假发："皮肤好是打了底妆，睫毛……睫毛是贴了假的。"

"你挺臭美啊。"罗什锦诧异地喊着。

李楠惴惴地看向秦晗和张郁青，内疚得声音更小了："对不起，今天都是因为我，谢谢你们，不然我……"

张郁青看向他，想了想："Cosplay（扮装）？"

"我……我喜欢女装。"

李楠应该是从来没和人聊起过这件事，紧张得舌头打结，缓了两秒才鼓起勇气，承认自己的癖好："我有女装癖！"

这种时候就显示出秦晗语言的匮乏。

李楠是她的同学,也是她带来的,她觉得自己该说些什么,让他不那么尴尬。

可是她不知道该说什么好。她在人际关系中,总是不能游刃有余。

秦晗下意识去看张郁青。

可能她自己都没注意到,她的目光里带着一些依赖。

北北被张郁青抱在腿上,他安抚地给北北顺着毛。刚才还像个小疯子一样狂吠的狗狗,现在顺从地趴在张郁青怀里,用下巴枕着他的手臂。

张郁青注意到秦晗的目光,笑了笑:"爱好挺小众,不过有个性。"

李楠没想过有人会用"爱好"来轻描淡写这件事,眼眶当即红了:"谢谢。"

"去把妆卸了,顺便换个衣服,免得回去时那几个混混儿认出你,又找碴儿。"

张郁青抱着北北起身,从文身室里拎出一套深灰色短袖短裤,又翻出卸妆油和酒精棉,丢给李楠:"腿上的伤,也稍微消消毒吧。"

天色渐暗,他关上店门,按开一盏灯。

秦晗看着他站在灯光下,忽然觉得,张郁青身上永远充盈着一种从容。

张郁青从自己的裤兜里摸出钱夹,递给罗什锦。

罗什锦接过去:"买烧烤回来是吧?那我现在就去。"

"换完衣服就别走了,在我这儿吃个便饭,晚点送你们去车站。"

瞥见秦晗犹豫的目光,张郁青顿了顿:"男孩子应该没事。你呢,家里有没有门禁?"

秦晗摇头。爸爸妈妈其实不太管束她几点回家,但……她说:"明明是你帮了忙,应该我来请客吃饭的。"

"不是买过很多东西了吗?"张郁青笑着指了指桌上那些纸袋、塑料袋,"算你请了一半。"

"可是你还因为我们打了架,还受伤……"

张郁青轻轻"喷"了一声，稍稍弓背，指着自己的下颌和秦晗平视："都说了，这是正当防卫。"

对话间，罗什锦已经拿着张郁青的钱包走了。秦晗没机会掏钱，只能在心里暗暗记下一笔：我又欠张郁青一个人情。

真是还不清的人情啊。

入夜的遥南斜街有种说不出的安静。没有万家灯火，长街浴着月光，星星点点亮着几扇窗。

张郁青说，这条街都是门店，到了晚上都关店回家休息了，也就冷清些。

没一会儿，罗什锦拎着一大兜烧烤回来了。

油灼过的孜然辣椒格外香，打包盒一开，竹扦子上排着各式烧烤物，满室烟火气，馋得北北眼睛发亮。

桌边的椅子是那种木质长椅，坐久了屁股硌得疼。

张郁青不知道在哪儿拿了个柔软的小垫子，递给秦晗："垫着坐。"

"谢谢。"

"青哥，你这是偏心眼！偏心眼！"

张郁青睨罗什锦一眼："你是小姑娘？"

洗掉妆容的李楠坐在秦晗身边，张了张嘴，飞快地瞥了一眼张郁青，像是忍不住似的，极小声地问："秦晗，刚才帮我们的帅哥，是你男朋友吗？"

18

夜色里飘着北北馋烧烤的"呜呜"撒娇声。不知道是谁家关了店门在打麻将，麻将牌相碰的声音掺杂在蝉鸣里。附近大概是有河的，偶尔还能听见一两声的蛙鸣。

明明还在 B 市，却好像离家几百公里远，一切都让人觉得新鲜且

107

鲜活。

"秦晗,刚才帮我们的帅哥——"

秦晗沉浸在遥南斜街不一样的夜色里,忽然听见李楠的问题。

听完前半句的时候,秦晗以为李楠要问的会是"张郁青是不是你的朋友?",她下意识想要回答"是"。

轻轻吸了一口气,连唇都微微地噘起,"shi"差点儿从唇齿间发出音来。

"是你的男朋友吗?"

听完李楠问题的后半句,秦晗猛地咬了下舌尖,止住自己的话,又匆忙抬眸去看张郁青。

张郁青坐在秦晗对面,左侧是窗,他正看向窗外,不知道在想什么,总之是没注意到这边。

秦晗松了口气,小声又惶然地说:"不是的。"

她说完,心里居然有些莫名的可惜。

而且耳朵又开始发烫,像是有人在她耳畔纵火,借着晚风,火势大起。

桌上有张郁青倒给他们的冰水。她端起玻璃杯,一口气喝掉一大半。

今天发生的事太多,秦晗一直都没仔细去想,这会儿静下来,她才开始琢磨。

其实她给罗什锦和张郁青讲那个小哥哥的时候,并没有像当年讲给胡可媛时那么仔细。

她和胡可媛说起时,是抱着闺密间分享的情绪;但到了给罗什锦和张郁青讲时,就好像一边在说服自己,一边又在说服他们——

你看,我不是对张郁青有意思。

她只是……

只是什么呢?

搓麻将的那户人家正打到起兴,有人把牌"锵"地拍到桌上,喜滋滋地笑着:"和了!"

紧接着是洗牌的声音,柔柔地散在夜里。

有人递过来一串羊肉串,秦晗下意识接过,脑子里还在迷茫——只是什么呢?

她没有说遇见小哥哥的具体地点,也没有说从那个公园插着的彩旗标志就能看出小哥哥的大学,更没有说小哥哥他们的活动服是白色的。

而最开始,就是因为那群男生穿了白色运动服,在阳光下白得晃眼,才吸引了她的目光。

和胡可媛讲时,她是言无不尽地在描述。

但今天她没有,到底是为什么没有呢?

羊肉入口,孜然和羊肉的鲜香在唇齿间爆开,但秦晗还在凝滞地想。

在讲小哥哥时,她脑子里好像一直都是张郁青的身影。

这意味着什么?

答案好像呼之欲出。

秦晗正愣着,忽然听见张郁青的训斥:"北北!放下!"

其实声音并不大,但在愣神的秦晗也还是被吓了一跳。

她看过去,张郁青已经把北北从地上拎起来,两只手举着它和自己平视。

他的下颌因为擦伤被罗什锦强制贴了创可贴,增了些痞气,有点像小说里桀骜偏执的男主角。

可他的眸子是含笑的,声音也温柔:"乱翻女孩子的包?这位小伙子,你很不绅士啊。"

秦晗这才注意到她的背包被北北翻开了,从图书馆借来的书掉出半截,还有一沓写过字的便利贴。

背包在罗什锦脚边,罗什锦一边拾起书和便利贴,一边问:"雪泥鸡爪?好吃吗?"

"什么?"秦晗迷茫地眨了下眼睛。

那个便利贴是她用来记书里的一些好词好句的。写过一遍虽然说不能倒背如流,但也还是有个印象的。

可是,什么鸡爪?

她应该不会把零食的名字写在上面才对啊。

李楠是第一次来张郁青店里,稍显拘谨,但也向秦晗投去好奇的目光。

秦晗伸出手:"我看看。"

罗什锦捏着的便利贴还没落进秦晗掌心,张郁青忽然开口了:"雪泥鸿爪。"

他还是看着北北的。秦晗却忽然想起,自己的的确确是记过这样一个词。

不是鸡爪,是雪泥鸿爪。

她当时觉得这个词很美,记下来之后又因为不常用,一时没想起来。

可张郁青怎么什么都知道?

罗什锦一脸蒙:"什么玩意儿,雪泥鸿爪,啥意思?"

"鸿雁在雪上留下的脚印,事过留痕。"

罗什锦把书丢给秦晗,嘟嘟囔囔:"啥玩意儿,听不懂。来来来,喝酒吃肉,一会儿串儿凉了我还得拎回去让人家加热。"

秦晗这顿饭走神走得严重,几乎没怎么说话。

坐在她身旁的李楠因为对环境陌生,更沉默。

其实她应该说些什么——围绕着李楠的,或者是方便李楠融入的话题。

但秦晗脑子空空,总觉得有什么思路就在眼前,但她没抓住。

就像解几何题,明明感觉关键的辅助线就在很明显的地方,但又怎么都想不到,让人焦虑。

她愣愣又缓慢地吃完一串羊肉,机械地拿起离自己最近的一串烤板筋,听着他们三个闲聊。

张郁青没有让李楠惴惴太久，状似不经意地提起关于他的话题："冒昧地采访一下，你为什么喜欢女装？是排解压力，还是什么？"

"因为……"

李楠犹豫一瞬，但看出张郁青眼里没有任何反感的情绪，稍稍松了一口气："就是很喜欢。小时候总看妈妈化妆，就觉得化妆是一件美的事情，也……也觉得女装很漂亮。"

其实小时候妈妈偶尔还会给他涂个红唇什么的，然后领着他给家里人看。

家里人看见他，都会哈哈大笑。

但初中有一次，李楠自己偷偷涂了口红、化了妆，妈妈却给了他一个耳光。

他喜欢的事情是见不得光的，只能藏在心里，连对爸妈都不能说。

"你这爱好比较特别，大众对这件事的接受度其实不算高。"

张郁青拿起手边的一罐啤酒，轻轻晃了晃，酒液在金属罐里轻撞，清脆的声音传入夜色。

"坚持这样的爱好，比常人面对更多的非议是一定的，也会有更多压力，你要想清楚。以后找女朋友呢，可能人家姑娘会不喜欢你的爱好，也会有怕你带坏小孩儿的，反正会遇到的困难挺多的。"

李楠沉重地点头："我知道。大学我也挑好了，就是不知道成绩够不够，我想学服装设计。"

"服装设计学院吗？"

"不不不，"李楠不好意思地挠着头，"我成绩没有那么好，上不了一本的，可能是三本。"

"所以，"张郁青把他的啤酒罐伸过来，在李楠面前装了冰水的玻璃杯上轻轻一磕，"道阻且长啊，小兄弟，祝你好运。"

从来没人在这件事上和李楠聊这么多，而且是完全不带任何偏见的。

李楠的眼眶红了一圈，点点头："谢谢青哥。"

天气太热，那个老旧的风扇被罗什锦搬到窗边的桌子前。

大概是怕正对着吹会把烧烤吹凉，风扇来回一百八十度摇着头，偶尔还要发出一点"咯咯"的机械卡顿声。

风扇的风偶尔才扫到秦晗脸颊上，驱不散夏夜的暑气。哪怕喝着冰水，也让人汗津津的。

张郁青找来的坐垫上面缝着一层竹席，秦晗能感觉到自己的腿上已经印下竹席的纹路。可是在他店里坐着，又比躺在家里吹着空调吃雪糕舒服太多了。

罗什锦也热得不行，不知道从哪儿拿了个大蒲扇，呼哧呼哧扇着："青哥，这风扇是不是要退休了，咋一点也不凉快？"

"希望它能撑过这个夏天。"张郁青笑着说。

秦晗看向张郁青，能感觉到他手头并不宽裕，但这些又似乎没给他带来任何影响。

他刚刚和李楠对话时，身上有种"已识乾坤大，犹怜草木青"的气质。

秦晗手里的板筋只吃了一块，就这么一直举着。张郁青看了她一眼，把鸡翅推过来："板筋凉了不好吃，吃鸡翅吧。"

灯光落在他眸间，秦晗忽然想通了。

她念念不忘地喜欢的，根本不是多年前的小哥哥，而是张郁青。

她喜欢张郁青。

19

发现自己喜欢张郁青之后，秦晗反而很坦然。

她坐在窗边，出神地看着他和罗什锦、李楠谈笑风生。

是会有这种人的——当你发现自己喜欢他，并不会太惊讶。

你会觉得他值得被喜欢。

大概是秦晗还没学会怎么掩饰自己,她的目光太过直接,张郁青看过来,盯着她看了两秒,忽然笑了:"还拎着那串凉板筋呢?放一边吧,不是把鸡翅给你递过去了吗?"

秦晗目光流连地扫了一眼香喷喷的鸡翅,还是有些不好意思矫情:"……没事,我吃完吧。"

张郁青隔着桌子把手掌伸到秦晗面前,轻轻勾动指尖:"拿来。"

秦晗一时没反应过来,以为张郁青有什么加热的办法,愣着把板筋递到他手里。

这人把她吃剩的半串板筋往自己餐盘里一放,手又伸过来,挑了串最大的鸡翅塞进她手里:"吃吧。"

罗什锦仍然扯着嗓子:"偏心!偏心眼!"

张郁青也还是用那句话堵他:"你是小姑娘?"

那半串板筋就一直放在张郁青餐盘里,秦晗有意无意地看了好几眼。

饭桌上只有罗什锦最外向,话也比其他人多一些。

他讲起遥南斜街的事,说起前些年闹得轰轰烈烈的拆迁的事情。罗什锦笑得挺惆怅:"我爸那老头儿特有意思,一件衬衫穿了十二年,袖口都磨坏了,不舍得买新的。一听说要拆迁,这老头儿以为自己要暴富了,去商场买了件新衬衫,你们猜猜花了多少钱?居然花了八百多块!"

秦晗听着挺不是滋味。

妈妈给她买的衣服都差不多是这个价钱,还有更贵的。

而罗什锦用了"居然"这样的词,说明他认为花八百元买衣服已经是花了天价。

"结果第二天拆迁规划书一出来,齐刷刷地把遥南斜街给略过去了。我爸郁闷了好久,那衬衫也没穿,现在还在柜里藏着呢,说要留到我结婚他再穿。"

罗什锦咬了一口肥腰子,继续说:"不过我爸心理素质算好的,有几个老头儿还气得要死要活的。后街的赵大爷更牛，规划书一出来，直接被120拉走了。"

说完，罗什锦看了秦晗一眼："你还听得挺认真，我们这穷人的疾苦，你可听不懂。"

他这么说着，还指了指秦晗的手机。

秦晗的手机就放在桌面上，没贴膜也没用手机壳，是这个品牌今年出的最新款。

这手机具体多少钱秦晗本来是不知道的，她不太关注这些，但胡可媛见她换手机那会儿叫了她好几天"富婆"，说这个手机要九千多块。

秦晗没缺过钱花。她隐约有些明白了罗什锦对她为什么总像有意见似的。

就像刚才，罗什锦吃了一块她带来的寿司，没什么恶意地感叹："这花了大钱的，是好吃。"

其实那个瞬间秦晗是有点尴尬的，只不过张郁青开了个玩笑："北北的罐头也不便宜，要不你尝尝？"

这个玩笑揭过了秦晗尴尬的小苗头。

遥南斜街拆迁的事情确实令人唏嘘，李楠叹了口气："所以这条街就不拆了吗？以后呢？"

"近几十年是不拆了，再以后就说不准了。隔壁街拆迁的老头儿们摇身一变都成富翁了，有时候回来，我爸一瞅他们就来气。"

张郁青忽然笑了："是，罗叔现在都不太出来下棋了。"

罗什锦忽然笑起来："那会儿这条街上下棋的也不下了，拉二胡的也不拉了，凑一起没别的话题，就聊拆迁的事。怨念啊怨念，隔八百米远就能感觉到怨念。"

他用手里咬了一口的肥腰子指着张郁青："我青哥是最淡定的，没见他因为拆迁的事叹过一次气。"

张郁青笑着："叹过啊，没当着你的面而已。"

他说话的时候，秦晗和其他人一样，把目光光明正大地落在他身上。

但她刚一看过去，就发现张郁青手里举着小半串板筋。

一串板筋有四块，他的竹扦上，只剩下最后一块了。

而且，他的餐盘是空的。

秦晗感觉自己像坐在火堆前，连脖子都是烫的，脑子里轰隆隆地只循环着一个想法——

张郁青吃了我吃剩的板筋。

张郁青吃了我吃剩的板筋。

张郁青吃了我吃剩的板筋。

……

他就那么大刺刺地吃了，万一竹扦上还有我的口水……

秦晗被自己的想法惊了一下，猛地趴到桌上。

感觉到她的动静，桌上其他三个人都看过来。

李楠纳闷地问："秦晗，你怎么了？"

"辣椒呛嗓子眼儿了吧。"罗什锦不怎么在意地说。

只有张郁青忽然看了一眼手里吃完的竹扦，轻挑眉梢。

忘了这板筋是小姑娘的了。

吃过晚饭，张郁青带着北北送秦晗和李楠去公交车站。

时间并不算晚，这个时间在商业街反而应该正是热闹的时候，遥南斜街却已经陷入黑暗，连走路都要用手机开了手电筒照明。

李楠家离遥南斜街只有一站的距离，车来得也早，先一步走了。

秦晗家远了些。等公交时，张郁青坐在公交站的座椅上，逗着北北。她有点不好意思："你先回去吧，车应该快来了。"

"不急，送你上车。"

张郁青说完，抬起头，忽然直直地看向秦晗。

秦晗不知道他在看什么，脸先烧起来："怎……怎么了？"

张郁青起身，走过来，边走边说："别动。"

115

他的手慢慢伸向她肩膀的位置，明明还没碰到，秦晗却觉得自己像偏瘫了似的，整个肩连带着手臂都麻了。

可能是感受到秦晗的紧张，张郁青轻声安慰："马上就好，害怕就闭上眼睛。"

什么马上就好？

害怕就……就闭上眼睛？

这不是偶像剧里男女主角接吻时的台词吗？！！！

秦晗以为自己没怎么看过那种青春偶像剧，可这会儿脑子里却晃过一百八十多个被壁咚的场面。

但还没等她紧张完，张郁青的指尖轻轻触了下她的肩膀，只是一瞬。他退开时，指背多了一只豆绿色的蛾子。

"绿尾大蚕蛾，不咬人，也没毒。"

路边有蛐蛐躲在草丛里叫，路灯勉强撑起公交站前的光线。

张郁青指尖轻轻一动，蛾子扑棱着翅膀飞走了。其实它并不吓人，还挺漂亮，翅膀上拖着两条长长的飘带，像古代长袖下摆。

可是，他刚才说的话，居然是因为蛾子！

秦晗在心里痛斥自己：秦晗，你在想什么呢？！

秦晗的脸红得几乎在滴血，她勉强挤出一句犹如蚊鸣的"谢谢"。

正逢公交车来，秦晗红着脸往公交车上跑，从肩膀开始的"偏瘫"还没好转。上车前她还跘跎了一下，动作笨拙得她根本不好意思再回头去和张郁青说再见。

反倒是张郁青，笑着叮嘱她："到家发个信息给我。"

车上的小姑娘慌慌张张点头，钻到车座上，把额头抵在座椅靠背上，没再回头。

公交车上没什么人，灯光很足，能看清她泛红的耳郭。

公交开走后，张郁青带着北北往回走，调侃地想——

替身而已，这么慌里慌张的，脸皮太薄了。

116

高考成绩出来前，秦父终于从外面"出差"回来，开始每天回家吃饭。

餐桌上一家人还是其乐融融，秦母也会做很多只有秦父才喜欢的小菜。只不过有了之前夜里的"偷听"，秦晗偶尔会敏感地在爸爸妈妈笑着的脸上看出一些不自然。

查成绩那天，倒是能看出来爸爸妈妈的心情真的很好，也许是因为没什么压力，秦晗高考时还超常发挥了，成绩比预计的好。

秦母哼着小曲找出手机，给家里的司机打电话，语调一直愉快地上扬，让司机去海鲜市场多买些海鲜送过来。

家里对秦晗没什么特别的要求，但知道她考了好成绩，也还是要庆祝。

"中午我们吃大餐吧，吃螃蟹怎么样？"

秦母挂断电话，笑着说："这种日子就该吃蒸海鲜的，让我们小晗蒸蒸日上。"

"我去煮姜茶，免得你吃完又说寒得肚子疼。"秦父笑着接了一句。

"我哪有那么娇气？"

秦母佯怒地瞪过去，目光柔柔的，没什么威胁性："你先过来帮我把蒸螃蟹的锅拿下来，在最上面的柜子里，我拿不到。"

"好好好，我来拿。"

看着妈妈拉着爸爸去厨房，秦晗忽然觉得很开心。

这种真正温馨的家庭气氛是因为她的成绩。她有种自己立了小功的成就感。

这种成就感不知道和谁分享。秦晗拿出手机，第一个想到的人是张郁青。

可是……

那天晚上她僵着身子跟跟跄跄地跑上公交车的情景又浮现在脑海。

太丢人了！

她居然以为他会吻过来！

司机师傅把海鲜送到楼下时，秦晗还沉浸在丢脸的情绪里。

就因为这个，她这几天都没想过去遥南斜街。

只要她跑得够快，躲得够远，尴尬就追不上她。

秦父拿着烟下楼，抽完烟顺便把装满海鲜的黑色塑料袋拎回来，一进屋就看见正举着手机发呆的秦晗。"小晗。"他说。

"啊？"

秦晗吓了一跳，匆忙收起手机："怎么了，爸爸？"

秦父是真的很高兴，扬起来的那种调子和秦母居然有些像："我想过了，你这个成绩报师范大学是没问题的。你想不想当老师？"

"当老师不错啊，还有寒暑假。师范大学离家这么近，小晗每周都可以回家。"秦母在厨房说。

高中的时候，班主任说女生当老师、当医生都不错。

秦晗点头："我们老师也说女生当老师好。"

秦母蒸了一大锅海鲜——螃蟹、虾、鲍鱼、粉丝扇贝——摆满了一桌。秦晗吃完一整个螃蟹才想起来——

师范大学，不就是小哥哥的大学吗？

虽然这么多年，估计小哥哥早就毕业了，但她在爸爸提起这所大学时一点都没想起过小哥哥。

秦母调低空调时，说了一句"这么热的天，买个西瓜回来消暑好了"。

这句话，让秦晗想起张郁青。

"要买西瓜还要去楼下那家店，他家的西瓜是庞各庄西瓜，挺甜的。"

秦母转过头，问秦晗："小晗，妈妈上次买的西瓜是不是很甜？"

没有罗什锦的西瓜甜。

秦晗轻轻点头："我有一个朋友，挑西瓜很厉害，妈妈，下次我来买西瓜吧。"

"哎呀，我们小晗现在真是长大了，那就交给你啦。"秦母笑着说。

秦晗却在想,她好像又找到了一个可以光明正大去遥南斜街的借口。

20

只不过,隔天秦晗没能如愿以偿地去遥南斜街。

秦晗是被手机振动声吵醒的。她挺不情愿地在被子里拱了两下,只伸出一只手,在桌子上摸过手机,顺便摸到遥控器,把空调打开。

困意未消,她眯着蒙眬的睡眼,解锁手机。

看见满屏幕的群消息都写着"端午安康"时,秦晗猛地睁大眼睛,整个人从蚕丝薄被里弹坐起来。

完了!

今天是端午节啊!

她死死盯着手机屏幕看了一会儿,又无力地倒回床上。

端午节肯定是要去奶奶家吃饭的,遥南斜街估计是去不成了。

秦晗幽怨地看了一眼床边的椅子,上面整整齐齐地放着一条浅色牛仔裙。

明明要穿的衣服她都准备好了。

果然,等秦晗起床时,秦母已经端着煲好的海鲜粥从厨房出来:"小晗,今天我们要去奶奶家吃饭。奶奶已经知道你的成绩啦,准备了不少好吃的要给你庆祝,有你爱吃的糖醋里脊哦。"

糖醋里脊算什么?!

她想去遥南斜街啃西瓜啊!

秦晗垂死挣扎:"妈妈,我们今天要晚上才回来吗?"

"对呀,晚上吃过饭再回来。怎么啦?和其他朋友有约会了?"

秦晗蔫巴巴地摇摇头:"没有……"

再回到卧室时,秦晗轻轻叹了一口气,把牛仔裙收回去,翻了一条短裤出来换上。

手机里很多未读信息，都是高中群里的，她翻着看了一下，除了端午节的事情，大家还在讨论高考成绩。

也有人在撺掇着要搞一次同学聚会。

胡可媛正踊跃地响应同学聚会的提议，发了不少KTV和饭店的推荐链接。

秦晗正想关掉群聊的消息提醒，手机振了两下，群里忽然有人提及她。

是徐唯然。

"秦晗秦晗，同学聚会你来吗？ @秦晗"

"对了秦晗，你成绩怎么样啊？ @秦晗"

群里有几个男生发了"坏笑"的表情，秦晗僵了僵，没回。

但她也注意到，在那之后的聊天里，胡可媛忽然就消失了。

无论别人怎么问胡可媛KTV的位置，胡可媛都没再回过。

退出群聊的对话框，秦晗点开张郁青的对话框，想了想，给张郁青发了一条信息——

"端午节安康。"

等了好一会儿，张郁青都没回她消息。

甚至一直到爸爸开着车来接她和妈妈去奶奶家，张郁青都没回。

也许是因为太忙了？

秦晗奶奶家在郊区，六环外，开车过去要一个小时左右。

大概是端午节放假的人比较多，路上一直堵车，路程变得漫长。

车子下了高速路，路旁种满了淡紫色的萝卜花。

秦母从副驾驶位偏头向后座看："小晗，路两旁的花，是不是很美？"

秦晗看过去。

嗯，是很美。

秦晗反复点进对话框看了几次，不由得有些后悔。

大概是她发的信息太像群发的了，所以张郁青看过了却没回？

这种情绪纠缠着她，还真有点"牵肠挂肚"的滋味。

到奶奶家时已经是中午，秦晗帮爸爸妈妈提了两盒给奶奶买的东西。

才刚出电梯就听见奶奶家传来热闹的聊天声。小姑一家和小叔一家都在，客厅里到处都是人。

"快快快，开始炒菜吧，我们的小状元回来啦！"

"小晗很不错啊，考得好！有小叔当年的风范。"

"要点脸吧，你当年可是复读了才考上重点的。"

"小晗快过来，让爷爷奶奶抱抱。"

"粽子呢？把粽子给小晗拿来，小晗爱吃。"

"我得去下厨了。小晗最爱吃小姑父做的糖醋里脊是不是？"

秦晗上的是重点中学，但不是火箭班。

她考得算不错，但也没到值得这种大张旗鼓庆祝的程度。

但她知道，哪怕她没考上一本，家里人仍然会这样开心地为她喝彩。

秦晗不只是爸爸妈妈捧在手心里的宝贝，也是奶奶家所有人的宝贝。

小姑起身去拿粽子，边走边说："你奶奶特地给你包了豆沙馅的，说你爱吃。"

奶奶笑眯眯地端起茶杯，喝了一口："豆子是你爷爷骑自行车去市场挑的，他说我们挑不好。"

这些来自家庭的温暖冲淡了秦晗等信息的焦虑。她跑着扑过去，抱住爷爷奶奶："谢谢爷爷，谢谢奶奶。"

沙发上坐满了人，小叔被挤得坐在沙发扶手上，还不忘打趣她："哎哟，你慢点，你爷爷奶奶老胳膊老腿的，你再给他们压骨折了！"

"我哪有那么重！"秦晗气鼓鼓地说。

小姑端来粽子，秦晗搬了小板凳坐在茶几前，一层一层地剥开粽叶，手上粘了黏糊糊的糯米。

小叔回忆起自己上学时候的事情，和大家聊得热闹。

不过小叔聊天总需要找捧哏，他时不时都要问秦晗一句："小晗，你说小叔说得对不对？"

秦晗含着香甜满口的粽子，也没听清小叔说了什么，匆忙点头："对。"

"对什么呀，少教坏孩子。"

小婶婶掐了小叔一下："你小叔的初恋是个大美女呢。"

小叔笑着躲开："高中正是情窦初开的年纪，有一个两个喜欢的人也正常啊，是不是，小晗？"

这次秦晗听清了，瞪着眼睛没回答。

她总觉得有些心虚。

正好这时候，手机在短裤兜里振动，秦晗举着两只黏糊糊的小手，急得到处找纸巾。

小叔递过来两张湿纸巾："看把你急的。"

秦晗擦过手，又匆忙摸出手机，但电话并不是张郁青打来的，是徐唯然。

她没接，徐唯然打过一个之后又继续打。手机一直在振动，连奶奶都看过来。

因为胡可媛的事，秦晗非常不想接徐唯然的电话，索性把手机调整成静音模式。

一家人在一起很热闹，时间过得也快，热热闹闹吃完午饭，聊了会儿天，又热热闹闹地吃起晚饭。

偶尔秦晗也在热闹里感受到一点失望，因为手机一次都没振动过。

等她想起手机被自己调成静音模式时，已经是晚上了。

有两条张郁青下午发来的未读信息。

两条都是照片。

一张是北北的动图，上面写着"端午安康"的字样。

另一张就有点匪夷所思了，是一面锦旗，写着"助人为乐，情暖人间"。

晚饭的餐桌上，大人们喝了点酒，话也变得更多。秦晗捧着手机悄悄溜出餐厅，钻到阳台上。

奶奶家是高层，住在十八楼。夜风阵阵，秦晗把被风吹乱的碎发掖到耳后，深深吸气，拨通了张郁青的电话。

电话被接起时，秦晗紧张得心脏都快跳出来了，却听到罗什锦的大嗓门："谁啊？青哥现在没空，晚点再打来吧。"

"……哦，知道了。"

"咦？秦晗啊？"罗什锦耳朵挺灵。

不知道为什么，秦晗有种做坏事被人抓包的窘态："……是我。"

罗什锦倒是没什么特别的情绪："那我晚点让青哥给你打回去吧。今天不是休假嘛，丹丹回来了，青哥很忙的。"

丹丹？

丹丹是谁？

秦晗握着手机的手紧了紧，勉强笑道："也没什么事，就是他给我发了张锦旗的照片……"

"你说那个啊，你那个同学李楠送来的。他可逗了，之前写了一封感谢信来，挺长的，我随口说了一句字像狗爬的，看不懂，结果他又订了一面锦旗过来，哈哈哈！"

"李楠去过了？"

"这些天每天都来，昨天还给一个女顾客化了妆呢，别说，手艺还不错。嘿，北北！那个不能咬！"

电话里传来罗什锦呵斥北北的声音："你没别的事了吧？没事我挂了啊，北北咬丹丹的背包呢。"

"嗯，没有了。"

秦晗挂断电话，趴在阳台的护栏上。

丹丹是谁呢？

听起来是女孩子的名字。

该不会是张郁青的女朋友吧？

秦晗是高考完，假放得早，可其他工作单位确实会在端午节放三天假。所以是张郁青的女朋友放假来找他了吗？

他在忙着陪女朋友？

小区里楼房耸立，家家户户的灯光被窗子圈成一个个小方块，灯光是深浅不一的黄色或白色。秦晗默默地看着，有种烦躁和不安从胸腔里升起来，堵得人难受。

吃下去的粽子也好像粘连在胃里一样，难以消化。

过了几分钟，手机屏忽然亮了，秦晗垂下视线，却看见张郁青的名字出现在屏幕上。

她接起电话："喂？"

"给我打电话了？"

"嗯，端午节安康。"

秦晗心事重重，含糊地说："罗什锦说你这几天都很忙，要照顾丹丹……"

"是忙，我这又当爹又当妈的。"

张郁青还是那种悠闲笑着的语气："你也安康，小秦晗。"

秦晗藏不住心事，鼓了鼓勇气："张郁青，丹丹是你的朋友吗？"

"我妹。"

秦晗忽然松了一口气，语气也欢快起来："那你吃粽子了没？"

"还没，忙得没空吃。"

秦晗这才听出来张郁青声音里掺着一点点哑，听起来有些疲惫。

秦晗有些犹豫，看了眼身后的阳台门，透过玻璃能看见奶奶包的粽子剩下很多很多。

说自己这两天要去遥南斜街买西瓜呢？

还是说去给他送粽子呢？

哪个理由听起来会更好些？

张郁青大概是给自己倒了一杯水，秦晗的手机贴在耳边，能清晰地听见他轻轻吞咽的声音。

再开口时，他那些疲惫的哑音不见了，主动问起："听说高考成绩出来了，小姑娘，你考得怎么样？"

"挺好的。"

"口气很大啊。"

秦晗有点不好意思，声音小了些："本来就挺好的。"

"想好报什么学校了？"

"B市师范大学。"

张郁青顿了顿，随后笑起来："行，什么时候有空再来，送你份高考礼物。"

21

挂断电话，秦晗抑制不住地雀跃。

她感觉自己胸腔里冒着泡泡，像煮沸的水，咕嘟咕嘟。

她去遥南斜街的两个借口根本没用上。

是张郁青，是张郁青约了她！

他还要送她高考礼物！

晚风拂过流云，零星的星星忽明忽暗，月亮也不算圆，万家灯火把夜拉得绵长，闷热的夜晚是暑气的帮凶。

秦晗却觉得，没有比这更好的夏夜了。

身后的阳台门被推开，秦父拿着烟盒进来，看见秦晗，他意外地笑起来："小晗在这儿啊。刚才你小姑父还说呢，怎么你今天糖醋里脊吃得这么少就下桌了。"

秦晗支吾了一下："我吃饱了。"

"你小叔说你减肥呢。"

"才没有！"

秦父从烟盒里敲出一支烟，把烟叼在嘴里："没有就好，我们小晗已经很苗条了，节食减肥对身体不好。"

可能是高层风大，秦父按动两次打火机，都没能把烟点燃。他把手拢在眼侧，才点燃烟。

偏头发现秦晗还在时，秦父温和地笑了笑："还不进去？回头身上沾了烟味，你妈妈又要说我给你吸二手烟了。阳台先借爸爸一会儿，等我抽完你再来？"

"爸爸。"秦晗犹豫地唤了他一声，"你会和妈妈离婚吗？"

其实那天夜里发生的事秦晗并没有忘记，她只是不提起。

哪怕发现自己有喜欢的人了，哪怕刚刚喜欢的人还答应送给她高考礼物，哪怕她刚才还雀跃得想要欢呼，可一想到那天夜里爸爸妈妈歇斯底里的争吵，秦晗仍然不安。

秦父诧异地转过头，香烟的烟灰散落在阳台上，又被风吹走。他表情很凝重："是谁告诉你爸爸妈妈要离婚的？"

"没有人告诉我，是我自己听到的。"

秦晗垂下头："对不起爸爸，我不是有意偷听你和妈妈讲话的。"

"小晗，爸爸在夜里出门，你也听见了？"

"嗯。"

秦父深深吸了一口烟，叹气时白雾从他鼻间喷散出来。

他按灭了烟，蹲在秦晗面前，神情愧疚："对不起宝贝，是爸爸妈妈没做好，让我们的宝贝担心了。"

秦晗的眼眶有些痒，她睁大着眼睛想把眼泪憋回去："其实你们不用在我面前……"

不用在她面前什么呢？该用什么样的词呢？

演戏？佯做？假装？

可这些词听起来都不太好，她不能这么说。

爸爸妈妈也是为了让她生活在幸福的家庭里，才会在每次争吵后，哪怕心情不好，也仍然对她笑。

这是他们爱她的方式。

秦晗的眼睛瞪了一会儿，眼眶泛红。

秦父叹着气："我们的宝贝也长大了，是我和妈妈不好，总觉得你是小孩子，以后有什么问题，我们也会让你知道，好不好？"

"那你们真的会离婚吗？"

秦父摇摇头："那是气话。"

秦晗敏感地注意到爸爸只是摇头，却没有十分笃定地反驳说"我们不会离婚"这样的话。

她有点慌，急急追问："爸爸，你还爱妈妈吧？"

"当然爱。我真的很爱很爱你妈妈。不过有些事情，不只是爱那么简单。"

秦父略显惆怅地笑了笑："小晗，这件事爸爸会妥善处理的，好不好？交给爸爸，好不好？"

秦晗只能点点头。

她不想细猜爸爸眼里的愧疚到底是什么。

秦母忽然拉开阳台门，奇怪地问："你们父女俩躲在这儿干什么呢？"

她顿了顿，蹙起眉心，瞥了秦父一眼，发火都很温柔："你呀，又在孩子面前抽烟！小晗快跟妈妈走，咱们不吸他的二手烟。"

秦父忽然笑了："你看，我说什么来着，你妈妈一定会说我给你吸二手烟的，快进屋吧。"

后面的两天，秦父真的像他说的那样，每天都在家里办公。

秦母在厨房做饭时，他还会放下工作去帮忙打下手。

厨房时不时传来爸爸妈妈的笑声，秦晗松了一口气，觉得爸爸在努力修复和妈妈之间的感情裂痕。

这两天秦晗没出门，她其实在去遥南斜街这件事上，心里是有些矛盾的。

罗什锦说过,张郁青这几天会很忙,她不想去添乱。可是有时候想想,李楠比她认识张郁青他们还晚呢,可已经和他们熟到可以每天都去的程度了。

她去了也不会给张郁青添乱,她可以和北北玩,也可以安静看书。

这么任性地想着,秦晗也还是没在端午假期这几天去遥南斜街。

过了端午假期,秦晗穿上浅色的牛仔小裙子,把头探进厨房:"妈妈,我可不可以拿走一些粽子送给朋友?"

"可以呀,拿礼盒吗?还是奶奶包的?"

"奶奶包的吧。"

秦晗在人际交往上没有那么得心应手。她在网上查过一些相关的文章,觉得自己之前每次去,买那么多东西,无论是在数量上还是价格上,可能都在无形中给了张郁青不好的压力,只不过他并没有表达出来。

她是通过罗什锦的反应,才觉得自己好心办了坏事。

粽子礼盒很好看,但也许还是拿奶奶包的才更让人家收得安心。

秦晗装好粽子,又装了几个妈妈烤的水牛奶菠萝包,放在手提袋子里。

她穿鞋时,爸爸从书房出来,问了一句:"小晗今天要和朋友出去?"

"是呀。"

秦父大概以为她要去见的朋友是胡可媛,还笑着问了一句:"随时可以约你朋友来家里吃饭,让妈妈给你们做好吃的。"

可是我要见的朋友,是张郁青啊。

秦晗提上一只鞋子,心里默默地想。

"就是呀,最近都不见你带朋友回来了。"

秦母把秦晗的拖鞋收好,笑着说:"反正考完了,你们可以玩得晚一些,直接在家里住也可以呀。"

"那是不行的!"秦晗条件反射地反驳。

张郁青怎么可以来家里住?!

"怎么不行,和你住一个房间就行啦,你的床本来就是双人床。"

那——怎么——行?!

秦晗被妈妈的"双人床"发言吓了一跳,她也没解释自己的朋友是男性,慌里慌张地撞在门口的实木椅子上。

"这孩子,怎么冒冒失失的?"

秦晗耳郭通红,拎起装了粽子和菠萝包的袋子单腿蹦了两下:"爸爸妈妈,我出门啦!"

秦母的声音从身后传来:"出去注意安全,别总在外面晒太阳,会中暑的。"

"知道啦!"

去遥南斜街的路上秦晗才意识到,她出门出得有些太早了。

爸爸在家办公,早餐会吃得早一些,公交车晃晃悠悠地开出去半程路途,居然才不到 9 点。

都不知道这个时间张郁青的店开没开门。

秦晗在网上搜了一圈,发现张郁青的店搜不到,只能看看别家文身店的营业时间作参考。

有 9 点到 22 点的。

也有 10 点到 23 点的。

也不知道张郁青的店更像哪一家。

公交车上人很多,大概都是上班族,挤得秦晗缩在门边的小角落,一直到下车她才猛然松一口气。

和大路不同,遥南斜街像是还没苏醒。

街上行人稀稀拉拉。偶尔有拎着豆浆和油饼的大爷走过,还有人牵着狗,边走边咬一口松脆的油条。

油香油香的味道飘散开——像是令人食指大动的特殊魔法——把秦晗身后车水马龙又人影匆匆的主街和遥南斜街划分成两个完全不同的世界。

不知道哪家的老人在跟着收音机唱戏,悠扬的戏腔伴着树梢喜鹊的鸣叫，让人放松。

秦晗能感觉到自己的雀跃感，她是一路小跑着去张郁青店的。

店门口的木板防盗门敞开着，但她没直接进去。她把手拢在窗边，向里面张望。

窗边的桌子上放了半杯水。

北北正蹲在桌边吧唧吧唧地吃它的狗粮。

倒是没看到张郁青的身影，也不知道他睡醒了没。

秦晗试探着推了一下门，门没锁。但她才刚迈进去，北北忽然警惕地抬起头，开始大叫。

"汪汪汪！汪汪！"

秦晗吓了一跳，连忙蹲下，小声安抚："北北，嘘，别叫了。"

"汪汪汪！！！"

"北北，是……是我，给你买狗粮的姐姐。"

"汪！汪汪汪！汪汪汪！"

它的声音比刚才还大，居然还龇牙。

秦晗正手忙脚乱地安抚着北北，楼上传来一声开门的轻响。

也许是张郁青店里的门都有些老旧，门声吱嘎，秦晗下意识抬眼往楼上看去。

简易的铁艺护栏后面出现了张郁青的身影。他没穿上衣，只穿了一条白色运动裤，手里拿着毛巾随便擦掉脸上的水珠，才向楼下望过来："哪位？"

秦晗的视线落在他的腰上，瘦劲的腰，看着很有力。

腹肌线条随着他的动作，若隐若现。

看清是秦晗，张郁青愣了愣："我穿件衣服。"

说完，他转身往回走。

北北已经像个跟屁虫似的摇着尾巴跟着张郁青回楼上了。秦晗蹲在地上愣着，一直到张郁青的身影完全消失，她才猛地站起来。

我，看见了！

我看见张郁青的腹肌了！！

秦晗感觉今天是入夏以来最热的一天，她热得快要原地蒸发了，整个人都像被火点燃了一样。

她呆呆地坐到桌边，拿起桌上的半杯水，咕咚咕咚喝了两口。

张郁青套了一件短袖，还是纯色的，只不过这次是淡淡的灰色，比起黑色，显得他整个人在阳光下发光。

他走下来，看见秦晗手里的水杯，忽然笑了："怎么渴成这样？"

"啊？"

秦晗回过神，听见他说："小姑娘，你用的是我的水杯。"

22

秦晗记得初认识张郁青时，她问了个傻问题。

她问张郁青有没有文身，当时张郁青说"有"，她还傻唧唧地说"我没看见"。

当时张郁青告诉她，文身在她看不见的地方。

可是刚才，她看光了张郁青的腹肌和后背——干净的冷白色皮肤上没有任何图案。

难道是在下面……

就是……腿，或者别的什么地方。

秦晗的脸越来越红，张郁青还以为她是因为误用了杯子感到不好意思，笑着说："逗你的，杯子没人用过，昨天倒给客人的，他没喝。"

"哦。"

秦晗放下杯子，有点心不在焉。

"来得挺早嘛，还以为你们这些高三毕业的小孩儿，在假期得睡到中午呢。"

"我每天起得都很早的！"秦晗急着替自己辩解。

张郁青坐在秦晗对面的椅子上，伸长腿把电风扇的线钩过来，插了电源："跑着来的？额头都是汗。"

秦晗没敢说自己是因为看了他的腹肌和背才开始冒汗的，红着脸摇头："也不是很热。"

"你先消消汗，我去楼上一趟，一会儿带你去个地方。"

张郁青再从楼上下来时，已经恢复平时的穿衣风格——黑色工装裤和纯黑色短袖——头发是湿的。

他打了个响指："走吧。"

"我们去哪儿？"

"去能买到你高考礼物的地方。"

秦晗跟着张郁青走出店门，他带着她走进小胡同里，偶尔遇见熟人，他都会笑着打招呼。

有一个男人看见走在张郁青身边的秦晗，问张郁青："郁青啊，郁丹回来了？"

站在男人旁边的女人忽然撞了那个男人一下，隐晦地使了个眼色。那个男人反应过来，支支吾吾："啊，不是小丹丹吧？小丹丹没这么……没这么……"

"你会不会说话？！"

那男人身旁的女人直接把他扯进屋里，随后女人歉意地对张郁青笑了笑："抱歉啊，郁青。他这人说话就是这么招人讨厌，你别往心里去。"

张郁青淡笑着："不会。"

秦晗不太明白，刚才的对话里，到底是什么让三个人都变得那么敏感。

她有些不安："张郁青，是不是你和我走在一起，会被传绯闻啊？"

张郁青好笑地看她一眼："传什么绯闻？我又不是明星。"

又走过好几户低矮的平房，他才说："我妹妹生病了，是病人，他们担心说错话我会不高兴。"

秦晗很想问问是什么样的病，但又觉得这不是一个愉快的话题，于是闭口不言，只去认真看沿途风景。

这条胡同旁的每一处房屋都很有年代感，却又带着不同的生活气息，能看出屋主人生活习惯的不同。

有的人家有大石块堆砌的围墙，有的人家盖了二层小楼，也有的人家院子里晒着玉米和辣椒。秦晗左右看看，看哪儿都新奇。

有一家的围墙上还种了很多仙人掌。

仙人掌顶着淡黄色的花苞，格外有韵味。

秦晗看了几眼，忍不住拿出手机拍照："这家人一定很爱生活。"

"人家种仙人掌不是为了观赏的，是为了防盗，免得有人翻墙进去偷东西。"

张郁青的手掌很自然地覆在秦晗的后脑勺上，轻轻推着她往右边走："这边。"

那是一间很舒服的小房子，门口的石桌上放了水泥色的花盆，养了一盆盛开的白色小菊花。

一只胖墩墩的大橘猫正趴在门边晒太阳，看见张郁青和秦晗，也只是懒懒地抬了一下眼。

张郁青蜷起食指，轻叩木质门板："刘爷爷，在吗？"

"哦，郁青来了啊。"

门打开，里面走出一个瘦高的老头，穿得很整齐——白色盘扣仿唐装——手里拿了一把折扇，像是穿越时空而来的人。

秦晗不知道张郁青带她来这里做什么，但还是礼貌地随着他叫人："刘爷爷好。"

"这个小姑娘水灵灵的，真招人喜欢。"

刘爷爷笑着摇了摇折扇，上面的金纹山海随着他的动作晃了晃："怎么想起来我这儿了？你奶奶身体怎么样了？"

张郁青笑着："还是老样子。来找您，是知道您这儿有些宝贝，别处找不到。"

"那倒是。"

刘爷爷领着张郁青和秦晗进屋。一迈进去,秦晗就呆住了。

真的满屋都是书,从地上一直摞到天花板,有的放在书架上,有的干脆摞在桌面上、地上。这是书的世界,空气里都是书籍的油墨味和旧纸张的味道。

秦晗情不自禁地小声感叹:"哇。"

"这才是真正的二手书。挑吧,喜欢哪本都可以送给你。"

张郁青微微低下身子,在秦晗耳旁说:"刘爷爷这里是真的有值得珍藏的首版书籍,仔细挑挑,没准儿能捡到宝。"

刘爷爷重重咳了一声,故意开玩笑:"说什么算计老头子的悄悄话,我可都听见了!"

秦晗很喜欢书,她看书的时间比玩手机的时间更久。

新书就像是年轻的讲述者,穿着色彩斑斓的外套,轻轻讲述它的故事。

而老的书籍有种岁月沉淀在上面的沧桑感,它的外套已经饱含故事,却又欲语还休。

"我可以拿下来看吗?"书架旁有一架木质梯子,秦晗站在前面犹豫。

刘爷爷非常愉快:"请便啊,小姑娘,想看哪本看哪本。哎呀,这年头爱读书的小姑娘不多见啊,都捧着手机、平板电脑玩呢。"

又一个叫她"小姑娘"的人。

这条街上的人都好喜欢叫她"小姑娘"。

秦晗攀上梯子,目光在书籍之间流连。

张郁青真的很懂她,她好喜欢纸质书籍。

有一本《小王子》引起秦晗的注意,她把手伸过去,小心地拿过来。

她只顾着不要把书碰坏,却忘了书上的尘埃。身后的张郁青刚开口想要提醒秦晗,她已经翻开书。灰尘乱舞,迷了眼睛。

秦晗条件反射地想要用手去揉眼睛,张郁青站在梯子旁,握住她的手腕:"别用手,手上也都是灰。"

"那怎么办……"

秦晗闭着眼睛,眼角有一点晶莹的眼泪。

她顺着张郁青的说话声,凭借感觉,茫然地把脸转过去对着他,像盲女。

"刘爷爷,有湿巾吗?"

"有啊,接着。"

张郁青接住刘爷爷扔过来的湿纸巾,打开,扯出一张,叮嘱秦晗:"别动,站稳了,我帮你擦眼睛。"

这种木质六步梯,秦晗只站在第一阶上,和站在地上的张郁青差不多高。

她能感觉到他的声音就在眼前——咫尺的距离。

可能闭上眼睛,听觉和触觉都会更敏感。秦晗清晰地感觉到张郁青的指尖包裹在湿纸巾里,温柔地帮她擦了擦下眼睑的眼泪。

他说:"试着睁眼,眨一眨。"

他的声音传入耳朵,刮蹭着耳道。

像火柴在火柴盒上轻轻一蹭,马上就要点燃火苗。

秦晗睁开眼睛,在朦胧的视线里看见张郁青又抬手,帮她擦掉泪水。

其实有那么一刻,秦晗情不自禁地屏住呼吸,觉得心跳都漏了半拍。

"好些了吗?"

"嗯。"

刘爷爷这间书屋是遗忘时光的好地方。秦晗在里面流连很久,还是阳光晃了眼,她才忽然察觉,一上午已经过去了。

毕竟是张郁青说要买单,秦晗不好意思多选,只拿了一本老舍先生的书。

但张郁青付过款带她从刘爷爷家出来时,他忽然从门口拎起几本书,递给秦晗。

这一小摞书，古朴的封面上居然系着深绿色的缎带，还打了个漂亮的蝴蝶结。

"……这是？"

张郁青把书塞进秦晗怀里："送你的高考礼物。"

"可是我不是有老舍先生的书了吗？"

"那是你想要的，这是我想送的。"

正午的阳光晃在张郁青脸上，他被晃得眯缝一下眼睛，笑着："都是国外的诗集，我觉得不错，你可以读读看。"

秦晗有些不好意思："谢谢。"

张郁青却忽然转过身，看着她："我们也算是朋友了，下一次来，不用买那么多东西，知道？"

他很温柔，有些话会选在令人不尴尬的时间说。

但秦晗忽然有了一种担忧。

她抱着她的高考礼物，问张郁青："那你送我这个，是不是因为我之前买了东西，只是想要礼尚往来？"

张郁青没回答，只告诉秦晗："拆开缎带看看？"

秦晗没得到自己想要的答案，默不作声地拆开蝴蝶结，翻开第一本诗集的扉页。

是博尔赫斯的诗集。她看见扉页上有张郁青写的话——

　　送给秦晗小朋友，毕业快乐，万事顺意。

张郁青的字飘逸又好看。她还没抬起头来，头顶传来张郁青的笑声："不是礼尚往来，是祝贺你考了个好成绩。"

回张郁青店里的路上，秦晗有些走神。

她忽然有个想法，她希望张郁青是她的男朋友。

张郁青看了眼手机，忽然说："能找到我的店吗？"

"能的。"

"你先回店里,我去办点事,十分钟就回来。"

秦晗点头,自己一个人往张郁青店里走。

张郁青的店真的很神奇,出门时连门都不锁,也没人随便进来。

北北大概已经认出秦晗了,看见她进来倒是没叫,趴在地板上懒洋洋地晒着太阳。

秦晗坐在桌边,爱不释手地翻开张郁青送她的几本书。

多年前遇见的小哥哥只是她情窦初开时的一个模糊憧憬,但她是真的很喜欢张郁青这个人。

楼上连着传来几声喷嚏声,吓了秦晗一跳。

她愣了愣。楼上有人?

没等她猜测完,罗什锦趿拉着凉鞋从楼上下来。

他大概是感冒了,一边走一边用纸巾擦着鼻子,身上还披着一件白色的运动服外套。

"哎?你来了啊,看见青哥了吗?"

这件运动服外套秦晗觉得很眼熟,盯着看了一会儿,她忽然惊恐地瞪大眼睛。

这……这不就是当年小哥哥穿的那件白色运动服外套吗?!

一模一样的!!!

秦晗看着正在扔擦鼻涕纸的罗什锦,满脸错愕。

该不会……

罗什锦就是她情窦初开的小哥哥吧?!

23

秦晗盯着罗什锦,半天没说话。

罗什锦的鼻尖被卫生纸蹭得通红,他又吸了吸鼻子。

他把手伸到秦晗面前晃了两下,声音带着浓重的鼻音:"看什么呢?我这是着凉的感冒,不传染。"

"你是师范大学的学生?"

"……啥玩意儿师范大学啊?"

罗什锦嫌弃地瞥了秦晗一眼,指着自己通红的鼻尖:"我要是师范大学毕业的,还能在这儿卖水果?我爹不把我腿打折才怪!"

秦晗的表情仍然有些怔怔的。

这件白色运动服给她留下的印象很深。

时隔多年回忆起来,小哥哥的样子已经模糊不清,但对这件白色运动服,记忆依然深刻。

尤其是袖子上带着的两道墨绿色的长纹。

后来秦晗查过,大学一般是没有校服的。

她看见的白色运动服可能只是某个班级的班服,或者做活动时自发定制的系服。

秦晗看着罗什锦:"你真的不是师范大学的毕业生吗?"

"不是啊,师范大学算什么?我,罗什锦,那可是遥南第一幼儿园的校草!"罗什锦大言不惭地说。

可是……

这位校草,您鼻子上还沾着卫生纸的纸屑呢……

秦晗看了罗什锦一眼,指了指自己的鼻尖来提示他,随后心不在焉地说:"哦,那你和张郁青是同学吗?"

可能是她认错了吧。

也许只是同款的运动服呢。

"我发现你这姑娘真挺傻的,青哥那是逗你的,他才是正经师范大学的学生。"

秦晗瞬间抬眸。

听到张郁青是大学生,她很诧异,但又不是特别意外。

张郁青有太多时候都不像只有幼儿园学历的刺青师。

比如他漫不经心地说出"雪泥鸿爪"的时候。

秦晗脑子蒙蒙地转着——

张郁青曾经是师范大学的学生?

他很有可能是小哥哥的同班同学?

她想了想,如果是张郁青穿上那套白色的运动服,往人群里一站,再去投个箭什么的……

那肯定是比小哥哥还要更惹眼的!

罗什锦打了两个喷嚏,又抽出纸巾擦起鼻子。

他用一种很骄傲的语气和秦晗炫耀:"青哥不让说,但我真的觉得我青哥是我见过的最有担当的男人。甭管多大岁数的男人,都没有他有担当。"

秦晗听得很认真,她喜欢关于张郁青的话题。

"就当年青哥那个学习环境,还能考上重点大学,真的很牛。"

罗什锦重重叹了一口气:"就是后来家里出了事,他没办法,只能退学了。"

秦晗愣着抬起头:"退学?"

她还想问更多,但门口传来张郁青的脚步声。

罗什锦和秦晗都没再继续这个话题。

张郁青手里提着一个袋子,看见罗什锦身上的衣服,他愣了一瞬,笑道:"怎么把它翻出来了?"

"栖霞那边发来三车苹果,凌晨3点就下高速路了。我去接货,有点着凉,总感觉冷,想找件你的衣服穿,瞅着这件衣服袖子上就两条杠杠,还以为是假牌子呢。"

罗什锦拎起袖子瞅了一眼:"这是什么时候买的啊,青哥,怎么没见你穿过啊?"

"以前的班服。"

张郁青手里的塑料袋上印的是"药方"字样。他看了眼时间,把袋子递给罗什锦:"把这个给我奶奶送去吧,我约的客人马上来了,需要敲定个图案,走不开。"

"得嘞,十分钟就回来,正好给咱奶奶送点苹果。"

罗什锦说:"等我回来,咱再琢磨中午吃什么吧?"

"嗯,去吧。"

刚才关于张郁青的话题还没聊完,秦晗想再听罗什锦说说这件事,情急之下脱口而出:"罗什锦,我也跟你去!"

张郁青狐疑地看了秦晗一眼:"你要跟着?"

秦晗很少有这种"任性"的时刻,被张郁青这么一问,也有些犹豫:"我去……"

"你不是好学生吗?咋还会说脏话?"罗什锦瞧了秦晗一眼。

被曲解了的秦晗一着急,说话反而更利索了:"我去方便吗?我也想去。"

"那去吧。"

秦晗跟着罗什锦出去,坐到他的三轮车后车斗里,和三筐苹果挤在一起。

她挺不好意思地挠了挠头:"我不知道是三轮车。对不起,还得拉着我,我也有八十多斤呢。"

"那倒是没事儿……"

罗什锦一回头,看见秦晗就那么大剌剌地穿着裙子坐在三轮车里,他后面的话含在嗓子眼儿里,愣是没说出来。

其实有那么一瞬间,罗什锦是迷茫的。

不是,怎么回事儿啊,这姑娘不是家庭殷实的娇气小姐吗,怎么擦都不擦,一下就坐下了啊?

他这车可是专门拉水果的,全是灰。

秦晗闻了闻苹果筐:"罗什锦,你好厉害啊,不但挑的西瓜最甜,

140

苹果闻起来也好香啊,我都没见过这么香的苹果。"

"……啊,这是,是栖霞的红富士,是,是挺香的。"

罗什锦被秦晗一通夸,脸皮都红了,不好意思地咳嗽几声:"你要不找个什么东西垫着坐?"

"不用啦,我们出发吧。"

"苹果可以吃,随便吃,你挑大的红的吃吧。"

"好的,谢谢。"

张郁青从店里出来时,正好看见罗什锦三轮车后面的秦晗。

小姑娘跟三筐苹果为伍,挑了个歪歪扭扭的小苹果,随便在裙子上蹭了两下,"咔嚓"一口:"罗什锦,你的苹果好甜啊!"

阳光晃在她脸上,唇红齿白的小姑娘鼓着腮帮咀嚼,眼睛瞪得大大的,笑得比苹果还甜。

发现他站在店门口,秦晗还挥了两下手。

张郁青笑了笑,收回视线。

这姑娘很神奇,她身上同时拥有活泼和安静。

挺可爱的,张郁青想。

秦晗咬着苹果也没忘记自己出来的目的,含混不清地问:"罗什锦,你能再给我讲讲张郁青吗?"

"干什么?"罗什锦忽然警惕,随后又忽然放松,"哦,你问问倒是没事儿,反正青哥在你眼里也就是个替身。"

秦晗张了张嘴,没说话,把嘴里的苹果咽下去了。

而且罗什锦觉得,他青哥那么惨,真让秦晗知道了,没准儿她就知难而退了呢?

现在的小姑娘多势利啊,有几个傻的愿意迎难而上?

于是,罗什锦叹息着讲起张郁青:"青哥的事啊,唉,估计电视剧都不敢把人写得这么惨……"

张郁青本来不姓张,姓郁,叫郁青。

他三岁时，妈妈就跟人跑了，从那之后张郁青的爸爸郁勇就像忽然疯了似的，也不上班赚钱，也不照顾孩子，天天把自己憋在屋里。

张郁青是被奶奶带大的。

郁家爷爷走得早，奶奶摆摊卖袜子、鞋垫，本来赚得就不多，还要养活张郁青和他那个不争气的爹。所以张郁青从小就特别能干，上小学就自己做饭，然后帮奶奶摆摊。

张郁青上初中时，他妈妈忽然回来过一次。

但谁也没见到她人，只是邻居看见她放了个篮子在郁家门口，然后人就消失了。

篮子里是个小女婴，很小，白白的，像个糯米团子。

张郁青那个窝囊爹，非得说小女婴是张郁青妈妈跟别人生的杂种，要把孩子扔河里淹死，再不就要掐死。

最后还是奶奶把小女婴救了下来。奶奶说，无论是谁的孩子，都是条人命，她有权利多看看这个世界。

奶奶说家里添了人口，让郁勇出去找个工作，赚点钱。

但第二天张郁青的混蛋爹就消失了，怎么找都找不到，并且再也没回来。

家里只剩下奶奶和两个孩子。奶奶给小女婴起了名字，叫郁丹。

后来可能是因为对儿子的失望，奶奶干脆把两个孩子都改成和自己一个姓，变成了张郁青和张郁丹。

"他为什么会退学？"

遥南斜街道路不平，坑坑洼洼，三轮车骑在上面，颠簸得秦晗跟着左摇右晃。

她手里的半个苹果因为氧化已经变成了棕色的。她轻声问："是因为经济压力大吗？"

她的声音轻轻的，生怕自己声音大了，会打扰罗什锦讲述。

好像只要她小声问，张郁青的悲惨遭遇就只存活在故事里，而现实中的张郁青，就能活成无忧无虑的、带着竹林清香的少年。

"对啊，经济压力大。"

罗什锦蹬过一小段上坡路，歇了一口气，继续说："青哥已经很拼了，白天上学，放学还要做兼职。本来以为大学毕业后日子就能好过点，但青哥大一时张奶奶忽然病了，现在还坐轮椅呢；丹丹也查出病来，每个月都要吃药……"

秦晗忽然觉得心里好堵。

堵得几乎喘不过气来。

"上了不到一年吧，青哥就自己退学回来了。"

三轮车停下来，罗什锦一回头，看见秦晗满脸眼泪。

"这咋了？你咋了？吃苹果噎着了？"

这还是罗什锦头一回把女生弄哭。他手忙脚乱地从三轮车上蹦下来，又不明白秦晗为什么哭。

秦晗摇摇头。

她说不上来自己为什么忽然悲伤。

张郁青那么优秀，他甚至已经考上重点大学了，只要毕业就好了，毕业后工作了就会好的。

可是没有时间给他毕业了，他只能退学。

上高中的时候班主任常说，"考上大学就好啦，你们就自由了，可以享受自由了"。

毕业那天他们都是抱着这种想法，把卷子丢掉，把旧课本丢掉。连秦晗都很憧憬大学的生活。

可是张郁青没能享受那样轻松愉快的大学时光。

生活没给他这样的机会。

秦晗哭得很难受，罗什锦甚至以为她是吃苹果把牙硌掉了。

他抓耳挠腮了半天，最后给张郁青打了个电话。

罗什锦按开免提："青哥！"

"嗯?"

张郁青大概戴着口罩，朦朦胧胧的声音从罗什锦的破手机里传出来，莫名地染上了沧桑感。

秦晗鼻子一酸，眼泪又顺着脸颊哗啦啦淌下来。

罗什锦大喊："青哥，我开着扬声器呢，你跟秦晗说，她好像被苹果噎傻了。"

"怎么，打听我的事情打听够了？"

张郁青带着笑意的声音传出来，好像曾经被生活几乎压断脊梁的少年不是他一样。

他是可纳百川的海，默默承受着苦难，不起一点波澜。

秦晗带着哭腔："张郁青，遥南斜街为什么不拆迁，它为什么不拆迁啊……"

她像前些年听说遥南斜街不拆迁的幽怨小老太太，揉着眼睛，嘟嘟囔囔。

拆迁了，他就不用这么辛苦了！

张郁青在电话那边居然乐了："憋回去，哭什么？罗什锦是不是又给我加戏了？"

"哎，我没有，我都不知道她为啥哭，我一回头看她就这样了，吓死我了。我以为她把牙硌掉了呢，看半天，也没淌血啊。

"而且我俩也没唠拆迁的事啊，她咋能突然想到拆迁呢？秦晗家在遥南斜街有房子啊？

"不是，青哥，我咋整啊？我是不是先把她送回你店里比较好啊？"

在罗什锦一句又一句的真诚发问中，秦晗慢慢抹干净眼泪。

她目光坚定，忽然说："张郁青，以后我会一直陪着你的。"

电话里的人顿了顿，才笑着说："小屁孩儿。"

第四章

他走过去，隔着外套抱住秦晗

24

夏季正午的阳光烤得人发丝滚烫,秦晗的眼泪很快干了。

她蹲在罗什锦的三轮车上,深深吸了一口气,下定决心一样,认真地说:"走吧。"

罗什锦莫名其妙地看了秦晗一眼:"你也要跟着我进去?去看张奶奶?"

"嗯!"

秦晗想去看看抚养张郁青长大的老人。

她不知道该怎么去喜欢一个人,只是觉得,关于喜欢的人的一切,她都想要参与其中。

张奶奶住的小院子不大,没有卖书的刘爷爷家院子宽敞,但看起来还算整齐。

窗户擦得亮亮的,院子里种着一盆绿植……

好像不是绿植。哦,是一盆大葱。

"张奶奶!"罗什锦喊了一嗓子。

张奶奶是很瘦的那种老太太,眼睛不大,下耷的眼皮把眼睛压成细细的一条缝,但看起来挺慈祥的。

她坐在轮椅里,在门前晒着太阳。

听见罗什锦的喊声,张奶奶缓缓看过来:"哦,什锦来了啊。"

见张奶奶的目光落到秦晗身上,罗什锦笑着给她介绍:"张奶奶,这是我和青哥的朋友,秦晗。"

秦晗还挺诧异的,她一直觉得罗什锦不怎么喜欢她,他居然会说她是朋友。

但更令秦晗诧异的是张奶奶。

老太太听完,忽然把挂在胸前的一副小老花镜戴上了,眼睛睁得大大的,仔细地看她。

秦晗有些不好意思,甚至怀疑是不是自己脸上沾了什么不干净的东西。她稍稍往后挪了一点点:"奶奶好。"

"张奶奶,您看我时怎么不戴眼镜看啊?我不值得您戴上眼镜仔细看看吗?!"罗什锦喊起来。

张奶奶眼睛一眯,用手把罗什锦挡到一边,嫌弃地说:"你那一脸的横肉,有什么看的?听声音还感冒了,离我老太太远点,不要传染我。"

罗什锦噎住,捶胸顿足,拎起手里的塑料袋:"看见了吗?!我!可是给您送药和苹果的人!"

可惜张奶奶当他是空气,只专心盯着秦晗,片刻后,目露欣慰地说:"嗯,小姑娘长得讨人喜欢,不错不错,太不错了。"

罗什锦把塑料袋甩得"哗啦哗啦"响:"不是,奶奶,您可别搞错了,秦晗可不是我女朋友。"

"当然不是了。"

张奶奶慢悠悠地瞥了罗什锦一眼:"小姑娘这么好看呢,一定一定是我孙子的女朋友!"

秦晗的脸瞬间烧起来,但又有一点点不那么想否认。

她从来没动过什么小心机,却在这一刻,选择了沉默。

好像她不否认,就真的会变成张郁青的女朋友。

张奶奶滑着轮椅过来,拉住秦晗的手:"来,让奶奶看看。叫秦晗是不是?真好看,和我年轻时候一样,白白净净、瘦瘦弱弱的,看着就乖。奶奶喜欢这样的小姑娘。"

"您年轻时候的照片我可看过,黑溜溜的,一点也不白。"罗什锦在旁边,很欠揍地说。

"青青平时对你好不好啊?有没有欺负你?"

秦晗一时间都没听明白"青青"是谁。

她愣了两秒,才笑着反应过来,"青青"就是张郁青。

但她的小心机不够撑住刚才的沉默,并不能撑起更多了。

秦晗小声嗫嚅着:"奶奶,我不是……"

"连说话时候这娇滴滴的可爱样儿都像我!难怪青青喜欢你!他一定对你很好,舍不得欺负你。"

张奶奶中气十足地打断秦晗,指了个方向:"走,我们去屋里,我找以前的照片给你们看。我年轻的时候啊,真的很白。"

没能成功否认"女友"身份,秦晗脸皮泛红,只能跟着张奶奶和罗什锦一起。

那本相册一看就经常被翻动,就放在客厅的小木桌上。

封面很旧,像刘爷爷家那些旧书一样,山川河流的图案都有些褪色。

张奶奶满布皱纹的手轻轻翻开相册,像是翻开什么宝贝。

第一页放着一张合影:少年张郁青站在张奶奶身边,张奶奶抱着一个不大的小女孩儿。

小女孩儿长得胖乎乎的,很可爱。

她的两只眼睛都是圆圆的,鼻子也圆圆的,嘟着嘴,流了些口水。

秦晗想,这就是丹丹。

丹丹好像有种和其他小孩子不同的感觉,可秦晗说不出来到底是哪里不同。

张奶奶指着照片里的自己:"我哪里黑了?"

"您皮肤很好。"秦晗说。

"老喽,不行啦,现在眼睛也看不清,也不能走路,家里的担子都压在青青身上,青青太辛苦了。"

相册被往后翻了一页,罗什锦忽然说:"这照片还是我给青哥拍的呢。"

照片上的张郁青穿着高中校服,蹲在张奶奶摆在夜市的摊位边,一边看着摊位,一边借着小摊上昏暗的灯光做题。

他不笑时显得很桀骜,眉眼锋利,目光垂在一本很厚的习题上。

少年张郁青看上去比现在清瘦些,中性笔夹在漂亮修长的指间,也许是遇见了什么难题,眉心微微隆起。

他就是在这样的环境下考进重点大学的?

秦晗记得她高三时,每天下了晚自习,家里的司机都会来学校接她,她回到家里要被念叨着先吃一份热乎乎的醪糟汤圆或者银耳汤。

写作业时妈妈还会端水果给她,晚上睡前要喷安眠喷雾,还要戴上蒸汽眼罩。

她是在这样舒适的环境里,考上重点大学的。

可张郁青……

这张照片大概也引起了张奶奶的回忆,老太太轻轻叹了一声,声音变得苍老:"前些年都说这条老街会拆迁,我就想啊,拆了迁,我的孙子就不用这么辛苦了,结果没拆成……"

秦晗之前在门外才刚哭过,这会儿重新提起这件事,她的情绪来得很快,鼻子又酸了。

但她刚要沉浸到悲伤里,张奶奶忽然拎出一条红色的东西,递到秦晗眼前,笑眯眯地说:"小姑娘,这个送给你,你要和青青好好的,这是奶奶替我的穷鬼孙子送你的定情信物。"

其实有时候,张郁青和秦晗说话时,也会不自觉地带着这种笑笑的语气——

像在哄人。

秦晗连连摆手:"奶奶,我不能收,我……我其实不是张郁青的女朋友。"

"这可是好东西,红珊瑚手串,奶奶送你的,收着!"张奶奶像是听不见,硬是把东西往秦晗手里塞。

张郁青在店里和顾客敲定好图案,等了一会儿,不见罗什锦和秦晗回来。

北北蹲在阳光里"哈哈"地吐着舌头,被张郁青抱起来。

他笑着"啧"了一声,对北北说:"他俩倒是混得挺熟。"

正逗着北北,罗什锦那辆快散架的破三轮车车轮滚过地面的声音由远到近。

他抬眼,看见秦晗像是捧着稀世珍宝似的,两只手举在脸前,小心翼翼地从三轮车上下来。

"张郁青。"

小姑娘跑到他面前,脸皮泛着粉色,忐忑不安地说:"怎么办,张奶奶非要把这个送给我,我不能收,你帮我还给张奶奶好不好?太贵重了。"

张郁青瞧了一眼她手里捧着的一串珠子:"这是什么?"

他可没听说过他奶奶有什么值钱的东西。

可能唯一值钱的,就是老太太的金牙。

秦晗表情凝重:"这是红珊瑚手串。"

"红珊瑚?"

张郁青眉梢微微挑起,拎起手串,用手捻了一下,指尖立马染上一层薄薄的红色。

……谁家的红珊瑚会掉色?

张郁青觉得自己已经用行动证明了这破手串不值钱,但秦晗居然没有什么反应。

小姑娘眨了眨眼,用一种非常认真又严肃的语气说:"张郁青,你身体里有毒。"

"什么毒？"张郁青不解。

"就是……这个红珊瑚手串如果用手搓完，手会变红，就说明你体内有毒，有湿气！"

张郁青把北北放下，整个人往身旁的柜子上一靠，手插在兜里，懒洋洋地扬了扬下颌，问："谁告诉你的？"

"奶奶告诉我的。这可是一千五百米深的深海珊瑚，比珍珠、琥珀更值钱呢。"

"那很贵，你小心点，别摔了。"张郁青把珊瑚手串放回秦晗手里，忽然严肃地说。

秦晗果然动都不敢动，僵着手接住了："可我不能收啊，好贵重的。"

小姑娘真的很单纯，什么都信。

张郁青还是两只手揣在裤兜里，不过他弓了些背，和秦晗平视，好笑地说："逗你呢，喜欢就收下，不喜欢丢了也可以，这玩意儿是假的，不值钱。前些年老太太花了九十块钱跟团旅行，导游送的。"

"可是搓掉的红色……"

张郁青看了她一眼："掉漆。"

从回来就坐在桌边吃粽子的罗什锦终于忍不住，爆发出巨大的笑声："青哥，秦晗特傻，她一路都举着这个塑料手串，还以为真的是珊瑚，问了我一百八十遍。"

"什么一百八十遍？"

罗什锦捏着嗓子学秦晗："怎么办，这个好贵重的，我不能收的，怎么办啊怎么办啊怎么办啊？"

张郁青忽地笑了一声。秦晗还蒙着："是假的？掉漆？"

"导游忽悠老太太的，她就信了，觉得是好东西。"

秦晗想了想，还是把手串包了一层手帕纸。

她把手串轻轻放回自己包里："奶奶觉得是好东西，还送给我了，我要好好保管。"

有那么一瞬间,屋里的两个男人都愣了。

张郁青笑了笑,没再说话。

倒是一旁的罗什锦,大口咬着粽子:"青哥,这粽子你在哪儿买的啊?豆沙馅的,还挺好吃啊。"

"秦晗带来的。"

"哦,"罗什锦动作慢下来,"又是金钱馅儿的?"

秦晗赶紧摇头:"这是我奶奶包的粽子。"

后来李楠也来了,带着一堆化妆品,跟着秦晗他们吃了两个粽子。

李楠兴奋地给大家展示他新买的一顶波波头中短假发,秦晗还帮忙试戴了一下,只不过头发没捋顺,搞得像沙和尚。

连张郁青那么温和的人都没忍住,抖着肩笑出声。

小姑娘的喜欢很单纯。

秦晗喜欢张郁青,但没什么迫切的索求。

她只想多见见他。

剩下的暑假,秦晗几乎每天都去遥南斜街,不过只在周一至周五。她听李楠说起过,张郁青周末的客户特别多,会很忙。

而且周末,秦晗总要跟着爸爸妈妈去奶奶家。

最近爸爸好像没有以前那么忙,每天都回家,周末也会尽量空出来陪她和妈妈,好像一切都在往好的方向发展。

不去遥南斜街的时间,秦晗会带上一本张郁青送给她的诗集。

在某个星期日,天气热得惊人,树梢层层叠叠的叶片里藏匿的蝉鸣都变得蔫耷耷的。

秦晗从奶奶家回来,坐在空调房里,看着外面被盛夏阳光烤得明晃晃的城市。

她有那么一刻,忽然很想去找张郁青。

明明星期五才刚去过的,而且,星期四、星期二、星期一,她都去了。

还是很想见他。

秦晗给张郁青发了微信,是一个表情包。

她想,如果他很晚才回,就说明他很忙吧,那她就不要去添乱了。

微信是下午发出去的,几乎刚过午饭时间,但张郁青打来电话时已经是夜里了。

秦晗不知道什么时候趴在床上睡着了,听见电话铃声,她下意识把电话接起来,迷迷糊糊地把手机放在耳边,带着浓重的睡意:"您好?"

电话里的人笑了笑:"睡着了?"

月色从窗口滑入,空调风带着凉意,可张郁青的声音里永远缱绻着温柔的笑意。

秦晗瞬间睁开眼睛,睡意全消:"几点了?"

"9点多。"

哦,那太晚了,去不成了。

秦晗有些失落,爬到床边按亮台灯,听见张郁青问:"下午找我?"

"嗯。"

她想了想,没想到什么可说的理由,只能干巴巴地说了实话:"想问你忙不忙。"

这是句实话又有些委婉。

她脸皮太薄,说不出想见他那样的话。

张郁青却好像明白了秦晗是什么意思,笑了一声:"明天来吧,今天顾客教会了北北对人拜拜,你可以来看看。"

又是那种声音刮蹭耳道的感觉。

从耳背开始像有微小的电流滑过,令人战栗。

空调风吹得窗纱轻轻飘动,淡黄色的台灯灯光照亮了卧室的一小方陈设。秦晗趴在床上,一直到电话挂断,心跳还是很快。

面前摊开的诗集里是海子的诗。

海子说——

我们把在黑暗中跳舞的心脏叫作月亮,这月亮主要由你构成。

这些诗集,张郁青送给她时,他说,"我觉得不错"。
所以他应该是看过的。
他不但成长在那些苦难里,也浸泡在这些温柔的诗句里。
第二天一早,秦晗洗漱时,爸爸说他要去南方出差,过几天才回来,问秦晗想要什么样的礼物。
秦晗含着一嘴的牙膏泡沫:"诗集。"
秦父笑着说:"好。"
但秦晗准备出发去遥南斜街时,妈妈突然拎着一个小型行李箱从屋里出来。
秦母的步伐有些急,看见门口的秦晗也没有停顿,利落地穿上高跟鞋:"宝贝,妈妈要跟着爸爸去出差,你爸爸忘记些东西,我去送给他,顺便旅行。你这几天自己在家还是去奶奶家住?"
"自己吧。"
秦母点点头,留下一沓现金,想了想又说:"出门把钱装好,自己照顾自己,可以带朋友回来住。"
秦晗本来有些奇怪,妈妈真的很少叫她"宝贝",只有爸爸会这么叫。
但秦母的"可以带朋友回来住"成功地把她的思绪带跑了。她敏感地红了脸,才点头应下。
家里人不在,秦晗更频繁地往遥南斜街跑,在张郁青店里一待就是一整天。
因为秦晗不再买那些价格比较高的东西带过去,罗什锦对她的排斥好像也少了些。
有那么一天,张郁青在给一个顾客文身时,罗什锦突然问:"我说秦晗,你怎么天天来啊?"

因为想见张郁青。

她大概停顿了一个世纪那么久,才把嘴里的话憋回去。

秦晗指着李楠,对罗什锦说:"李楠不是也天天来?你也天天来呀。"

其实她这个说法没什么说服力。

李楠在张郁青店里混熟了之后,又和街口那家理发店老板混熟了,经常帮女顾客免费化妆。

罗什锦也不是时时刻刻在店里,更多时候,他都在自己的水果摊上。

只有秦晗是在张郁青店里,老老实实地待上一整天。

她小心翼翼地藏着她的真实目的。

诗集看完,她又看散文,看小说。

她偶尔也去刘爷爷家转一圈,淘几本旧书。

张郁青很忙,他在文身室里忙活一天,送走两个顾客后,发现秦晗还像雕像一样,一动不动地坐在窗边看书。

这姑娘很有意思,大概是没经历过什么苦难,有时候看着看着书,忽然眼眶就会泛红,然后自言自语:"太感人了。"

这样的时刻张郁青撞见过几次,觉得她单纯得可爱。

这会儿秦晗又坐在窗边一动不动,张郁青还以为她又是看什么情节看得太投入。走过去才发现,她盯着一只落在手背上的草蛉虫,正在愣神。

"看什么呢?"

秦晗缓缓抬起头,带着一种小姑娘特有的天真和温柔,小声说:"我在等它飞走。"

"帮你拿开?"

秦晗摇了摇头,语气依然温柔:"不用啦,这个小虫子长得好秀气,小胳膊小腿的,你别把它弄骨折了。"

张郁青笑了笑。

155

笑着笑着,他忽地顿了一下。

秦晗最近天天往这儿跑,但张郁青没多想过,毕竟李楠也天天来。

店里还有北北,有罗什锦,他们确实比较容易被她这个年纪的小姑娘觉得新奇、好玩。

而且他也知道,秦晗和要好的朋友闹翻了,可能更喜欢来他店里凑热闹。

但他刚才闻到了香水味——淡淡的甜樱花香。

女孩子爱美倒是很正常。

不过……

张郁青用手拄着桌面,靠近些,忽然说:"还没飞走?"

秦晗感受到他靠近,脸皮发烫:"没……"

"小姑娘,我呢,有个问题想问你。"

张郁青盯着秦晗,眸色很深,却忽然笑了:"你怎么,对着替身也脸红啊?"

25

北北在吃狗罐头,香得这个小馋狗一直在吧唧嘴,一点吃相也没有。

老旧的电风扇慢慢摇头,把流动的空气吹过来,带着一点张郁青店里特有的竹林清香,试图驱散酷暑。

可秦晗觉得越吹越热。

因为张郁青的脸就在她眼前,他一只胳膊肘搭在她的椅背上,另一只手拄着桌面,几乎把她圈在其中。

这一小方空间里都是他的气息。

有几个女孩儿能抵挡得住自己喜欢的人这么近距离的靠近?

秦晗是真的没办法抵挡,她的大脑一片空白,脸烫得几乎要着火了。

她觉得自己需要拨个119。

张郁青的每一根睫毛都那么清晰，他眼里浮动的笑意下，是一种打量。

秦晗觉得自己几乎被他看得喘不过气来。

"青哥——"

罗什锦的大嗓门伴随着后门被推开的吱嘎声响起，随后是他像是被人踩了尾巴一样的惨叫："你俩干啥呢？！！！"

张郁青缓缓起身，脑子里还在琢磨秦晗的反应，没理会他惊诧的问句。

"那个，我……我该回家吃饭了，我先走了。"

秦晗支吾着站起来，匆匆走出去，走到窗外才红着脸摆手："罗什锦，张……张郁青……拜拜……"

说完，小姑娘一路小跑，身影消失在店门口。

罗什锦眼睛瞪得滚圆，持续输出——

"青哥！你亲她了？

"你这也太畜生了！人家秦晗还是孩子呢吧，李楠不是说他们都才刚成年吗？

"祖国的花朵，你就对人家动手？！不！不是动手！是动嘴！

"你这行为简直——"

张郁青淡淡地瞥了罗什锦一眼，打断他的话："闭嘴。"

罗什锦嗓门太大，又因为震惊，扯着脖子喊。

张郁青被他喊得脑仁疼。

他皱了皱眉："我只是想试试。"

"试什么？！试亲孩子啥感觉吗？！！！"

张郁青看起来十分无语，淡着脸："动动你的脑子，秦晗还小。"

"对啊！她还小！你就下手了！"

张郁青抬手，对着罗什锦的头狠狠弹了一下："我是觉得这小姑娘最近不太对劲，怕她起什么不该有的心思，想试探一下。"

他可能觉得这么说不够直白,怕罗什锦继续嚷嚷。

张郁青补了一句:"没碰她。"

罗什锦捂着被弹得通红的额头,愣着反应半天:"哦,你没当畜生啊。"

他瞅了他青哥一眼,空荡荡的脑仁终于又活跃起来:"那你是不是怕秦晗喜欢你啊?可是秦晗之前不说她有喜欢的人了吗?你不是替身吗?这就移情别恋了?喜欢你了?替身成功上位?"

"不知道,可能我想多了。"张郁青懒得多说。

"青哥,那你也不能用刚才那种方法试啊。"

罗什锦嘟囔着:"你靠那么近,换谁谁也得脸红啊,你顶了张多帅的脸,你自己心里没点数吗?"

张郁青转过身,忽然凑近罗什锦,把罗什锦看得都成斗鸡眼了,才说:"你不是没脸红?"

"不是,青哥,我是个大老爷们儿啊!"

罗什锦顶着斗鸡眼,又嚷嚷起来:"你换个女的试试,上到六十岁,下到六岁,随便换个女的试试!看看你凑这么近,谁能不脸红?!"

"是吗,我已经帅到这种程度了吗?"张郁青笑着走开。

"不过青哥,上次去看咱奶奶,咱奶奶咋回事儿啊,明知道你没对象,非得说秦晗是你女朋友,还说和她年轻时候像,这也是试探吗?"

张郁青顿了顿,回眸:"老太太这么说?"

"对啊。就那串塑料假珊瑚,咱奶奶是用替你送定情信物的名义给秦晗的。"罗什锦挠着后脑勺说,"是不是老糊涂了?"

"她不糊涂,精着呢。"

奶奶什么样,张郁青太了解了。老太太身体是不太好,但脑子转得比一般老太太都快,才不会老糊涂。

估计是看顺眼了,想给自己挑个孙媳妇。

顿了顿,张郁青忽然笑了一声:"就是眼神不怎么行,老花镜度数该涨了。"

小姑娘都敢挑。

罗什锦给自己倒了一大杯冰水,咕嘟咕嘟喝完,忽然问了一个问题。

"青哥,你喜欢秦晗吗?"

"喜欢啊。"张郁青几乎没有犹豫,随口就答了。

"啊?!"

罗什锦吼完,看着张郁青淡淡笑着的样子,忽然反应过来了。

他青哥说的喜欢,应该是哥哥对妹妹那种喜欢吧。

秦晗这个小姑娘干干净净的,性格也挺好,不咋呼也不矫情。

几次接触下来,连罗什锦自己也觉得秦晗是个挺好的小妹妹。

尤其是,带着对丹丹的某些期望看秦晗时。

罗什锦忽地叹了一口气:"是哈,要是丹丹健健康康的……"

后面的话罗什锦没再说了。

张郁青再开始工作前,看了眼外面黑成一片的天色,又估摸了一下时间,定了个闹钟。

时间差不多的时候,他得问问秦晗有没有安全到家。

至于小姑娘是不是对他有意思的事,张郁青皱了下眉,刚才忽然想起来,秦晗第二次来遥南斜街的时候,面对他脱口而出的"贱"。

当时张郁青还觉得:怎么回事儿,小姑娘文文静静的,怎么突然就骂人了呢?

现在想想,也许她说的是"箭"。

意思是他像她喜欢的那个投箭的小哥哥?

那看来他还是替身啊。

张郁青没什么表情地想,投个箭有什么了不起,他又不是没玩过。

投箭根本没什么技术含量,随便扔扔,就进了。

秦晗一直到上了公交车,脸都在发烫。从遥南斜街跑出来的一路上,她脑子里转了很多。

"你怎么,对着替身也脸红啊?"

这个问题,让她当时觉得自己露馅了。

秦晗对着公交车上的窗户照了照,好像连脖子都红了。

可其实如果她稍微能说会道一点,就能编出无数个理由。

因为热。

因为你靠得太近了。

因为我本来就很容易害羞。

因为你像我喜欢的小哥哥。

无论说哪个理由出来,都比她僵在那里什么都不说好。

秦晗怀着这样懊恼的心情回到家里。爸爸妈妈都不在,她也没什么心思叫外卖,从冰箱里翻了一碗妈妈常吃的即食鲍鱼粥,端着回卧室,随便吃了两口。

心不在焉,味同嚼蜡。

张郁青会不会发现自己喜欢他了?

要不然明天不去遥南斜街了吧……

可是不去的话,会不会更被觉得是心虚?

吃过晚饭,洗漱过,秦晗才想起来自己手机还静音着放在包包里。

爸爸妈妈会不会已经打过电话来了?

万一打过,她没接到,他们会担心的。

秦晗跑出卧室,从包里翻出手机,刚走到卧室门口,看到屏幕上显示的未接电话,愣了愣。

三个未接来电,每隔十分钟就有一个。

不是爸爸,也不是妈妈,是张郁青。

还有张郁青发来的微信——

"小姑娘,看到回个电话。"

秦晗不知道张郁青有什么急事找她,拿着手机坐到床上。

她开了一扇窗,晚风柔柔地吹进来,她在风里深深吸了一口气,给张郁青拨过去。

张郁青很快接起电话,但先传过来的不是他的声音,是另一个男人的说话声。

"青哥,你说明明是她先追的我,怎么现在她比我脾气还大?我觉得她是想跟我分手!我就迟到了三分钟,真的就三分钟,她骂了我半个多小时。我的心真的好痛好痛,我好想哭啊……"

秦晗想象着张郁青平时怼顾客的样子,忽然觉得想笑。

怎么他的顾客都这么想不开,要和张郁青倾诉心事?

张郁青应该是在工作。秦晗听见那边的文身机器声音停下,他闷在口罩里的声音显得低沉,打断客人的牢骚:"那你先哭会儿,我接个电话。"

"青哥!青哥!我还没讲完——"

后面的话大概是被张郁青关在了文身室里。

家里没人,连空调都没开,格外寂静。

只有紧紧贴在耳边的手机里面传出张郁青动作的声音。

先是窸窸窣窣——大概是他摘掉了口罩——随后他的声音清晰起来:"到家了吗?"

"嗯,到了。"

"到了就好。"

张郁青像是松了口气。

那种极轻的气流声,顺着手机传入秦晗耳朵里,拨动着她的神经。

他在担心吗?

"我手机放在包里静音了,才看见。"

秦晗短暂地犹豫,然后问:"你打电话来,就是问我到没到家吗?"

"嗯,你还不接电话。"

她总觉得张郁青这话稍微有点责备的意思,她也不知道自己理解得对不对,下意识解释:"我下午在你店里,手机就静音了。"

"下次不用静音。你手机那点铃声,还不如罗什锦的大嗓门响,打扰不到我。"

手机里模模糊糊传来罗什锦的大喊:"青哥,你是不是又在埋汰我?!对了,秦晗那小丫头到家没啊?也不知道来个电话!"

"到了。"

张郁青笑着答了罗什锦一句,然后又对秦晗说:"下次到家来个电话,大家都担心你。"

"嗯。"秦晗心里一暖。

"还有……"张郁青顿了顿,像是不知道怎么措辞,笑了两声才说,"我下午是不是吓着你了?抱歉,小姑娘,下次不会了。"

这一晚上,秦晗的爸爸妈妈不知道在忙什么,没有给秦晗打过电话。留在秦晗脑子里的,就只有张郁青温柔的声音。

夜里秦晗依然没开空调,夜风把窗帘吹得鼓起来又瘪下去,她脑子里浮浮沉沉都是张郁青。

一直到睡着还是惦记着。

梦里也是张郁青。但梦里的张郁青和平时不太一样,更像是刚放暑假时秦晗在班级群里误看的那部带颜色的电影里的人物,站在她面前,距离很近,像下午时那样,呼吸都温柔地笼在她面前。他缓缓蹲下,指尖搭在她牛仔裤的扣子上,轻轻一挑,扣子弹开。

一定是梦。

因为秦晗已经听到了清晨小区里的蝉鸣和鸟叫,可她不愿意醒。

于是梦里的假张郁青把手搭在她脸上,慢慢靠近。

然后假张郁青在这种暧昧萌动的时刻,非常扫兴地停在了她面前,咫尺的地方。

这不怪假张郁青,是秦晗没有更多的经验,连做梦都想象不到更多男女之间亲密的互动该是怎么样的。

卡住了,秦晗忽然睁开眼睛。

她愣了几秒,在熹微的晨光里用被子蒙住头,胡乱蹬着脚。

秦晗,你完了!

你现在是个女流氓了!

你在做什么色情的梦啊!

26

以前都是梦到考试答不完试卷、考试找不到笔、答题卡涂串行、上学迟到。

这是秦晗第一次梦到一个具体的人。

连他根根分明的睫毛和笑时唇角的弧度都那么清晰。

这人是张郁青。

她把自己蒙在被子里,缓了半天。

有莫名的激动,也有少女的羞赧。

蚕丝薄被带着薰衣草洗衣液的味道。秦晗刚把头从被子里钻出来,忽然觉得小腹酸酸地疼。

秦晗蒙了几秒,猛地坐起来,果然看见床上的血迹。

完蛋。

床单需要洗了。

放暑假之后,秦晗的闲暇时间都用来往遥南斜街跑,她记得自己的卫生巾不多了,却一直没去买,也忘了告诉妈妈帮忙准备。

她在卫生间翻自己的柜子时,发现自己只剩下巨长的那种夜用款卫生巾和护垫,日用款的一个都没有。

秦晗贴了个护垫,跑去爸妈卧室里的卫生间找了一圈,没找到妈妈的放在哪里。

可能会在妈妈的化妆室?

在秦晗家里,钢琴室是秦晗的,书房是爸爸的,化妆室是妈妈的。

这三间屋子是属于他们三个各自的私人空间，除非必要，不然其他人不会去的。

妈妈的化妆室秦晗有些陌生，她站在屋里想了想，打开实木储物柜。

果然在倒数第二层柜格里看见了没拆包装的卫生巾。

秦晗无意间碰到一个很厚的牛皮纸袋子。

袋子掉下来，里面的东西散落一地。

她蹲下去捡，却在看清那些东西时，整个人都僵硬了。

都是照片，每一张照片上都是爸爸的身影。

各种角度的，都很模糊，但不难看出来，是在爸爸工作时间偷拍的。

秦晗觉得自己撞破了什么不得了的秘密，想要装作不知道，把照片放回去。

但她还是没忍住，在好奇心的驱使下，拿起照片仔细看了看。

照片背面是有字的：

　　12月6日，秦安知与长音公司谈判，出门时他给一个女人开了车门，还对她笑。

　　女人是长音公司的销售副总，李晓欧，未婚。

　　2月19日，秦安知出差沪市，同行同事3男2女，女人分别是秘书王芋南和策划部部长董方圆，都是已婚。

　　秦安知住在沪江酒店302，董方圆住在304，隔壁的隔壁，太近了。

　　5月30日，秦安知和烫印公司老板顾琪琪通电话。

　　时长32分钟，共发短信3条。

　　1月7日，秦安知在商场和珠玉黄金的导购小姐笑着聊天。

　　聊了4分钟03秒，他笑了3次。

　　……

秦晗越看心越凉。

这个档案袋里，有爸爸每个月的通话记录、微信聊天页面的截图照片、购物小票、出差时的酒店入住记录。

甚至还有他的行程路线记录。

秦晗在里面找到了私家侦探的名片。她迷茫地捏着几张不同质感的名片纸，想起高中老师说过，私家侦探有些行为其实是犯法的。

可妈妈为什么要监视爸爸？

秦晗怔怔地坐在地上，又翻开里面巴掌大的记事本。

"今天我们吵架了。安知说，他不希望我总是在监视他，他发现我看了他的手机。可是他不明白，我是因为爱他才这样做的。

"又是吵架。我觉得他现在接触的女人有些多，他总说是正常工作需要，但我觉得不安。男人是不是真的有钱就会变坏……"

秦晗猛地把笔记本合上，她把一地的照片捋顺，放回牛皮纸袋子里，又把线圈绕了好多圈，把袋子藏进柜子深处。

她在下意识地帮妈妈把这些东西藏起来。

绝对不能让爸爸看见这些。

爸爸看见了会怎么样呢？

会不会……

秦晗抱着卫生巾回到自己卧室，心里慌得不行。

她忽然理解了爸爸那天在奶奶家阳台说的话。

"我真的很爱很爱你妈妈。不过有些事情，不只爱那么简单。"

爸爸会不会已经知道了？

他们半夜里在卧室吵架的场景又回到秦晗脑海里，她记得妈妈一口一个"狐狸精"地叫着爸爸的同事。

大人之间的感情太复杂了，秦晗不知道错的到底是谁。

她很不安。

秦晗给妈妈打了个电话，秦母很快接起来。秦晗艰难地措辞，问：

"妈妈早安,你……在干什么呀?"

"在等着你爸爸给我做早饭呀。"

看不见妈妈的表情,秦晗听不出她语气里的愉快是真还是假。

秦晗第一次说了谎:"妈妈,我想和爸爸说话,想……想问他上次推荐的书籍的事情。"

"好呀,我这就把电话给你爸爸拿过去。"

随后电话里传来不算真切的脚步声。

秦晗忐忑地等待时,忽然灵光一闪,抓过耳机插在手机上。

她屏息听着电话里的声音,能听到妈妈拉开了一扇门,对爸爸说:"小晗找你哦。"

"怎么了,小晗,想爸爸了吗?"

秦晗对说谎很不在行,只说自己不小心删了书单,请爸爸再发一次。就这么两句,她都有些结巴。

听到爸爸那边真的有油烟机和煎东西的声音时,秦晗才悄悄松了口气。

爸爸真的在给妈妈做早餐。

也许是她想多了。

心里还是乱的,秦晗抱着她的书去了遥南斜街。

从上午到下午,张郁青很忙,一直在文身室里。李楠今天没来,罗什锦吃过午饭就去看着他的水果摊了。

秦晗仍然坐在窗边的桌子旁,盯着书走神。

她在想爸爸妈妈的事。

张郁青出来时,秦晗又是安静地坐在桌边看书的样子。

他出去买了一大杯乌梅汁,回来把乌梅汁放在桌上,也没见她抬起头。

这么投入?

他往秦晗的书上瞄了一眼,书上落了一只甲壳虫。

张郁青忽然笑了："这么大的虫子，也怕把它碰骨折？"

秦晗却像是才回过神，扭头看了一眼张郁青。

她眨着眼睛，略带迷茫："什么？"

张郁青用下巴指了指她书上的巨型甲壳虫。

秦晗顺着他的目光看过去，看清甲壳虫的样子，瞬间缩回手，紧张地拽住了张郁青。

这虫子长得太吓人了，满身黑亮亮的，还看她！

秦晗没意识到自己拽着的是张郁青的手，只顾着哆哆嗦嗦地问："张郁青，这……这不会是屎壳郎吧？"

他的笑声从她头顶传来："不是，别看了，我帮你拿走。"

"可是……"

秦晗眉头微微蹙了一下，像是在思考："它长得这么壮，拿走时不会被碰断腿吧？"

"不会。"

张郁青的手一直被她抓着。他动了动，笑着说："小姑娘，介不介意先把手还给我？"

秦晗这才意识到，自己拉着人家的手。

张郁青的皮肤很白，一点也不输女生。可能是工作时手一直闷在手套里，手指上的关节有些泛红。

很漂亮的手。

指尖一下烧起来，秦晗像被烫到一样，瞬间收回手。

张郁青不知道从哪儿抽了一张素描纸，折了几下，轻轻托起甲壳虫，放到屋外去了。

秦晗喜欢他这种对万物怜悯的温柔。

不过张郁青真的很忙，帮她把甲壳虫弄走后，说："不知道你方不方便吃凉的，买了常温的，冰箱里有冰块。"

说完他又戴上口罩和手套，回文身室去了。

"嗯。"

秦晗带来的是一本很薄的诗集,很快就看完了。

可是不看书,她就控制不住地想起妈妈那个藏在储物柜里的文件袋。

秦晗去了趟刘爷爷家。

书籍真的能让人忘记时间。等秦晗看完了半本《红楼梦》,才发现时间已经不早了。

她从"红楼"奢侈的生活和复杂的人性里抬起头。也许因为早在上学时就知道结局,看着里面的人物鲜活地笑着对话,秦晗心里仍旧蒙了一层哀伤。

大概是因为生理期,今天她格外敏感。

回到张郁青店门口,秦晗停住脚步。

店门口停了一辆白色的SUV。

平时她对车子并不关注,但她记得冬天时爸爸给他们看过这辆车子的信息。

他说这种车安全性好,外观也漂亮,适合妈妈开。

所以,这辆车子的车主是女人吗?

秦晗悄悄往驾驶位看了一眼,车座上放着女士太阳镜和摄像机。

再抬头时,她透过文身店的窗子,看见了张郁青和坐在他对面的女人。

张郁青店里经常有美女出没,但秦晗觉得这个女人和其他女人不同。

起码张郁青对她的态度,和对其他顾客不一样。

他坐在那儿,手臂搭在桌面上,腰背比平时直一些,依然是笑着的,只不过笑容里多了其他的东西。

这让秦晗觉得,张郁青对这个女人是重视的。

本就怀揣着心事的秦晗,突然就起了些小情绪。

她不知道自己为什么起情绪,但她清楚地感觉到,自己现在不开心。

非常非常不开心。

张郁青忽然偏过头。看见秦晗，他有些意外："在外面站着干什么？进来。"

"哦。"

秦晗进店里，看了眼桌旁的长椅子。

张郁青和那个女人各占据了一边。

但她又不认识那个女人，跑过去和陌生人坐还是很奇怪的。

只能和张郁青坐在一起了。

秦晗抱着新买回来的旧书，一声不吭，坐到张郁青旁边。

她装模作样地摊开书，眼睛却总是偷偷往对面的女人身上瞄。

那个女人看起来有种温婉的气质，穿着淡绿色亚麻长裙，说话声音也很舒服。

女人笑着对张郁青说："那我下次来，干脆也让你给我文个花臂吧，两条手臂都文上，左文'本是青灯不归客'，右文'却因浊酒留风尘'。"

张郁青给秦晗倒了一杯常温的水，又拿了块西瓜放在她面前，才说："文字？"

那女人瞪了他一眼："当然是图！你一个文身师，设计不出来图案就用文字糊弄？"

"这个太抽象。"张郁青笑了，"你也文不了花臂，工作不要了？"

他们很熟悉。

他们认识很久了。

秦晗把视线落回书上，盯着密密麻麻的文字。

女人说："看你过得不错我就放心了。"

什么叫他过得不错你就放心了？

你有什么不放心的？

秦晗蹙起眉。

她会不会……

169

是张郁青的前女友？

秦晗紧紧抿着唇，无意识地蹭了一脚地面。

盛夏蝉鸣，桌上放着被切成小块的西瓜，大概是罗什锦用井水冰过，透着清凉的甜香。

北北没心没肺地撕咬着一个小熊娃娃样子的狗玩具。

那个女人面前的冰镇乌梅汁喝得只剩下一点。

她应该已经来很久了吧。

不应该去刘爷爷家的。

越想越闷。

越想越堵。

秦晗胸腔里淤积着满满的情绪。张郁青像是感受到了什么似的。

他忽然偏过头，把手覆在她的发顶上："小姑娘，怎么不开心？"

27

秦晗不知道怎么说，只能闷闷回答："没有，我该回家了。"

张郁青看着她，总觉得秦晗今天情绪不太对。

但他没多问。

小女孩儿嘛，总有些自己的心事的。

问多了不好，显得他婆婆妈妈。

对面的女人吃完手里的西瓜，擦了擦唇角，站起来："我也该走啦，下次再来看你，有什么需要帮忙的给我打电话。"

张郁青淡淡应了一声："嗯。"

"小姑娘，你家住哪边？"

女人看了秦晗一眼，又看了看外面，语气很熟稔："今天真是热啊，送你吧，免得中暑。"

因为这句话，秦晗忽然有点良心难安。

她觉得自己太过狭隘。

但秦晗不懂，自己为什么突然狭隘。

张郁青帮秦晗收好她的书，帮她做了决定："送我们家小姑娘一程吧，她看着有点蔫儿，可能太热了。"

"交给我吧，保证把人送到家。"

女人拍了拍张郁青的肩膀，回过头，把手伸到秦晗面前，干练地做了个十分简洁的自我介绍："杜织。"

秦晗没厘清她和张郁青的关系，蔫巴巴地握了握杜织的手，介绍着："我叫秦晗。秦始皇的'秦'；日含的'晗'，天将明的意思。"

她像在背书，一点感情也没有。

秦晗跟着杜织上了车，沉默着给自己扣上安全带。

张郁青敲了敲车窗，杜织把车窗按下来："什么事？"

张郁青看向秦晗，比了个打电话的手势："到家说一声。"

杜织大笑："真能操心啊，一会儿我就去把她卖掉。"

"人民教师呢，说话注意点。"张郁青笑着回了杜织的话，然后又看向秦晗，"记住没？到家打电话。"

秦晗点点头。

秦晗家非常注意安全问题，家里司机不在时，秦晗打车的次数都不多，因为秦母说过，坐公交车更安全一些。

可现在，她主动坐上了一个陌生女人的车。

秦晗有自己的小心思，她想弄明白杜织和张郁青的关系。

这种想法让她燃起一种孤勇。

车里有一种淡淡的花香，沁人心脾。其实杜织是那种让人看着很舒服的知性女人。

可她和张郁青到底是什么样的关系呢？

车子开出遥南斜街，秦晗也没想好怎么开口，只能安静又别扭地坐在人家车里。

憋了半天，她也只是憋出一句："谢谢你送我。"

杜织却忽然问："小秦晗，你喜欢张郁青？"

秦晗的脸瞬间红了，抿了抿唇，没吭声。

"那小子是招人喜欢，大学的时候有不少女生追他，不过他忙得要死，没空理。"

杜织应该是认识张郁青很久了，语气间带着一种对他的了解。秦晗忽然鼓起勇气："那你呢？"

"我什么？"

正是夕阳西下的时候，去秦晗家的方向刚好顶着落日。

阳光晃眼，杜织随手摸起墨镜，动作一顿，趁着等红灯时转身，把墨镜扣在了秦晗脸上。

忽然接收到陌生人的善意，秦晗要出口的话也卡住了，半天才嘟囔着问："你是不是……也追过他？"

杜织大笑着说："怎么可能。"

秦晗听见杜织这么说时，整个人都很紧张。

她的背绷得直直的，生怕杜织下一句出口的会是"是他追的我"。

然而没有。

杜织又翻出一个太阳镜，给自己戴上："我看着那么年轻吗？我可是他的老师。"

秦晗愣了愣："老师？"

"对啊，大学老师。"

在秦晗回张郁青店里之前，杜织就知道秦晗的存在了。

张郁青桌上有一本诗集，杜织问是谁的，张郁青说是妹妹的。

当时杜织很诧异："丹丹现在能看懂诗集了？"

张郁青摇头："不是丹丹，是一个小姑娘，今年才刚高考完。"

可能是因为杜织戴上了墨镜。

也可能是因为秦晗刚走出校园，对老师有种天然的畏惧。

这会儿秦晗再看杜织，突然就不敢再乱说话了。

杜织倒是很随和："听说你刚高考完。通知书下来了吧？什么大学？"

"师范大学。"说完，秦晗忽然觉得不对。

张郁青是师范大学的学生。

杜织是他的大学老师。

那杜织不就是师范大学的老师吗？！

"这样啊。"

杜织扫了秦晗一眼，忽然笑了，故意说："放心，我不会是你的老师，但可能会是你的院长。"

秦晗瞬间正襟危坐，不敢再说话了。

还是杜织打破了车里的沉默："想听听张郁青的事吗？"

秦晗不敢说话，想了想，还是遵从本心地点了点头。

"他是我见过的最自律的学生。"杜织带着些叹息的口吻说。

那时候张郁青才上大一，能进师大的哪个不是成绩优异的？但张郁青不只成绩优异，他身上有种少年不该有的成熟感。

军训之后，杜织找到张郁青，跟他说："张郁青，你给我当班长得了，帮我管管这帮刚入学的小猴崽子。"

那会儿杜织是真的头疼。

刚入大学的学生最难管了，一个个像脱缰的野马，觉得世界都是他们的。

杜织笑着问："你猜他怎么说？"

秦晗摇摇头。

其实她心里是有些设想的。

她想，张郁青哪怕回绝，一定也是笑着的。

但杜织说："他还挺不耐烦，直接和我说，'老师，你找别人吧，我没空'。"

秦晗感到意外。

她忽然意识到，也许那时候的张郁青，是她所不熟悉的张郁青。

"后来我才知道，他有五份不同的兼职。"

每天放学后的时间、周末，甚至早晨4点到8点这段时间，张郁青都排满了兼职。

很神奇，他那么忙，期末考试的总成绩仍然是班里第一名。

杜织看了秦晗一眼："可惜他大一上完就退学了。我作为他的老师，一直觉得遗憾，真的很遗憾。"

是很遗憾啊。

秦晗戴着杜织的墨镜，所有景象在她眼里都变成了淡淡的茶色的。她就在这座茶色的城市里，替张郁青感到可惜。

红灯还没过去，杜织一只手扶着方向盘，空出一只手调出手机里的视频，发给秦晗。

"里面有我给他们班拍的视频，你可以看，张郁青只参加过那一次集体活动。"

秦晗准备打开，杜织又笑着按住她的手，问她："我是不是不该给你看呢？"

秦晗不明所以。

"这小子长得就够出挑的了，我给他拍得还挺帅，你看完怕是要陷得更深了。小秦晗，你做好准备没？"

秦晗毫不犹豫，点开视频。

视频里出现一群穿着白色运动服的男男女女，秦晗握着手机的手指紧了紧。

好像时空穿梭，回到了她初中时那个夏天。

张郁青出现在视频里时，秦晗忽然愣住了。

他穿着整套的白色运动服，手里拿着手机，站在明晃晃的阳光下，不知道在看什么。

有同学叫他："青啊，好不容易参加一次集体活动，还顾着兼职呢？别翻译文件了，过来玩啊！"

"就是！春游欸！春宵一刻值千金！"

"滚。你穿着班服能不能别说话这么骚？"

"那你骂人就是给班级争光了？"

"我什么时候这么说了？！"

在周围的吵闹中，张郁青把手机放回裤子口袋，笑着应了一声："走吧。"

有人在嚷嚷："这箭被做手脚了吧？怎么投都不进啊。"

又有人回他："别说投不进，好丢脸，没看杜老师录着呢？"

"我来。"

张郁青的白色运动服袖子卷在手臂上，他扬起头，露出一张明媚、笑着的脸。

同学把箭递给张郁青："你来也进不去！"

张郁青笑了笑，没说话。

他的目光里却流露出极自信的光芒。

箭尾是浅色羽毛。他握着箭，几乎没怎么瞄准，动作舒展地把箭投掷出去。

这一幕秦晗太过熟悉。

不仅熟悉，还念念不忘很多年。

箭落进木桶里，有人喝彩，有人吹口哨。

张郁青撩了一下额前的刘海儿，笑得张扬："随便扔扔。"

那时候的张郁青身上，带着一种前所未有的放松。

原来张郁青不是小哥哥的同学。

他就是那个，在很多年前的盛夏里，惊艳她的人。

杜织把秦晗送到家楼下，秦晗呆呆地站在楼门前，不知道站了多久，手机忽然响了。

秦晗接起电话，听见张郁青笑着调侃她："小姑娘，怎么还学会

175

说话不算数了？"

听见张郁青的声音，她才回过神。

夜色暗淡，万家灯火，秦晗忽然有一种冲动——

她想告诉他。

她说她以后会一直陪着他，可张郁青没信，还说她是小屁孩儿。

那如果她说喜欢他呢？

秦晗突然说："张郁青，明天见面时，我有话对你说。"

"先说说，你到没到家？"

"到了。"

张郁青笑着："那行，明儿准备和我说点什么？"

"明天才说呢。"秦晗的脸颊是烫的。

"今天说不行？"

秦晗摇头："不行，我想明天再说。"

她虽然是第一次喜欢别人，有些笨拙，连自己吃醋都反应不过来。

但她想要当面对他说喜欢。

也不是为了其他的什么，只是想把这份喜欢告诉他。

28

挂断电话，秦晗忽然对明天有了紧张的期待。

她把手机放回包包里，然后按下楼门密码，蹦着进到单元门里。

等电梯时，秦晗还盘算了一下明天要穿的衣服，用小皮鞋嗒嗒点着地，哼出一小段歌。

爸爸妈妈之间可能存在的矛盾，《红楼梦》里婉转曲折的人情世故，都被置之脑后。

秦晗想起化学课的实验：把氢氧化钠溶液滴进硫酸铜溶液里，产生蓝色沉淀。

喜欢张郁青这件事，就像是一剂特殊物质融入她的生活里，产生了无数个微小的愉快因素。

秦晗家是一梯一户的房子，电梯到达楼层缓缓开门，外面是属于秦晗家的私人空间。秦母在这里放了一个实木制的鞋柜，还有实木信箱。

她刚迈出电梯，听见一阵行李箱轮子滑过地面的声音。

愉快顿住。

有些不好的猜疑涌上心头。

家里的门开着，她看见爸爸提着一个巨大的行李箱从门里出来。

那个行李箱她知道，还是她中考完那年，他们一家三口去海南旅行时爸爸买的。

当时这个行李箱装了三个人的东西还有富余空间，被妈妈嫌弃太大，又很重，一直放在家里被闲置。

但现在，秦晗的爸爸拎着它，站在门口。

他看见秦晗，满脸的愤怒慢慢消散掉，摘下眼镜，捏了捏眉心，很疲惫地叫秦晗："宝贝，爸爸又要出差了，这次走得会有些久，你和妈妈在家，要乖乖的。"

秦晗都很诧异自己的冷静："爸爸，我们不是说好的吗？"

不是说好以后不在我面前演戏吗？

不是说好你会好好处理和妈妈之间的事情吗？

"你要和妈妈离婚了吗？"

秦父重新戴好眼镜，把行李箱放在门边："进屋说吧。"

秦晗坐在沙发上，秦父没有坐下，而是蹲在秦晗面前。

他很愧疚，摸出烟盒，想了想，又放下："对不起，小晗，爸爸真的很想给你一个温馨的家。"

只有这么一句话，秦晗就说不出责备的话。

因为爸爸的语气里，包含着身为父亲的深深无奈和自责。

秦晗的爸爸秦安知和她妈妈李经茹是在大学认识的。

那时候秦安知家里比较困难，但李经茹家里条件优渥。他们谈了很多年恋爱才得到家里的认同。

他们从本科阶段谈到研究生阶段，最后终于修成正果。

婚后不久，李经茹怀孕了，是个女孩儿。

女儿嘛，是要富养的，老婆也是要富养的。

那时候秦安知就暗暗发誓，一定要凭借自己的努力让老婆和女儿过上富足的生活。

他做到了。

但李经茹开始疑神疑鬼，总觉得他有钱了就会在外面找其他女人。

后来秦晗的姥姥姥爷出车祸去世了，李经茹失去双亲，悲痛欲绝，变得更加依赖秦安知，也更怕秦安知会找别人。

她做得再过分的事他也忍了。

但今天在外面和一家外企公司谈合作时，李经茹忽然闯进去，把一杯咖啡泼在了那家外企公司的大中华区经理身上，说人家是狐狸精。

为了和这家外企谈合作，秦安知的整个团队几乎忙了整整一个月。

他们熬夜，整天吃泡面，生病了没有时间去医院，只靠吃药撑着，甚至发着高烧出差。

秦安知的团队，二十三个人，每天都在忙。

但李经茹的一杯咖啡，让他们的所有付出泡了汤。

这些李经茹不能理解。她认为秦安知对她生气，一定是因为其他女人。

即便这样，秦安知也没有在秦晗面前过分地说李经茹什么。

他说："宝贝，你妈妈太没有安全感了，我以为我可以用爱来治愈她的所有不安，但爸爸现在束手无策。爸爸只是离开家里，但爸爸依然爱你，妈妈也一样爱你，你永远是我们的宝贝，拥有完整的父爱和母爱，明白吗？"

秦晗想要摇头,她想要任性地拽住爸爸让他别走。

但可悲的是,她忽然从这些事情里听懂了爸爸的苦衷。

"你妈妈是凌晨的航班,你乖乖睡一觉,明天早晨妈妈就回来了,好不好?"

秦晗看着秦父:"爸爸,那你去哪儿?"

"爸爸要回公司处理一些事情,接下来的时间都会很忙。"秦父按着眉心说。

秦晗隐约感觉到,妈妈触碰了爸爸的底线。

她很不安,很想哭,可又不想给爸爸添更多的苦恼,只能乖乖点头:"好。"

秦父陪着秦晗待了一会儿,然后匆匆离开。

家里万籁俱寂,秦晗只有一个想法。

她承受不住这样的变故,她要去找张郁青。

难怪他的顾客们都那么喜欢和他诉苦。秦晗在承受不住这些突发的痛苦时,第一个想到的也是张郁青。

她用手机打了车,坐进出租车里。

B市的夜景很美,各样的霓虹灯光怪陆离,秦晗看着窗外。

灯光晃在她脸上,她什么也听不到,什么也感受不到。

躲到遥南斜街就好了。

那里有好喝的冰镇乌梅汁,有罗什锦甜又脆的大西瓜。

那里有刘爷爷满屋子的旧书,有可爱的北北和每天戴着假发的李楠。

那里有很多拆迁无望却依然拉二胡、下象棋的悠闲老人。

那里还有张郁青。

在面对生活巨大的变故时,秦晗下意识想要躲到遥南斜街。

就好像只要去到那里,家里就还是好好的,等她再回家时,爸爸妈妈还会笑着叫她吃饭。

"小妹妹，开不进去了。这条街晚上没有路灯的哦，要不要叫家里人来接你啊？"

遥南斜街的街口放了路障，夜里不让车进。

张郁青说过，那是因为这条街老人多，怕老人被车子剐蹭到才这样的。

秦晗沉默地摇头，在手机上支付了车费。

她很失礼，连谢谢都没对司机师傅说。

夜晚的遥南斜街沉寂得像是荒野，只有虫鸣和树叶的沙沙声。

秦晗开着手机的手电筒走进斜街里，却没有躲过任何一处凹凸不平的地面。

有飞蛾不断向着她的光源扑过来，秦晗像是没有知觉的人，摇摇晃晃走着，崴了两次脚，浑然不觉。

她抬起头时，发现了前面的光源。

那是张郁青的店，窗口隐约透出灯光。

这条沉睡着的街道，只有张郁青的店里亮着灯。

冥冥之中，像是在等她。

那一刻，秦晗忽然很想哭。

店门没关，秦晗站在门口，抬手，轻轻推了一下，大门就为她敞开。

但一楼已经只剩下一点昏暗的光线，光是从二楼传来的。

隐约能听见北北欢快的叫声，还有张郁青温柔的训斥："北北，下去，床不是你的。啧，不许咬枕头。"

秦晗慢慢走上楼梯，她脑子很乱，甚至连门都没敲，直接推开了张郁青卧室的门。

张郁青店里关门时间不固定，什么时候忙完什么时候关。

今天顾客走得晚，天气闷得要命，他刚洗了个澡，赤着上半身，坐在床上逗北北。

门突然被推开，张郁青还以为是罗什锦，也就懒洋洋地端着一杯水喝着,只分过去半个眼神。

看清楚站在门口的人是秦晗时,张郁青呛了一下,咳得差点儿原地去世。

卧室里只开了一盏落地灯,张郁青随手拽过一件短袖套上,才按亮天花板上的灯。

也是这时候,他看清了秦晗的样子。

小姑娘额前的碎发都被汗浸湿,眼皮和下眼睑都泛起一层粉色,她紧紧抿着唇,眼睛瞪得很大。

她没说话,也没动,就直挺挺地站在门边,手里紧紧攥着手机。

手机还开着手电筒,正对着张郁青。

老实说,手机发出来的强光快要把他晃瞎了。

秦晗不知道自己该说什么。她的家坍塌了,她没有家了。

她只能来别人家里,渴望汲取一点点不属于自己的温暖。

很多个温馨的瞬间都在脑海里闪过。

她记得去年过生日时,妈妈围着米色的格子围裙为她亲手做了一个蛋糕;爸爸拧开一个彩带筒,屋里堆满了气球。

他们欢乐地喊着:"祝我们宝贝生日快乐!"

那时候秦晗真的很快乐。

可是那样的快乐,她是不是再也不会拥有了?

秦晗不知道怎么躲开那么多的悲伤,只能站在张郁青的卧室门口沉默着。

好在张郁青并没有问秦晗"你怎么来了"这样的话。

他走到秦晗面前,把她的手机从手里抽出来,关掉手电筒,然后问:"想在这里,还是去楼下?"

秦晗没动也没说话。

"那行,就在这儿吧,卧室稍微有点乱,你坐一下,我去把电风扇拿上来。"

张郁青像是没带女性来过自己的卧室，跑了两步又退回来："床单今天才换过，可以坐，坐吧。"

他跑着下楼，没两分钟又回来了，把电风扇通上电，然后从兜里拿出一瓶矿泉水递给秦晗。

秦晗坐在床边，愣愣的，没接。

张郁青叹了口气，蹲在秦晗面前。

他把水放在床上："小姑娘，有个问题你要说实话，刚才你是回家了，对不对？有没有遇到坏人？"

他眸子里的担忧传递出温暖。秦晗轻轻摇了摇头。

"是和家里人吵架了？"

秦晗又摇摇头。

张郁青一直看着秦晗，她两次摇头之后，他也看懂了。

小姑娘的不开心多半不是因为她自己，也许是家里出了什么问题。

北北像是能感受到屋里的压抑气氛，也不疯了，悄悄缩在窗边，瞪着大眼睛看着秦晗和张郁青。

屋里只有电风扇"嗡嗡"的响声。

张郁青一直安静地蹲在秦晗面前，很耐心地陪着她。

过了很久很久，秦晗终于开口了，也只是说了一句话："张郁青，我爸爸妈妈要离婚了。"

说完，她闭上嘴，眉心皱皱巴巴，下颌一直在抖。

张郁青站起来，安慰地抚了下秦晗的发顶，从旁边的衣架上，拿过一件外套。

是大学时那件白色的运动服——罗什锦前些天穿过后，张郁青给洗了。

他把外套轻轻罩在秦晗头顶，温声说："现在没人看得到了，想哭就哭吧。"

以前历史课上，老师说抗战时期 B 市有很多防空洞，学校还组织

182

学生去参观过。

防空洞安全、隐蔽，是躲避敌军轰炸的地方。

现在张郁青用他的外套，给她搭起一个临时的"防空洞"。

他外套上有竹林的味道。秦晗的眼泪再也忍不住，从眼眶里流淌出来。

她一开始只是躲在外套里低声呜咽，后来越哭声音越大。

运动服外套本来就是宽松的，再加上张郁青比较高，宽大的外套几乎把秦晗全部遮罩住。她在里面哭得颤抖。

父母要离婚这种事情，其实孩子是无可奈何的。

张郁青看着面前哭得抖成一团的秦晗，突然很心疼。

这也是他第一次语拙。

该怎么劝慰她呢？

这个每天抱着书蹦跶在他店里的、天真活泼的小姑娘。

可她哭起来，好像全世界都欠她一个拥抱。

张郁青轻轻叹了一口气。

他走过去，隔着外套抱住秦晗，温柔地拍了拍她的背。

29

秦晗哭了很久，后来声音越来越小，最后归于安静。

张郁青帮她把外套拿下来，又递给她纸巾。

夜色安静，张郁青的卧室不算大，但很整洁，只有一张床和一个简易衣柜。

床单是灰色格子布料的，北北趴在上面，下巴搭在自己的小爪子上，已经睡着了。

秦晗总算是打起些精神来了，她带着重重的鼻音，给张郁青讲爸爸妈妈的事情。

讲那些争吵，也讲衣柜里的牛皮纸袋，最后讲到今天爸爸的无奈，她停下了。

小姑娘的眼眶通红，眼睛里起了一条细细的血丝，睫毛被她擦眼泪时擦得乱乱的，有的扭在一起，有的翘着。

她看起来特别可怜。

她目光有些空洞，嘟囔着叫他："张郁青，我不知道该怎么办。"

其实张郁青遭遇得远比她多，他自己经历那些时并没有觉得什么。

反倒是现在，秦晗鼻尖红红地说"怎么办"时，他眉头拧起来，觉得遇到了天大的难题。

怎么哄好这个小姑娘呢？

"爸爸说他还会回来，但我觉得不会了。"

秦晗说着，眼泪又积起来，挂在下睫毛根部，摇摇欲坠："我只有妈妈了。"

张郁青抬手，用食指背轻轻帮她拭掉眼泪："他们只是不在一起生活了，他们依然爱你。"

在张郁青的陪伴下，秦晗慢慢冷静下来。

很多事情是没有办法改变的，像她和胡可媛的友谊，像爸爸妈妈决定离婚。

她知道任谁也没有办法改变。

只不过被迫接受时，她总要哭一哭，把不满和不安都发泄掉。

张郁青搬了一把椅子，坐在秦晗对面。

他身后的墙边立着的一把木吉他被他拎起来，他轻轻拨弄两下："想听歌吗？"

弦音散在夜色里，安抚着她的情绪。

秦晗的眼泪还没干透，眼睛亮得不像话。

看见张郁青拿起吉他，她才稍稍提起一点点兴致："你会弹吉他？"

"一点点。"

张郁青把吉他架在腿上:"有一阵我妹妹迷上了吉他,小广场那边有个男孩儿总在那儿弹唱,她整天要去,没办法,我就学了点,糊弄她用的。"

秦晗刚哭过,脑子转得有点慢。

她也不是很了解张郁青的妹妹,只知道她叫丹丹。

为什么丹丹喜欢听吉他,他就非得学呢?

去小广场听吉他不行吗?

是因为当哥哥的不希望妹妹见别的男生?

秦晗脑回路清奇,蹦出一句:"妹控?"

张郁青忽然笑了:"想什么呢你?

"我妹妹有些偏执,有些事情她是理解不了的。比如在小广场弹唱的小伙子,她认定广场那里会有弹唱,阴天下雨也会去的,但如果她去了没遇见弹唱的人,就会哭,会闹。"

张郁青笑着:"而且我也没那么多时间总是带她去小广场。"

说这些话时,张郁青有种和他长相不符的温柔。

秦晗忽然记起,罗什锦说丹丹并不是张郁青的亲妹妹,也记起他说过丹丹生病了。

秦晗不知道是什么病。

她对病的认知,还停留在感冒、发烧、阑尾炎这些上。

张郁青弹着吉他,看着她唱了几句 *Cry on my shoulder*(《在我肩上哭泣》),他的嗓音很温柔,散落在午夜灯光里,令人动容。

唱完,他问:"怎么样?"

秦晗有些犹豫。他唱得好听,但吉他……

沉默了一会儿,她才小心翼翼地问:"你真的不是乱弹的吗?"

"是啊,乱弹的。"

秦晗都被他那种豪爽的气势镇住了。

怎么会有人乱弹的还说得那么理所当然又落落大方?

她愣了好一会儿，忽然笑了："乱弹的你骄傲什么呀？"

"我只会弹《小星星》。"

看见秦晗笑，张郁青才松了口气。

终于哄到露笑脸了啊。

知道秦晗家今天没人在，也知道她一定不想回家。

张郁青看了眼时间，随手弹着《小星星》，问秦晗："回去睡，还是在这儿睡？"

"如果我留下……"

"你睡这屋，隔壁还有卧室。"

秦晗耳郭有些红，她点了点头："谢谢。"

"只有几个小时可睡了，早晨带你去吃遥南斜街最好吃的早餐。"

张郁青抱走了北北，又拿上他自己的手机："晚安。"

"等一下……"

秦晗叫住张郁青："我可不可以，借用浴室洗个澡？"

她满身汗味，又大哭了一场，怕睡脏张郁青的床铺。

"可以，去吧。"

替秦晗关上房门，张郁青才无奈地笑了笑。

这姑娘是真的一点防人的心都没有，借卧室就算了，还借浴室。

张郁青对着空气轻笑一声："幸亏，我是个好人。"

秦晗这一夜睡得并不安稳，总能梦见爸爸妈妈在吵架。

梦见他们厮打在一起，她怎么拉都拉不开。

但最后，最心急、最紧要的关头，梦里也总会有张郁青弹得有些跑调的《小星星》，还有他温柔的晚安。

它们终结掉梦里的慌乱。

临近天亮时，秦晗伴随着枕边若有若无的竹林清香，终于沉沉睡去。

她是被电话铃声吵醒的，是爸爸的电话。

秦母下飞机回到家，发现秦晗没在家，还以为是秦父带走了她，打电话和秦父大吵了一架。

秦父给秦晗打电话时没有责备,只问她:"宝贝,告诉爸爸,你在哪儿?有好好休息吗?"

秦晗从张郁青的床上坐起来,推开卧室门下楼:"我在朋友家。"

"对不起宝贝,爸爸昨天忙晕了,不该把你一个人留下。"

秦父那边传来一声打火机的轻响,他的声音是沙哑的:"爸爸来接你,我们回家和妈妈谈谈,好吗?"

好吗?

她真的能面对并接受吗?

秦晗看见张郁青坐在一楼窗边的桌子旁,正在设计文身图案。

他听见脚步声,抬起头来,对她说:"早,小姑娘。"

如果是她自己,她可能没有勇气面对。

但她昨天从张郁青那里,借来了一小点勇气。

张郁青能扛住那么多重压,她也一定可以。

"爸爸,我在遥南斜街。"

等秦父的过程中,张郁青去买了早餐回来。

秦晗本来以为自己会没什么胃口,但闻到油条的油香,她还是食指大动。

秦父来的时候,秦晗正蹲在地上和北北玩,张郁青站在一旁,两只手插在裤兜里,看着秦晗。

秦父大概是没想到,秦晗说的朋友会是一个年轻男人,也没想到,会是一个开文身店的男人。他站在门口愣了愣。

还是张郁青先打了招呼:"秦叔叔。"

"唉,谢谢你照顾小晗。"

秦晗跟着爸爸走了,走之前她回头看向张郁青,看见他用口型对她说:"加油。"

他身后是安逸闲适的遥南斜街,还有初升的暖阳。

秦晗忽然有了更多的勇气，有勇气去面对生活里的不如意。

总会过去的。

都会过去的。

车子开出遥南斜街，秦父才笑着说："我们小晗长大了啊，还有爸爸不知道的朋友了。"

"是这个假期才认识的。"

其实有时候，爸爸和妈妈的确是不同的。

秦母每次听说她来遥南斜街，都会隐含嫌弃地说那是一条老街，会叮嘱她不要随便吃这边的东西，说她可能会中暑；连她带回去的旧书，秦母都会觉得需要消毒。

但爸爸不一样。

爸爸提起张郁青时，既没有问她和他是什么关系，也没有因为她在异性家里留宿责怪她。

秦父只是说："在你伤心难过时最先想到的朋友，大概是你最信任的朋友了，爸爸很感谢他。"

回到家，秦晗第一次亲眼看见妈妈歇斯底里尖叫的样子。妈妈看上去很疲惫，黑眼圈很重；爸爸的声音沙哑，整个人都很沧桑。

没有一个人是好过的。

那是很混乱的几天，奶奶爷爷来过，小姑一家和小叔一家也来过。

但最后，爸爸妈妈还是离婚了。

妈妈摔碎了一只从法国带回来的大花瓶。秦晗记得妈妈以前说，那是他们蜜月旅行时买的。

还砸碎了一套餐具，是奶奶送的新婚礼物。

还有很多东西都被妈妈扔了——

爸爸没带走的衣服、鞋子、文件，和他们的合影。

在秦晗不知所措的时候，张郁青把杜织的微信推给她。

原本秦晗还不知道是为什么，但杜织说话很直接。

她说自己也是离过婚的女人，理解那种离婚时的感受，并和秦晗分享了很多很多。

秦晗一一记下，然后礼貌道谢："谢谢杜院长，开学后请你吃饭吧。"

杜织哈哈大笑，说："我可只是教育学院的副院长，没什么大权力，巴结我没用哦。"

有了杜织的帮助，秦晗在这些混乱的日子里渐渐有了些头绪。

她学会了给她和妈妈煮饭，学会了给妈妈讲笑话，学会了收拾屋子，也学会了用家里的洗衣机。

她给妈妈读自己喜欢的书，也给妈妈弹钢琴。

在某个妈妈失眠的夜晚，秦晗坐在钢琴边，给妈妈弹《小星星》，然后给妈妈盖了一层薄外套。

"妈妈，现在没人看得见，可以哭出来的。"

秦母在《小星星》轻快的节奏里，哭得不能自已。

8月份，秦母像是终于接受了现实似的，又开始化妆、去上瑜伽课。

她也开始插花、烤甜点。

只不过有时候，和秦晗一起吃饭时，秦母会忽然红着眼眶说："小晗以后要找男朋友，一定要找条件好一点的。穷的男人，有钱就变坏。"

秦晗不知道怎么回答，只能咽下嘴里的鸡翅肉，夸妈妈的厨艺又有进步了。

在这期间，秦晗一次都没去过遥南斜街。

李楠发过很多次他长发的照片，还说自己研究了一个很适合秦晗的妆容，准备给她试试。

罗什锦用张郁青的电话给秦晗打过电话，说夏天最后一批大甜西瓜已经到货了，让她随时过去吃。

秦晗自己心里不舒服，怕影响大家的兴致，而且也要陪着妈妈。

她迟迟没去。

到了 8 月下旬，秦母决定和瑜伽室的同伴出去旅行。

那天秦晗接到了张郁青的电话。

张郁青在电话里笑着说："小姑娘，北北今天闹得很，估计是想你了，什么时候有空，来吃个饭？"

因为张郁青这一句话，坚强了很多天的秦晗，鼻子又酸了。

她收拾好东西，去了遥南斜街。

街道还是那么美，老旧的房子里传来悠扬的二胡声。

有人搓麻将，有人下象棋，也有人推着车卖冷饮。

一切都那么温馨。

李楠和罗什锦都在张郁青店门口等着她，北北欢快地摇着尾巴。

张郁青站在门边，把手从裤兜里拿出来，轻轻拍了一下秦晗的头顶："瘦了。"

秦晗却突然扑过去，给了张郁青一个拥抱。

很紧的那种。

张郁青，我的勇气用完了。

你再借我一点吧。

这个拥抱是张郁青没料到的，手在空气中顿了顿。

他忽然想起，小姑娘家里没出事之前，好像有什么事情要对他说。

是什么呢？

30

这个拥抱不只张郁青意外，罗什锦和李楠也愣住了。秦晗把头埋在张郁青胸前，觉得有些没办法收场。

太冲动了，她不知道怎么解释这个拥抱。

张郁青倒是笑了，拎着她脖颈后的领子把人揪开，调侃着："哎，当替身的待遇这么好，还有人投怀送抱？"

秦晗这才松开他,红着脸,借着蹲下逗北北的动作,把拥抱的事掀过去。

罗什锦拿着张郁青的钱包,去买了他们常吃的那家的烧烤,堆满一桌子。

桌子中间是罗什锦号称精挑细选的大西瓜——又是刀子一碰就炸开,甜得不得了。

老风扇把烧烤味吹开,孜然辣椒的油香飘满屋子。

秦晗比之前沉默了些,以前跟他们吃饭时,她也没有很多话。

但现在她不只是安静,还有种快乐被封印了的感觉。

张郁青给秦晗倒了一大杯冰镇乌梅汁,把水杯放到秦晗面前。

他不动声色地看了一眼秦晗垂眸不语的样子,忽然往椅子里一靠,笑着对其他人说:"你们有什么不开心的,说出来,让我们家小姑娘开心开心。"

"青哥,我不开心时也没见你安慰我!"

秦晗缓缓抬起头,有种预感:张郁青一定会说那句话。

果然,他瞥了罗什锦一眼:"你是小姑娘?"

这种熟悉的热闹感让秦晗紧绷了很多天的情绪得到缓解。

她喝了一大口酸甜的冰镇乌梅汁,在浸着桂花香的酸甜口感里,慢慢放松下来。

罗什锦他们还真的聊起了自己的悲惨遭遇。

不但聊起来,还莫名其妙地比上了。

罗什锦拍着桌子:"我前天去上货,小三轮车斗不知道怎么就漏了。我就说怎么越骑越轻,还以为我又强壮了呢。"他顿了顿,"回来一看,半车水果都漏没了!你们就说,我够不够惨?!"

秦晗眨了眨眼,有点想笑。

"你那算什么呀。"

李楠露出挺不屑的眼神,把长发撩到身后:"我前两天和我爸妈吵起来了。"

　　李楠的化妆品和女性服饰被他妈妈发现了。

　　他妈妈又给了他一个耳光，但被李楠推开了。

　　他爸爸立刻冲过来："李楠，你太叛逆了！"

　　李楠梗着脖子，质问爸爸妈妈："你们想过没有，我叛逆并不是因为我想要叛逆，而是这个家逼得我不得不叛逆？你们有没有想过同我好好聊一次，哪怕一次？"

　　李楠说："我以为我这么说已经够开诚布公了，结果你猜我爸说什么？"

　　秦晗听得手里的羊肉都忘了吃，忍不住问："说什么？"

　　李楠的爸爸皱着眉，问他："这就是你当变态的原因吗？"

　　亲生爸爸，说自己的儿子是变态。

　　罗什锦倒吸了一口冷气："你这个爹实在够牛。"

　　秦晗很着急："那然后呢，怎么办了？"

　　却没想到她问完，李楠挑了挑他韩式半永久样式的秀眉："讲什么后续啊，这不是比惨吗？我是不是惨过罗什锦了？"

　　秦晗都没反应过来，愣愣地"啊"了一声。

　　有些事，憋在心里容易发酵成更大的难过。今天这个饭局，大家索性把不开心都说出来。

　　说出来就开心了。

　　秦晗也忽然拍了一下桌子。

　　她平时都是那种乖乖女的形象，突然拍桌子，罗什锦和李楠吓了一跳，张郁青也意外地偏过头。

　　秦晗却像是下定决心："我也……我也比比吧。我爸爸妈妈，离婚了……"

　　借着这么一场奇怪的比试，秦晗把憋在心里的委屈都说了出来。

　　随后，她也学着罗什锦和李楠的样子，用手里的羊肉串一指：

"你们谁有我惨?"

羊肉串正好指到对面的张郁青,有点像挑衅。

秦晗觉得自己那点难过和张郁青的比,肯定是比不过的。

这个晚上有她熟悉的热闹感,有她熟悉的安心感,好像她在这里,可以做个任性的孩子。

秦晗不但没收回手,连下颌也扬了起来。

"青哥的悲惨都是陈芝麻烂谷子的事了,不能算。"

秦晗也不知道自己哪来的好胜心,马上点头:"对,不能算。"

张郁青笑了笑:"嗯,不算。"

罗什锦和李楠站起来,像颁奖时那样大声宣布:

"那今天最惨的人就是——"

"秦晗!"

"下面有请北北,给秦晗颁发奖品!"

北北正在文身室的床底下晃着尾巴撕咬着,听见外面有人叫它,它还真就叼了个东西出来。

是一只一次性拖鞋。

鞋底被它咬得有点烂了。

秦晗愣了愣,突然笑了。

神经病一样的比惨。

神经病一样的奖品。

幼稚但又让人好开心。

前些天的郁闷终于一扫而空。

"对了。"

张郁青起身,搬出一个箱子:"前两天有顾客推销这玩意儿,我买了些,你们玩吧。"

是一箱孔明灯,过年时常有人放的那种,红纸做的。

秦晗拿着笔在孔明灯上写字时,有些犹豫。

妈妈最近状态很好，秦晗昨天给爸爸打过电话，爸爸的工作也很顺利。

那她许什么愿呢？

爸爸妈妈和好如初？那显然是不可能了。

其他的呢？

秦晗想了想，好像也没有什么特别想要的东西。

除了一样。

秦晗悄悄偏过头，看见正在门口和顾客通电话的张郁青。

她想要，张郁青也喜欢她。

这个想法出现在脑海里时，秦晗就有些鬼迷心窍，用手里的马克笔在孔明灯上写出一个"弓"。

秦晗写完，忽然感觉身后有人。

她吓了一跳，猛地扑到孔明灯上，紧紧捂着灯面才扭过头去，看见了刚挂断电话回来的张郁青。

张郁青笑着："小姑娘，还有秘密呢？"

"没有。"秦晗矢口否认。

为了转移张郁青的注意力，她挡着铺在桌面上的孔明灯，把手里的马克笔递过去，像个夜市推销员："你不放孔明灯吗？写个愿望吧！"

"没什么可写的。"

"奶奶早日康复，丹丹早日康复，这些都能写吧！"

秦晗写自己的愿望时吭吭哧哧憋不出来，给别人提意见倒是一套一套的。

张郁青将手里的手机转了几圈，笑着："那个靠许愿没用吧，需要医学。"

怕他看见孔明灯上的字，秦晗可太想他快点走开了，想了想，又问："关于你自己的呢，不许愿吗？"

其实这话说完，秦晗稍微有些后悔。

有哪样是他许愿就能得到的呢？

张郁青倒是没觉得什么，压低声音说："我有好多奢望。我想爱，想吃，还想在一瞬间变成天上半明半暗的云。后来我才知道，生活就是个缓慢受锤的过程，人一天天老下去，奢望也一天天消失，最后变得像挨了锤的牛一样。我觉得自己会永远生猛下去，什么也锤不了我。"

夜色很沉，罗什锦和李楠在争论着小蜡块应该怎么安到孔明灯上。

北北叫着在追一只蛾子，很多小飞虫朝着光源而来，扑打在玻璃窗上。

但秦晗只听见张郁青压低声音的这番话。

她鼻子有些发酸，抬起头看他，却看见张郁青挂着一脸调侃的笑意。

张郁青说："逗你呢，这句子可不是我说的。"

"那是谁说的？"

"王小波。"

秦晗愣了一会儿："是书里的句子？"

"嗯，《黄金时代》。"

张郁青把手机抛起来，又接住，边走边说："不过你先别看，年纪大些再看吧。"

"为什么？"

"你问我为什么啊？"

他在夜色里回过头，笑着："因为里面的性描写，比较多。"

秦晗的脸瞬间就红了。

但张郁青走了几步又回来了，把手伸到秦晗面前："笔给我。"

接到马克笔，张郁青拽过一个孔明灯，在上面随手写上一行字。

他的字体还是飘逸又好看——

  祝秦晗，无忧无虑。

"你这个年纪的小姑娘，还是笑着好看，开心点。"张郁青把笔还给她时说。

秦晗盯着张郁青的孔明灯愣了一会儿,转过身悄悄画掉了那个"弓"字。

她原本希望张郁青喜欢自己,但现在,她改主意了。

王小波老师的那句话,他记得那么清楚,一定有某些感同身受在。

秦晗想,哪怕他真的能"一直生猛下去",她也希望他过得轻松些。

一旁的李楠把长发掖在耳后,大声喊:"罗什锦,你写的什么玩意儿?!"

"你不认识字?"

"认识啊,可是……"

"认识你问我写的啥?你自己不会看?"

"不是,你还兼职快递吗?"

"放屁,我对卖水果的事业坚贞不渝!"

秦晗看了一眼,也有点纳闷。

罗什锦的字堆成一团。她问:"中什么?"

罗什锦大嚷:"什么中?!!那是牛!牛!!"

张郁青本来在拆一支棒棒糖,笑得糖都掉到了地上。

"你们笑什么?我瞅瞅你们写的啥!"

罗什锦看见张郁青的孔明灯时,下意识想要说他偏心眼,但顿了顿,自己先说了:"行了,我知道了,我不是小姑娘,不配得到青哥的祝福。"

李楠正在帮秦晗放她的孔明灯。

蜡块已经点燃了,秦晗端着孔明灯,纸糊的灯笼越来越鼓,她正等着松手,罗什锦走过来,绕着她的孔明灯看了一圈。

"希望,遥,哦,遥南斜街,可以——"

罗什锦反应过来了:"希望遥南斜街可以拆迁?"

听见他的话,张郁青偏过头去看了秦晗一眼。

小姑娘比刚认识时瘦了,脸被孔明灯晃成橘红色,是笑着的,看起来和平时没什么两样。

但这样的愿望,有什么可藏可挡的?

"好兄弟!许愿都不忘让我们暴富!够意思!"罗什锦边说,边挺大力度地拍着秦晗的后背。

罗什锦拍人特别疼。

秦晗被拍得一趔趄,手里的孔明灯没抓住,晃晃悠悠飞了出去。

"哎!灯!"

孔明灯摇晃着飞过树梢,在地上投出摇曳的虚影,然后慢慢飘上天幕。

秦晗松了口气:"还好,没掉下来。"

她转头,忽然对上张郁青若有所思的目光。

秦晗早就准备好了措辞,在心里反复练习了无数次,说出来时无比自然:"你帮我写了一个,我也帮你写一个,扯平。"

过了两秒,张郁青像往常那样笑了:"行,扯平。"

第五章

敬明天

31

8月底,秦母去南方旅行了。

秦晗又开始像之前那样,整天往张郁青那边跑。

那天秦晗在班级群里听说学校贴了高考考上一本学生的红榜。

她去了一趟学校,在红榜上找到自己的名字,拍下来,给爸爸妈妈分别发了过去。

她知道家庭已经不在了,但她还是想要做他们的好女儿。

明明才离开高中校园两个月,但秦晗再向校园里看过去:红色跑道,绿色草坪,还有白色的教学楼上金色的校训,好像在教学楼里上完一节又一节的课,已经是很久以前的事情了。

她又想起高中时班主任说的话——

没有比上学更无忧无虑的事了。

秦晗觉得,她好像正在慢慢理解这句话。

学校外面有一家烤冷面摊,味道特别好,上学的时候总要排队才能买得到。

秦晗买了四份烤冷面,坐公交车去了遥南斜街。

"张郁青,你看我买了……"秦晗的话没说完,她突然发现店里有其他人在。

张郁青店里桌边坐着一个小女孩儿,看上去八九岁的样子。

小圆脸,圆圆的鼻子,圆圆的眼睛,嘴唇都是圆嘟嘟的,头发梳成双马尾辫,软塌塌地趴在发圈上。

她像一块小年糕一样,软乎乎,白净净。

小女孩儿瞪大眼睛看过来,秦晗试探着叫她:"丹丹?"

楼上传来脚步声,小女孩儿转过头:"哥哥,这个姐姐说我是丹丹。"

小女孩儿说话很慢很慢,还有点像是含着糖,含混不清。

她说完这句话的时候,张郁青已经迈着他的长腿从楼梯上下来,走到了桌边。

秦晗以为自己认错人了,小声和张郁青说:"对不起,我以为她是丹丹。"

"她是丹丹。"

张郁青给秦晗倒了一杯水:"她的意思是,你怎么认识她?"

张郁青指了指秦晗:"丹丹,这是哥哥的朋友,叫秦晗姐姐。"

"七晗姐姐。"

张郁青纠正丹丹:"秦晗姐姐。"

"七晗姐姐。"

其实丹丹看起来很可爱,除了说话有些不清楚,并且语速慢。除此之外,秦晗并没看出丹丹有什么不一样。

李楠和罗什锦去居民区里卖西瓜了,说是要下午才回来。

张郁青表面上看不出什么,还是目光带笑的,只不过,秦晗意识到,张郁青并没有给她和丹丹做过多的介绍。

秦晗问:"你是不是有什么急事?"

"嗯,要出去一趟。"

秦晗眼睛一亮,自告奋勇:"张郁青,我帮你看店吧!"

张郁青看上去有些犹豫,最后还是点头答应下来。

临出门前,张郁青把秦晗拉到一旁,秦晗的注意力还在烤冷面上,觉得有点可惜:"张郁青,你不吃点烤冷面再走吗?我们学校的烤冷面特别好吃。"

"先不吃，回来再吃吧。"

今天张郁青是有些措手不及的。

丹丹的特殊学校其实早就放暑假了，但张郁青又找了一个机构的训练老师在假期一直带着丹丹，纠正她的发音，做行为训练。

昨天晚上丹丹的老师家里突然出事了，开学前都带不了丹丹，就把丹丹送了回来。

偏赶上今天奶奶也不舒服，需要去一趟医院。

张郁青叮嘱秦晗："丹丹对很多东西不明白，别带她出去，就在店里。"

"嗯嗯。"秦晗点头。

"如果店里来客人，就说我不在，让他电话联系我。"

秦晗继续点头。

"中午我要是回不来，你们两个订外卖吃，钱我转给你。"

张郁青每说一句，秦晗就乖乖点头。

最后，他轻轻拍了一下秦晗的发顶："今天就辛苦你了，小姑娘。"

张郁青也叮嘱了丹丹，让她好好听秦晗姐姐的话。

丹丹说："我会听七晗姐姐的话的。"

秦晗有那么一点小兴奋。

张郁青走了之后，她忽然觉得自己就像这家店的女主人。

和丹丹相处的时候，秦晗发现丹丹确实和一般小孩子不太一样。

丹丹在做十以内的加减法，但好像并不顺利。

第一道题：1+3=？——她反复数着手指，十几分钟过去也没算对。

秦晗有些担忧，坐到丹丹身旁。

但她不知道自己应不应该帮丹丹，或者说，她不知道怎么帮。

半个小时后，丹丹终于算出来了。

丹丹郑重地在"1+3"的等号后面，画了一个像小旗子一样的图案。

秦晗很茫然，以为丹丹是因为调皮，不想写作业，故意捣乱。

但她抬头看丹丹时，丹丹的表情很认真。

丹丹一直张着嘴，瞪着题目，都没意识到自己的口水滴在了纸上。

"丹丹……"

丹丹无辜地转过头，嘴角还带着口水。

秦晗只好抽了几张纸给丹丹擦嘴，又擦了桌子："你能告诉秦晗姐姐，你写的答案是几吗？"

"我能告诉七晗姐姐我写的答案是几吗？"丹丹重复了这句话，然后眼神茫然，"答案是几？"

秦晗指着她纸上的小旗子："这个。"

这次丹丹懂了，她说："'4'像小旗迎风飘。"

"4"是像小旗迎风飘……

可问题是，小旗子飘的方向，不应该是右边啊！

秦晗用了一个小时的时间，才帮丹丹把"4"的写法纠正好。

没想到丹丹再算1+3时，依旧画了向右飘的小旗子。

秦晗："……"

秦晗的手机振动了一下，是张郁青发来的微信："店里没什么事吧？"

秦晗躲到一旁，把电话拨过去，压低声音："店里没事，不过丹丹的功课……"

能听见张郁青那边人很多，他在嘈杂的环境里轻轻笑了一声："忘告诉你了，不用教她功课。你会放风筝吗？"

"会的！"秦晗信心十足。

"我卧室里有风筝，无聊可以带丹丹在店门口放风筝，她喜欢风筝。"

电话那边不知道是什么人在和张郁青说话，过了一会儿，张郁青说："我先挂了，尽量早回去。"

秦晗在张郁青的卧室里找到了风筝。

丹丹看见风筝很兴奋，欢呼着丢下了笔："七晗姐姐，风筝！"

203

"对，风筝。"

秦晗也笑了："你哥哥说，我们可以去放风筝。"

"丹丹喜欢风筝！"丹丹兴奋地说。

挂断电话之前，秦晗还告诉张郁青——

尽管忙他的，店里一切有她在，不用担心。

但拎着风筝出门不到十分钟，秦晗就搞砸了。

以前放风筝，都是爸爸妈妈把风筝放起来，才把风筝线交给她。

其实会放风筝的不是秦晗，是她爸爸妈妈。

秦晗和丹丹一起站在张郁青的店门前，看着挂在树梢上的风筝。

花蝴蝶图案的风筝卡在树枝里，飘带随风晃动。

她到底哪来的信心，居然告诉张郁青自己会放风筝？！

丹丹看上去很焦躁，不停在说："风筝挂在树上了，风筝挂在树上了，丹丹的风筝，是丹丹的风筝……"

秦晗想起张郁青说过，丹丹以前去广场听吉他，如果听不到就会哭会闹。

她很怕丹丹觉得风筝再也拿不回了，蹲着安慰丹丹："丹丹，风筝还在，秦晗姐姐去把风筝给你拿下来，好不好？"

"丹丹的风筝，是丹丹的风筝。"

"对，是丹丹的风筝，秦晗姐姐去拿下来。"

丹丹像是才听懂秦晗的话，愣了一会儿，忽然又笑了："七晗姐姐把风筝拿下来。"

"对，秦晗姐姐现在就……"

秦晗看了一眼身后非常高的大树，咽了咽口水，逞强道："给丹丹把风筝拿下来！"

那棵树至少有十米高。秦晗准备先爬上旁边的砖墙，再上到树上去。

她从张郁青店里搬来了椅子，又垫了几本书，好不容易才有爬上墙的希望。

这段墙很老了，秦晗上去时还碰掉了一小块砖；脚底下搮在椅子上的书一滑，她差点儿摔下去，腿在墙面上蹭出一条细细的血痕。

丹丹蹲在墙下面："七晗姐姐加油。"

秦晗收了小朋友一句"加油"，觉得自己一定不能让她失望。

奶奶的检查结果出来得很快，张郁青匆匆从医院赶回来。

没等走到店门口，他就看见了秦晗。

这个在电话里信誓旦旦地说"交给我没问题"的小姑娘，此时正颤颤巍巍地站在店旁边那段老旧的砖墙上，并尝试着用各种不同的姿势，企图爬到旁边的树上去。

可能是被树上的什么东西扎到了手，小姑娘委屈巴巴地缩回手，转眼，又一脸坚毅地把脚踩到了树枝上。

张郁青："……"

那段墙真的很老了，张郁青出生时它就在，他都怕墙会突然坍塌。

"秦晗。"张郁青皱着眉叫人。

正试图上树的秦晗，听见张郁青的声音，第一反应就是解释："我不是故意的，我马上就能把风筝拿下来……"

她转过身，张郁青才看见她腿上被砖墙刮破的伤口。

张郁青无奈地说："没人怪你，先下来，上面危险。"

秦晗只是短暂地看了一眼下面的张郁青，又马上看向树梢。

她抿了抿唇，才盯着树梢小声开口："张郁青，我下不去，我往下看时，会腿软。"

张郁青把椅子搬到一旁，站到墙边，张开双臂："下来吧。"

"我不敢……"

"我会接住你。"

秦晗额头上已经渗出细密的汗珠。她不是不害怕，只是不敢辜负小朋友的期待，一直在硬撑。

这段墙在两间房子中间的空地上，是风口。

205

每每有风吹过，秦晗都满身冷汗，觉得自己会掉下去。

现在张郁青来了，他站在墙下面，张开着双臂。

清风入怀，把他的衣服吹得有些鼓。

秦晗忽然鼓起勇气跳了下去，和清风一起，被张郁青拥入怀里。

秦晗跳下来时，是闭着眼的。

抱住张郁青时，也是闭着眼的。

耳边传来张郁青的调侃："小姑娘，你还准备抱多久？"

32

挂在树上的风筝，到底还是张郁青拿下来的。

他不用踩椅子，挂着墙轻轻一跃，就跳上了墙头，然后伸长手臂摘下风筝。

守在墙边的丹丹对一切并不关心——秦晗腿上的伤，以及秦晗是否和她哥哥抱在一起过，这些丹丹都像看不见。

她只抱着花蝴蝶风筝，露出满足的笑："丹丹的风筝。"

张郁青说丹丹是唐氏综合征，而且发现得比较晚，理解障碍比其他"唐宝宝"更严重一些。

又因为早期干预时和孤独症小朋友在一起，她的有些行为接近于孤独症，很复杂。

秦晗在网上查了不少资料。

她第一次这么近距离地感受到，原来真的有人是一出生就不健康，而且，永远没有办法治好的。

回想到放孔明灯的那晚，秦晗忽然明白张郁青为什么不在孔明灯上写愿望了。

因为太缥缈。

没有人能阻止张奶奶的衰老，也没人能治好丹丹的病。

这些都是需要张郁青自己扛的。

知道丹丹最近没有老师带,秦晗更频繁地往遥南斜街跑。丹丹很喜欢秦晗,总是叫着"七晗姐姐",然后赖在她身边。

有时候丹丹并不理秦晗,只是坐在她身旁玩,或者做别的。

但罗什锦他们说,这就是丹丹喜欢一个人的表现。

唐氏综合征论坛里说,作为"唐宝宝"的家长,一言一行都很重要。

秦晗怕自己在陪伴过程中有什么行为会给丹丹带来不好的影响,还特地联系了杜织。

杜织知道秦晗喜欢看书,推荐了一些相关的书给秦晗看,并在最后给秦晗发了一条语音——

"小秦晗,师范大学有一个专业,叫特殊教育。如果你想做一名特教老师,有空可以了解一下。"

秦晗查了一下,特教老师和普通老师不太一样,教的孩子是特别的——

盲、聋、哑,或者智力障碍、孤独症等。

她报的专业是汉语言文学。爸爸说她喜欢读书,可以当语文老师。

但秦晗忽然觉得,也许自己可以做一名特教老师,这样还可以帮帮张郁青。

只不过还没到大学开学的日子,这些想法都是一闪而过。

真正让秦晗在意的,是张郁青最近对她的态度。

其实张郁青也没有什么特别的表现,也会在吃饭的时候调侃她,也会在她满头大汗地来到店里时给她买冰镇乌梅汁。

有时候他偏心她被罗什锦吐槽,他也仍然会说那句"你是小姑娘吗"来回应。

但自从放风筝那天之后,他再也没有拍过秦晗的头。

再也没用"我们家小姑娘"来称呼过秦晗。

这些秦晗本来是没察觉到的。

经历过爸爸妈妈的婚变,秦晗是会有敏感的时候。

但她天性难改,对自己信任的人还是敏感不起来。

会察觉到这些,是因为有一天卖冰镇乌梅汁的奶奶路过窗边,正好看见秦晗在教丹丹怎么用一笔把"8"写下来。

丹丹写"8"总是上下画两个圈,有时候记不住方向,会画成"∞"。

老婆婆笑着:"哎哟,两个小丫头都白白净净,到底哪个是郁青的妹妹?"

张郁青那天恰巧也在窗边。

他照例买了老婆婆卖剩下的桂花糕,然后笑着说:"两个都是。"

不知道为什么,秦晗就是觉得,他说这话时,好像有意无意地看了她一眼。

可她匆忙抬头看过去,却只看见张郁青含笑的侧脸。

秦晗知道,之前的两次拥抱确实是她过分了。

她总凭借着自己的小心思,贪心地想要多抱一下。

如果张郁青察觉到什么……

他会是这样的人,察觉到自己的喜欢,非常可能用这种不动声色的方式来拒绝她。

秦晗察觉到这些,但仍然打定主意要每天往遥南斜街跑。

8月就快过去了,暑气悄然散了些,早晚的风里夹杂微凉的空气。就在天气的变化里,秦晗意识到,她快要开学了。

等大学开学,她就不能每天都去张郁青店里了。

想着这些,秦晗有些失眠,第二天睡到临近中午才醒。

她睁开眼睛就觉得自己又荒废了一上午,没能见到张郁青。

她匆匆赶去遥南斜街时,李楠和罗什锦都在,张郁青估计是在文身室里忙着。

这两个人,一个拎着切西瓜的刀,一个揪着头上的披肩假发,抓

208

耳挠腮地围着丹丹,不知道在干什么。

秦晗走过去,丹丹正趴在桌子上,一脸茫然地看着李楠和罗什锦。

李楠揪下自己的假发抡了几下,飘逸的大长发飞在空气里,里面居然还挑染了桃粉色。

李楠说:"看!丹丹,这就是风!"

丹丹伸手揪了一小绺长发:"风。"

被揪了假发的李楠,满脸心疼:"我不行了。罗什锦,你来!"

罗什锦把手里的西瓜刀放下,鼓起腮帮子使劲吹了一大口气:"丹丹,感觉到了吗?这就是风。"

丹丹鼓了一下嘴,做了个类似小鱼吐泡泡的动作:"风。"

张郁青的声音从文身室里传出来,带着笑意地说:"你们两个,别误导她。"

丹丹抬起头,看见了秦晗,眼睛一亮:"七晗姐姐!"

罗什锦和李楠同时回头,罗什锦愁眉苦脸:"秦晗啊,你教教丹丹,什么是风。老师给留的作业,我俩折腾一上午了,也没整明白啊。"

秦晗走过去,拉着丹丹的手,走到电风扇旁边,举起丹丹的小手。

电风扇的风吹过两人的手掌,秦晗温声说:"风。"

丹丹也说:"风。"

然后秦晗关掉了电风扇,又把丹丹的手举到电风扇前面:"没有风了。"

丹丹有点急的样子,把手使劲儿晃了晃:"没有风了!"

秦晗又打开电风扇:"风来了。"

丹丹马上笑了:"风来了!"

"这么简单?"

罗什锦直接蒙了,竖起大拇指:"秦晗,牛啊!"

秦晗笑了笑,她这些天看了很多"唐宝宝"的论坛,很多家长分享了教育经验。

终于有一件事是她能帮张郁青做好的了。

张郁青从文身室出来，摘掉手套和口罩："罗什锦，丹丹在的时候说话注意点。"

"哎哎哎！我忘了。"

李楠提议骑自行车带着丹丹去感受风，顺便还能带着北北出去疯一会儿。

罗什锦又从隔壁借了一辆自行车，说给秦晗骑，让李楠载着丹丹。

秦晗没好意思说自己不太会骑自行车，硬着头皮接过了车。

临出门前，张郁青问秦晗："能骑好吗？"

"能的！"

秦晗觉得自己不能给张郁青留下什么都做不了的印象，梗着脖子，推着自行车走了。

几个人出去没有二十分钟，张郁青刚送走文小图的客人，剥了个棒棒糖放在嘴里。

他一转头，看见秦晗一瘸一拐地推着车从街的西侧走来。

小姑娘穿着牛仔短裤，腿挺长，也挺直。

就是膝盖上青青紫紫的一大块，还流着血。

不是说能骑好？

摔成这样叫能骑好？

她有那种小女孩儿特有的娇气，每挪一步就要停下来，心疼地看看自己的膝盖。

但她又不是十分矫情——她没哭，看样子也没告诉其他人，只是自己默默回来了。估计李楠还在带着丹丹和北北玩呢。

抬起头看见张郁青，秦晗的脸瞬间就红了："是意外。"

张郁青含着棒棒糖，一只手接过秦晗手里的自行车推着，另一只手轻轻托着秦晗的胳膊，带她往店里走："店里有医药箱。"

走了两步，张郁青忽然说："没看出来，你挺淘啊。"

秦晗从这句话里听出一点责备，单腿蹦着解释："我其实骑得还行……"

"嗯，然后摔了。"

"路面不平，有坑的，本来我都躲过去了……"

"然后摔了。"

"……不是，是正好遇见下坡了，我一着急，忘了怎么刹车。"秦晗嘟囔着说。

张郁青把自行车锁上，扬了扬下巴："屋里坐着去。"

他拎来了医药箱，打开翻找消毒伤口的药品。

秦晗看见他的棒棒糖，隐约想起他好像隔几天就要吃一支，突然问了个很傻的问题："是因为生活苦，就想吃点甜的？"

张郁青好笑地瞥了她一眼："别给我加戏。给丹丹买的，一大桶。老师说不建议她吃糖，我这是为了不浪费。"

他从药箱里拎出一瓶棕色的东西："腿伸过来。"

风扇吹来的风柔柔地扑在脸上。秦晗坐在桌边的长椅上，张郁青搬了把椅子坐在她对面。

秦晗抬起膝盖，张郁青戴了工作时用的那种黑色一次性手套，垂着头，用手托着她膝盖下面的膝窝，把蘸了碘伏的棉签轻轻触在她的伤口上。

碘伏的味道飘散在空气里，和店里竹林般的清香混合在一起。

可能是职业习惯，张郁青垂着眸子看东西时，目光总是认真的。

他手上的温度，透过黑色橡胶传递到秦晗的皮肤上。

秦晗感觉不到伤口有多疼，只觉得整条腿快要被他的目光灼伤。

离大学开学还有不到一周的时间，妈妈也快回来了。

秦晗忽然觉得，她没有什么时间，可以等一个开口的机会了。

"张郁青。"

"嗯？"

大概觉得她是怕疼，张郁青给她伤口消毒的动作又放轻了些。

秦晗有些紧张，拄着椅子的手不自然地蜷了蜷："你记不记得我有一次说，有话要对你说，是……在我爸妈离婚之前的时候。"

张郁青的动作顿了一下，抬起头："记得。"

"我其实是想说，我喜欢你。"

33

秦晗说这句话时，声音很轻，轻到如果电风扇的风力再大一些，就能把她的句子吹散在不算安静的白天的街道里。

但张郁青听清了。

在这之前，他也感觉到了秦晗对他的依赖。

起先张郁青并没多想。小姑娘在这个假期也经历了不少事情，再加上爸妈离婚，可能是会下意识依赖能信得过的朋友。

但她的拥抱出卖了她。

她紧紧抱着他时，张郁青想过，起码，她是对他有好感的。

之前小姑娘没明说，他也就选择了委婉的方式，稍稍表示了自己的态度。

现在秦晗把事情挑明了。

她看上去很紧张，指尖紧紧抠着木质椅子，用力到指尖泛白。

表情也绷着。

但她的目光很清澈，也很坦荡。

在天真的小姑娘眼里，喜欢并不是一件需要躲藏的事情。

她的喜欢干净又纯粹。

不是情欲，不是渴望占有。

就只是喜欢。

单纯的喜欢。

因为生活环境，也因为要赚钱，张郁青从小同各种各样的人打交道。

从高中起，他就在文身店兼职，偷师学艺，然后成为兼职文身师。十九岁从大学退学后，他自己开了这家文身店。

他见过的人很多，也有很多方式躲避开自己不想回答的问题。

他本可以把话题岔过去，像前两次一样，用"我不是替身吗"之类的话调侃而过。

他也知道秦晗不会有勇气再说第二次。

换作任何一个女人告白，张郁青都会这么做。

但秦晗不一样。

张郁青忽然想起前些天，深更半夜，小姑娘满头是汗地跑来，缩在他的外套里哭得停不下来。

小小的一团，颤得像秋风里枝头上的枯叶。

张郁青不动声色地叹了口气。

她正面说了，他就要正面回答。

算是他对这个小姑娘的特别待遇。

张郁青只停顿了一瞬，又把目光落回秦晗腿上的伤口上，用碘伏继续给她消毒。

他淡笑着问："喜欢我，然后呢？"

大概没想到是这样的回答，秦晗反而愣了很长时间，然后非常纠结又茫然地问："什么然后……"

秦晗腿上的伤口有点严重，张郁青忙着消毒，没抬头："喜欢我，然后，有什么想做的，或者想要的吗？说说看。"

他的语气温和，像海子诗里的河流——

"我的河流这时平静而广阔，容得下多少小溪的混浊。"

秦晗犹豫了一会儿："……然后吗？想要你做我男朋友。"

张郁青忽然笑了："小姑娘，这个不行。"

"为什么？"

秦晗一着急，腿也跟着动了一下，算是自己主动把伤口戳在了张郁青手里的棉签上。

她疼得缩了缩肩膀，仍然没放弃她的问题："为什么不行呢？"

"你太小。"

"我马上就是大学生了！"

张郁青挑了下眉梢，抬起头看她："我不给未成年做，文身和男朋友，都不行，明白了？"

可能是张郁青太温柔了，秦晗的胆子突然大了些："那你给成年人做过男朋友吗？"

张郁青噎了一下："没有。"

窗外树林里开始了一阵蝉鸣，秦晗认认真真地说："张郁青，我成年了。"

"是吗？"

秦晗语调低了些："我已经过了十八岁生日了。"

只不过那时候爸爸妈妈忙着办理离婚手续，没人记得她的生日而已。

张郁青顿了一下，大概也想到了之前秦晗都经历了什么。

他把秦晗的伤口处理好，然后把药水和棉签都收回医药箱。

"在我这儿，二十岁之前都算未成年。"

他提起医药箱时，秦晗听见他说："生日快乐，小姑娘。"

这就是张郁青了。

该拒绝的话说完，也不忘对她说生日快乐。

他温柔得让人没办法不喜欢。

大概是"喜欢"这件事，让她在张郁青面前变成了一个新的她，她有了喜欢一个人时特有的敏感。

她也有了一些小计较。

她知张郁青没那么干脆地岔开话题，并愿意用温柔的态度和她认真谈，是因为她年纪小，也因为她这个假期经历了一些不愉快的事情。

214

并不是什么偏爱。

这只是因为他大了几岁,在让着她而已。

这样的认知让秦晗有些难过。

秦晗想了想,主动岔开话题。

她伸出手:"有生日礼物吗?"

张郁青看了她一眼,拍掉她的手掌,面对她的小心机略显敷衍:"无忧无虑吧。"

李楠带着丹丹和北北回来,店里又恢复了热闹。

秦晗显得有些心不在焉。

她对张郁青成为她男朋友这件事,并不迫切。

其实张郁青问她"然后呢",她也在想:然后呢?

秦晗觉得自己是要想清楚这些问题的。

也许是因为她自己都很茫然,张郁青才觉得她是个小孩子。

喜欢他。

希望他成为男朋友。

然后呢?

要亲亲吗?抱抱呢?

或者是先抱,再亲,再……

秦晗越想越多,脸也红了。

罗什锦捧着香瓜和桃子从外面进来,看见秦晗:"干啥呢秦晗,脸这么红?"

"没事!热的!"

张郁青大概是觉得自己没说清楚,李楠走后,丹丹去楼上睡觉,北北跟着罗什锦去了水果摊,文身室只剩下他和秦晗。

他对着秦晗招了招手:"来,谈谈。"

秦晗乖巧地过去。

窗外正好走过几个小男生,穿着篮球运动服,拍着球,把路面拍得尘土飞扬。

张郁青随手指了指外面的男生们："看见了吗？要找男朋友去大学里找，这个年纪的，浪漫一点，也有精力陪你瞎闹。"

秦晗幽怨地看了张郁青一眼："你怎么能说喜欢是瞎闹？太不尊重'喜欢'这件事了。"

张郁青皱了皱眉，丢下一句自以为挺重的话："我没时间陪小孩儿扯淡，明白吗？"

秦晗乖乖巧巧："我明白的。"

得，像一拳打在棉花上似的。

不知道小姑娘是真明白还是假明白，张郁青差点儿被气出内伤。

说了明白，但秦晗第二天还是去了遥南斜街。

她是蹦跶着哼着歌来的，穿了条小裙子，戴了黄色的渔夫帽，明媚得根本看不出来昨天刚被拒绝过。

她一进门，张郁青用一种审视的目光看着她。

秦晗举起手："我不是来找你的。"

张郁青停下手里的工作，看着秦晗。

他想听听小姑娘能编出什么理由来。

小姑娘把手机地图给他看："我查到附近有个篮球场，我现在就去看那些有精力陪我瞎闹的去。"

张郁青想骂人。

丹丹喜欢秦晗，叫着"七晗姐姐"，不让她走。

秦晗索性把丹丹也带走了。

张郁青都气笑了，冷哼了一声，吓得躺在床上文背部图案的顾客开始哆嗦："青哥，你跟你女朋友吵架可不能拿我撒气啊，你可有点数，别把我后背捅个血窟窿。"

"不是女朋友。"

张郁青懒得废话："你，别哆嗦。"

216

"我这不是……这不是害怕嘛!"顾客嘟嘟囔囔。

张郁青没再说话。他工作时习惯专注,效率高,不浪费时间。

等他最后一步完成,收了手里的文身工具,才皱起眉心。

挺乖的小姑娘,怎么还叛逆上了?

秦晗带着丹丹一出去就是三个多小时。

张郁青把文身都做完了,顾客也走了,两个小姑娘还没回来。

他给秦晗打了个电话,却发现秦晗的手机在桌上振动。

张郁青皱了皱眉,担心小姑娘们出什么事,叫来罗什锦看店,自己出去找人。

遥南斜街确实有一个小篮球场,离张郁青的店不远。

说是篮球场也不准确,其实就是有那么一小片空地,放了两个篮球架子。

篮筐上的网兜早就没了,只有生锈的铁圈,但在那儿打球的人还是挺多的。

问题是,在那个小破球场打球的人什么德行,张郁青又不是不知道。

他们打热了索性连衣服都不穿,说话时脏字比罗什锦还多,有时候打着打着起冲突了,还能打一架。

就这,两个姑娘愣是能看好几个小时不回家?

到底有什么可看的?

大热天的,万一中暑呢?

张郁青过去时,发现自己白担心了。

秦晗和丹丹坐在树荫下面的一块大石头上,一人端着一杯冰镇乌梅汁,拿着梧桐叶扇风。

看起来惬意得很。

场上奔来跑去的都是赤着上身的男人,一个看上去也就十八九岁的男生进了球,秦晗和丹丹同时欢呼:"哇,好棒!"

张郁青扯了扯唇角。

这种菜鸡互啄的球技，棒在哪儿？

没想到秦晗和两边球员混得挺熟，还混出个裁判的职位。

对面的一个男生笑了："裁判得公正啊，怎么只给一边球员加油？太不公平啦。"

秦晗拿了块小砖头，一本正经地在地上画出砖红色的数字。

她记好分数后才抬头，傻乎乎的，不知道把哪年运动会的口号喊出来了："拼搏拼搏，超越自我！"

丹丹也挺开心地跟着喊："苹果苹果，炒的鸡脖！"

一群打篮球的男生笑起来：

"裁判太可爱了，赢了球请你们吃冰激凌吧。"

"你怎么知道是你们队赢，要是我们赢呢？"

"谁赢谁请，人家两个小姑娘给咱们记一上午分了。"

"那倒是，谁赢谁请！"

"街口大杯装的冰激凌，贵的那种。"

秦晗手里握着小砖头，扭头问丹丹："丹丹喜欢什么味道的冰激凌？"

"丹丹喜欢草莓的。"

"那就草莓的吧，我也喜欢草莓的。"

秦晗说完，发现被阳光晃得发白的地上，多了一道挺拔的影子。

她抬起头，看见淡着一张脸的张郁青，问："你怎么来了？"

张郁青扯起唇角："我来看看，我家两个小白眼儿狼，是怎么被别人的冰激凌骗走的。"

34

其实被张郁青拒绝的那天晚上，秦晗做了一个梦。

她梦见小时候，有一次爸爸从外省出差回来，风尘仆仆，进屋连鞋子都没换，先拥抱了她和妈妈。

那次爸爸带回来一本书，很厚很厚，放在客厅的柜子上。

爸爸出差时，在车上或者飞机上，是靠看书来打发时间的。他经常会带回来各种书，但那本秦晗的记忆最深。

因为爸爸说那本书的作者是爱新觉罗·溥仪。

那时秦晗还没上小学，虽然认识很多字，但还没接触过历史，也没听说过末代皇帝，她只觉得作者的名字好听，又很特别。

因为好奇，秦晗踮着脚想把柜子上的书拿下来。

柜子太高，她太矮，怎么拿都拿不到。

后来还是爸爸把她抱起来，才拿到了那本书。

当时秦父和秦母都笑着说，"宝贝，你看不懂的"。

小秦晗翻了几页，真的不懂，认字都困难。

那本书写得相当难懂，尤其是对于没有历史基础的人。

甚至到秦晗上了初中，翻开那本《我的前半生》，也连第一段都没读完。

她看见了无数个陌生的字——"旻柠""载湉""奕譞""兼祧"……

她也看不懂什么是"病笃"，什么是"嗣皇帝"。

那本书在秦晗的印象里晦涩难懂。可是上高二那年，偶尔有一天她在书店看见那本书，拿起来翻了翻，居然又不觉得有什么看不懂了。

梦到这件事，再醒来，秦晗忽然觉得，喜欢张郁青这件事情，是要慢慢来的。

张郁青说得对，她太小了。

也许不只是年龄，还有心理的成熟程度。

她和张郁青，就像她小时候妄想踮脚去拿的那本厚重的《我的前半生》。

她是踮脚的孩子，张郁青是难懂的书籍。

秦晗想，总要等她足够成熟，她才能完全读懂张郁青。

于是秦晗再去遥南斜街时，找了个借口，说自己去篮球场看篮球。

她需要有个理由，既能支撑她明目张胆地看张郁青，也能走出张郁青的视线范围，吸收更多，学会更多。

有些成长是痛苦的，有些成长是愉快的。

秦晗现在就很愉快，她不想迫切地得到张郁青，而是想要慢慢长大，长久喜欢。

她坐在篮球场，看那些男生们嬉笑怒骂。

球场上的男生多大年纪的都有，也有些上初中的小男生，他们一开口秦晗就知道他们的年龄比自己小了很多。

秦晗帮丹丹擦掉口水，有些忧郁地想，在张郁青眼里，她不会也是那么幼稚吧？

估计是了。

张郁青来篮球场找她和丹丹，居然觉得她会被人用冰激凌骗走。

秦晗跟着张郁青回店里的路上，蔫巴巴地想，她得成熟成什么样，才能让张郁青觉得她是个女人，而不是女孩儿？

走了几步，张郁青忽然停了。

他转身往回走。

秦晗纳闷地问："怎么了？"

"不是要吃冰激凌吗？走吧，带你们去买。"

秦晗和丹丹跟着张郁青，在路口的冰激凌店买了三支甜筒冰激凌，草莓味的。

张郁青居然也吃草莓味的。

阳光把三个人的影子投在遥南斜街不算平整的地面上，秦晗和张郁青站在两边，丹丹站在中间。

有点像——一家三口。

秦晗冒出这样的想法，自己在心里又惊又羞，被草莓冰激凌呛住，咳了好几下。

离开学只剩下几天了。

秦晗每天都打着看篮球的幌子出现在张郁青店里，然后带着丹丹出去。

她有时候给篮球场的人记记分，有时候拿着书给丹丹读故事。

偏巧了，8月底天气热得惊人。明明已经秋天了，下午的大太阳却有种晒死人不偿命的疯狂。

罗什锦说了，秋天的B市更不是个东西，能热死人，是"秋老虎"。

篮球场的树荫下面草木葱茏，丹丹手上的防蚊手环有股柠檬味道的淡香，秦晗抹着头上的汗，给丹丹读《安徒生童话》。

第一天主动让秦晗当裁判的男生也在，看两个小姑娘热得不行，干脆说："去我家店里坐着吧，店里有空调，可以消消汗。"

那个男生家的店就是遥南斜街街口的理发店。秦晗和丹丹吹空调吹得正开心，张郁青打来电话。

"在哪儿呢？"

秦晗在空调下面舒服地叹气："我和丹丹在街口理发店，怎么啦？"

"没事。"

说了"没事"的张郁青，没隔几分钟就来了。

他来时，秦晗正在给丹丹讲空调。

理发店里没什么人，小姑娘坐在理发师剪发的高椅子上。

她穿着一条淡蓝色的裙子，两条白净的腿在空气中晃悠着，腿上的伤口应该是还没好，贴了两个蓝色的小熊创可贴。

丹丹坐在理发的椅子里，秦晗耐心地说："这个是空调，呼呼呼，让人凉快。"

丹丹点头："凉快！"

"空调的风比电风扇的凉快吧？"

丹丹又点头："凉快！"

张郁青站在门口嗤笑一声，听见小姑娘非常愉快地扬着调子说：

"我也觉得,空调比电风扇凉快!"

然后小姑娘又叹了一声,嘀咕着:"别想着换空调了,罗什锦昨天还说,店里的电风扇老当益壮,还能再用一百年。"

小白眼儿狼。

两个都是。

理发店是男生的老爸开的,没生意的时候店主就坐在里屋看电视。

还是男生先看见了张郁青,叫了一声:"青哥,今天怎么有空过来?"

张郁青点点头,指了指秦晗和丹丹:"我来接人。"

"两个小妹妹是你家的啊?"

男生笑了笑,然后迅速看了眼里屋关着的门,压低声音和张郁青聊起来:"哎,青哥,我想在后背上文个太阳,金色的能做吗?太阳里最好有个篮球符号,能做吗?"

张郁青笑了笑:"你爸同意就能。"

"不是吧,青哥,你怎么有钱都不赚啊?我爸肯定是不让啊。"

男生摇头叹息:"我要敢跟我爸说我想文个太阳,我爸肯定会说'我看你像个太阳'。"

"你不是想考公务员?"

"是啊,怎么了?公务员是不能文身的吗?不会吧?公务员不能文身?"

男生说这些话时,秦晗已经从椅子上站起来了,正弯腰帮丹丹整理着衣服。

她弯腰的时候,连衣裙顺着动作向上移了一截。

夏季轻薄的布料,柔顺地包裹着她的躯体,露出纤细的腰线。

张郁青收回落在秦晗身上的视线,淡淡地说:"关乎工作,了解清楚比较好。"

秦晗和丹丹跟着张郁青出了店门,秦晗总觉得张郁青今天有点沉闷。

快走到"氧"店门口时,张郁青转过头,指了指头顶上的牌匾:"自己家没店?去人家店里干什么?"

他说这句话时，是看着丹丹的。

语气倒也没有很重，甚至还带着些笑。

可秦晗就莫名觉得，他是在"质问"。

毕竟丹丹又听不懂，秦晗只能硬着头皮回答。

但她怎么回答？难道要她说，她是为了躲开张郁青，多接触点外面的世界，好快点长大吗？

秦晗嘟嘟囔囔："因为他店里，有空调。"

张郁青"啧"了一声，倒也没再说什么。

秦晗再怎么珍惜，时间也还是一天又一天地过去了。

连手指都不用掰，离开学只剩两天了。

她窝在被子里看手机时，不知道为什么，看什么新闻都觉得好伤感。

有新闻说某个旅游景区的石碑，因为风化严重，被挪到博物馆里保存了，原处用了仿制的石碑代替。

秦晗蔫儿了吧唧地想：啊，风化了啊，好难过。

下一个新闻。

一男子抽烟时睡着，不慎点燃窗帘，引发火灾，幸亏火警及时赶到，无任何伤亡。

秦晗又想：啊，火灾了啊，好难过。

连着看了几条新闻，秦晗终于反应过来了，她难过的不是新闻里的内容。

难过是因为过了这两天，她就开学了，不能每天都去遥南斜街了，也不能每天都看见张郁青了。

秦晗连早饭都没吃，匆匆去了遥南斜街。

但到张郁青店门口的时候，她看见两个男人在店外面拿着工具敲敲打打。

有那么一瞬间，秦晗忽然紧张得腿都迈不开了。

她以为张郁青的店搬走了。

但下一秒，罗什锦的大嗓门从店里传出来——

"不是，青哥，怎么还买空调了啊？！"

"哎，四千多块？？？"

"买这么贵的干啥啊？你要买空调跟我说啊！有那种二手的，咱淘一个二手的多便宜啊。"

"再说，夏天也快过去了，你买啥空调啊？"

"不过这空调看着真高级啊，好牛的样子。"

秦晗松了口气，又往前走了几步。

张郁青叼着棒棒糖，靠在店里，研究空调说明书。

可能是感受到她的视线，张郁青偏过头："来得挺早啊。"

"嗯。"

秦晗站在门边探头往里看，桌子旁摆了一个立式空调，白色的，样式简单大方。

她有点纳闷："怎么突然想起买空调了？"

张郁青随口说："电风扇坏了。"

"啊，怎么突然坏了呢？"

秦晗有些惋惜，毕竟前几天，他们还觉得那台老风扇能再用一百年的。

"青哥！"

楼上突然传来罗什锦的声音，他趴在二楼栏杆上，抱着老旧的电风扇，眼睛瞪得老大："我刚才随便拍了两下，一插电，它又好了啊！"

张郁青面无表情，抬起头，看了罗什锦一眼。

35

其实张郁青买空调那天，真的是很热很热。

连北北都比平时喝了更多的水，整天吐着舌头在空调下面窝着。

罗什锦奇迹般地修好了电风扇，张郁青并没有表示多高兴，只淡着一张脸，说电风扇可以放到楼上去，一楼用空调就够了。

平时家里买点什么新东西，秦晗从来都没觉得有什么特别的，可是张郁青买了空调，突然变成了一件可以普天同庆的事情，每个人都喜气洋洋的。

他们甚至依仗着有了空调，一起去市场买了食材，准备回店里煮火锅。

秦晗第一次去遥南斜街的市场，说是市场，其实也都是老人们自己在卖自己种的菜。

卖菜的摊主有的坐在板凳上，有的凑在一起聊天；市场里居然还有一桌麻将。

蔬菜整整齐齐地摆在麻袋上。

带着泥的胡萝卜，青翠的小黄瓜，撑开伞面的平菇。

秦晗在张郁青身边蹦来蹦去，第一次觉得蔬菜也能治愈心里的郁闷，因为"离别在即"而淤积下来的那点不开心，早就被抛到了九霄云外。

地上有一些菜叶，秦晗不小心踩在上面，滑了一下。

张郁青抬手，扶住她在空气中挥舞着找平衡的胳膊："看着点。"

罗什锦和李楠全程都在斗嘴：

"这是萝卜吧？大白萝卜？"

"你是不是傻，这是红心萝卜，拌着吃的！"

"红心萝卜不能煮吗？"

"不能啊！"

"要不咱们买一个煮煮试试？！"

"你滚，回头满锅都是萝卜味，汤也会变成红的！"

秦晗看了一眼手机上的时间。

只剩下明天一天了啊。

她忽然偏头，极其认真地对张郁青说："张郁青，我开学以后也会常来看你的！"

张郁青被她的语气逗笑了："说得我好像是空巢老人。"

有了新空调真的很凉快，煮火锅都没怎么出汗。

一群人吃到尽兴，还是剩了好多菜。为了不浪费，他们约好了在明天——最后一天假期，来把剩下的菜也一起煮了吃掉。

因为这个约定，秦晗在回家的路上都很开心。

假期的最后一天，秦晗接到了秦母的电话。

妈妈说她还在旅行，赶不回来送她去学校，让秦晗给爸爸打电话。"离了婚，他也是你爸爸，该肩负起爸爸的责任。"

秦父这几天倒是每天都发信息来。秦晗知道，爸爸因为妈妈之前闹出来的事情，公司项目一直都不太顺利。

这几天爸爸都在外地出差，并没在 B 市。

秦晗说："可是爸爸……"

离婚后，每次提到秦父，秦母都很敏感。"这么多年都是我在做全职太太，都是我在照顾这个家，他连送你去学校都不能吗？他怎么有时间接那些狐……接那些女人的电话呢？"

秦晗抿了抿唇："嗯，我让爸爸送我。"

她可以自己去，并不需要谁送。

师范大学又不远，公交地铁都能到，打车也可以。

挂断电话，秦晗有些难过。

她知道妈妈说的话都是因为对爸爸仍有怨言，但仍然给了秦晗一种"她是爸爸和妈妈的累赘"的感觉。

不过，已经是最后一天假期了，不开心什么的，就留给明天吧！

今天她有更重要的事情。

秦晗打起精神，收拾好自己，去了遥南斜街。

这一路的车程，秦晗都心不在焉，快要到站时，她意外地看见张郁青和丹丹，他们就站在街口。

226

张郁青站在树荫下,阳光自树冠上错落着下来。

明明暗暗的光影映在他脸上,他身后是街上的老房子和房子间葱郁的树枝。这一幕如果静止不动,像是日本漫画里盛夏的样子。

"张郁青!丹丹!"秦晗跳下公交车。

"七晗姐姐!"

张郁青给店里买了一批文身用具,正在街口等快递。秦晗打过招呼后,带着丹丹去买冰激凌。

夏天,遥南斜街里卖冰激凌的其实不少,但丹丹对味道很敏感。同样是草莓冰激凌,丹丹只喜欢街口这家的。

街口的冰激凌店生意还行,毕竟就在公交站附近。大热天的,等公交车时热了,就可能突发奇想去买一个冰激凌。

秦晗买了三个甜筒冰激凌。第一个草莓甜筒冰激凌做好时,她先递给了丹丹,让她先吃。

"谢谢七晗姐姐。"丹丹接过甜筒冰激凌,一脸满足。

冰激凌从机器里慢慢被压出,挤在脆皮甜筒上。

秦晗想,连这个冰激凌都要下周休息时才能吃得到了。

身后忽然传来一声惊呼,秦晗匆忙转身,看见丹丹呆呆地举着空掉的甜筒,喃喃自语:"冰激凌,丹丹的冰激凌。"

惊呼的不是丹丹,是身后排队的一个女生。

女生穿着白色的凉鞋,冰激凌正好掉在她的脚边,有一点溅到了鞋上。

丹丹蹲下去,想要捡她的冰激凌:"丹丹的,丹丹的冰激凌。"

秦晗一边忙着安抚丹丹,一边又道歉:

"丹丹,这个不要了,秦晗姐姐再给你买新的,乖,这个已经不能吃了。"

"对不起对不起,我帮您擦一下吧,真的太抱歉了。"

秦晗说着,飞快地从包里拿出纸巾和湿纸巾,蹲在女生的脚边。

她拦住丹丹伸出去想捡冰激凌的手，帮女生擦掉了鞋上的冰激凌。

掉在地上的冰激凌融了一圈，看着软趴趴的。

丹丹对她的冰激凌很执着，执意伸手过去拿。

秦晗一时没拦住，女生却忽然推开丹丹："走开，你这个傻子。"

秦晗的动作一顿，猛地抬起头："你说什么？"

女生嫌恶地看了丹丹一眼："带个傻子出门还不看好了，真扫兴。"

秦晗捂住丹丹的耳朵，突然站起来："你说谁是傻子？请你现在就对她道歉！"

丹丹吃东西时确实会有些邋遢，她的口唇有些问题，平时在学校时都是上口唇训练课的，现在每天也要做口舌操。

她吃冰激凌时会蹭得满脸都是，也可能会流口水。

可是那又怎么样？

无论丹丹吃东西是什么样子，都不该是她被说成"傻子"的理由！

秦晗从来都没有这么愤怒过，她紧紧拽着那个女生的手："向她道歉！"

女生吓了一跳，挣扎起来："你有病吧！精神病带着傻子出门？"

张郁青正在签收快递，刚签好自己的名字，就听见旁边的嘈杂声。

他转头，看见秦晗正死死拽着一个女生的手，无论女生怎么挣扎她都不放开。

小姑娘眼眶红红的，紧紧把丹丹护在身后："你道歉！"

那个被抓住的女生说"傻子"的字眼，张郁青听清了，他大步走过去，手按在秦晗发顶上，安抚地拍了两下："小姑娘，先把人放开。"

秦晗气得狠了，唇都发抖："她说，她说丹丹……"

张郁青把丹丹抱起来，温柔地用手抹掉丹丹唇上的冰激凌渍。

他把秦晗挡在身后，站在那个女生面前，垂着眸子看向女生。

看到丹丹手里的空甜筒和地上的冰激凌，张郁青大概知道发生了什么。

张郁青对陌生人不算凶,但前提是,那些陌生人没有触碰到他的底线。

"冰激凌的事,抱歉。"

他的语气是温和的,连嘴角都带着礼貌的弧度。

但他就是莫名地让人觉得脊背发凉。

女生慌张地向前一步,想要走开。

张郁青稍稍挪动身子,挡住她的路:"给我妹妹道个歉吧,无知不是你伤害别人的理由。"

"对不起!"

女生道了歉,马上想走。

却又被张郁青挡住了。

他指了指自己身后的秦晗,笑了笑:"你好像,忘了一个。"

"对不起!"

女生走后,张郁青转身去看秦晗。

小姑娘应该是哭过,睫毛湿答答地拧在一起,脸上的眼泪已经被她自己擦干净了。她哽咽着:"张郁青。"

"小姑娘,在外面别那么冲动,你这么瘦,容易吃亏。"

张郁青拍了拍她的头,看向冰激凌店里:"麻烦你,三个草莓甜筒冰激凌。"

秦晗心里真的很难受。

丹丹这么可爱,她只是生了病,为什么要被人说成傻子?

等甜筒冰激凌的时候,丹丹瞪着圆圆的眼睛,天真地问:"丹丹是傻子吗?"

张郁青蹲在丹丹面前,眼里都是温柔的光。

他说:"不是,你是哥哥的小玫瑰。"

他的声音那么柔和,能抹平生活里所有不愉快的小褶子。

秦晗忽然鼻子一酸,又掉了两滴眼泪。

张郁青抱起丹丹，笑着调侃秦晗："又哭，刚才还像只小豹子，拉都拉不开。"

本来是假期的最后一天，秦晗以为，如果有伤感，也是因为她总舍不得遥南斜街。

但这一天像是故意让大家共苦，每个人都不太开心。

罗什锦家里有亲戚去世，他去参加了告别仪式，回来之后沉闷了许多。

李楠在这一天被爸妈告知，不改掉穿女装的癖好，就只给学费，生活费要他自己赚。

店里还是开着新空调，凉爽的空调风吹散了火锅里咕嘟出的热气。

关着的窗上结了一层薄薄的雾气。

最后一顿晚饭的气氛，明显不如昨天。

北北趴在秦晗腿上睡着了。

丹丹也靠着张郁青睡着了。

火锅里翻滚着鲜香的羊肉片，小青菜绿油油地在里面漂着。

张郁青坐在秦晗对面，他在一片低沉的气氛里举起装满乌梅汁的玻璃杯，手指修长、漂亮。

他说："敬明天。"

秦晗看向张郁青，隔着袅袅蒸汽，模糊不了他眉眼中的笑意。

大家举起杯子，重新振作起来。

玻璃杯相碰，叮叮当当。

不开心的就留在过去。

他们要对明天，举杯相邀。

冰镇乌梅汁被喝光，桌上只剩下残羹。

李楠跟着罗什锦出去挑西瓜，准备搞个饭后水果；秦晗坐在桌边，一动不动。

张郁青把丹丹抱回楼上，看见秦晗还坐在那儿发呆，走过去问：

"怎么了?"

秦晗压低声音:"北北睡着啦。"

张郁青觉得好笑。

窗边这张桌子,秦晗总坐在这儿发呆,不是因为小虫子,就是因为狗狗。

她永远不紧不慢,天真烂漫。

她却又会因为丹丹被说,凶得像小豹子。

张郁青把桌上吃空的盘子一个一个摞在一起,准备收走,忽然听见秦晗叫了他一声:"张郁青。"

秦晗只是叫了他一声,然后就坐在桌边安安静静地看着他。

有那么一瞬间,张郁青忽然明白了秦晗在想什么。

可能在这儿混了一个假期,小姑娘不舍得了。

张郁青笑着逗她:"师范大学环境挺美的,你替我多感受感受吧,小学妹。"

小姑娘果然打起精神,重重点头:"我可以给你拍照片呀!"

第六章

秦晗，回去吧

36

8月31日,秦晗一个人去师范大学报到。

之前她已经在网上查过了攻略,准备好了必需品,还给新室友准备了自己烤的小饼干。

秦晗家离师范大学不算远,地铁换乘公交,大概是一个小时的行程,有什么忘记带的,可以周末回来再拿,所以她就只带了一个行李箱。

临出发前,李楠打电话来,叮嘱她一定要记得带电蚊香液。

用李楠的话说,饿了整整一个暑假的蚊子,正嗷嗷待哺,等着用新生们补气养血呢。

师范大学里到处都是人,校园里的草坪上插着彩色小旗子,还有红色的迎新条幅,很多学长学姐都在学校的组织下热情地引路。

秦晗踏进大学校门时,不能说对大学生活没有兴奋和期待,但她的兴奋和期待里,总是掺杂了些猜疑。

她总在想:当初张郁青迈进大学校园时,会是什么样的心情?

入学手续办得十分顺利,秦晗拿到一张绿色的学生卡。她没有着急去寝室。

她拖着行李箱,在校园里慢慢转着。

师范大学有种古朴又温雅的气质,教学楼上攀着层层叠叠的爬山虎,图书馆大得惊人。

这是张郁青之前念过的大学。

秦晗给张郁青发了几张照片。

想让他放心。

其实张郁青从来都没说过他曾是师范大学的学生。偶尔罗什锦提起这事，他都是被张郁青看一眼，然后又悻悻地闭上嘴。

他昨晚忽然叫她"小学妹"，说出"替我多感受感受"这样的话，大概是因为看出了她对遥南斜街的不舍吧。

张郁青总是很温柔，也总是在照顾大家的情绪。

秦晗发过去照片之后没多久，张郁青打来视频电话。

这还是张郁青第一次打视频电话给秦晗。秦晗站在路边迅速理了理头发，才接起来。

张郁青的脸出现在屏幕上，眸间依然是带着笑意的。

他问："小姑娘，报到是自己去的？"

秦晗忽然有种骄傲感，稍稍扬起下颌："是的！"

"喜欢学校吗？"

"喜欢。"

秦晗和张郁青通话时，有种自己都没察觉到的欢快感。

其实在大学门口看见有家长送的那些新生，她也有些羡慕。

现在有人和她分享入学的兴奋，秦晗滔滔不绝，把自己办理入学的流程完完整整说了一遍，又说到中午吃什么的问题。

"中午我打算去食堂吃，看看食堂的菜怎么样。"

秦晗拉着行李箱，慢悠悠地走在校园里："我之前看网上说，不少大学的食堂都有黑暗料理——大葱炒月饼、西红柿炒香蕉、橘子炒排骨！不知道这儿有没有这种。"

张郁青大概是坐在文身室的窗边，笑着听她讲述。

他目光里多出一种类似回忆的温柔，忽然说："师大食堂多。听没听过传言，说师大的食堂比男生多？"

秦晗顿了顿:"杜织老师说,以前追你的女生特别特别多。"

"遇见她了?"

"没有,上次见面时说的。"

张郁青笑起来:"这个当了副院长的人,怎么什么都跟小朋友说呢?"

他没否认。秦晗有点走神。

校园里确实是有好多女生。她都能想象到,张郁青那样的人,在校园里得多受女生欢迎。

秦晗没说话,倒是张郁青忽然笑着提醒她:"走这条路,小心点比较好。"

小心什么?

她在校园里,又不是在过马路。

张郁青说:"你走的这条是'天使路',不快点走,可能会中招。"

秦晗这才看见地上白色的花纹,居然是鸟粪。

张郁青说这条路晚上会有很多乌鸦落在电线和树上,白天有时候也有,很多女孩子走这条路都是打着伞的。

他说师大的图书馆是 B 市第二大图书馆。

他说教八楼外的爬山虎很美。

他说篮球场有点小。

秦晗自己逛的时候,只觉得这是一个令人好奇的新环境。

但张郁青说这些时,她忽然觉得师大校园变得很亲切。

这是张郁青生活过的地方。

从东门一路聊到食堂,秦晗才挂断视频电话。但在食堂吃过张郁青推荐的红烧茄子之后,她忽然觉得自己做错事情了。

一个人如果对自己生活过的某个地方语气熟稔,是不是就说明,他很喜欢这个地方?

是不是因为喜欢,才会印象深刻,才会侃侃而谈?

他是喜欢师大的。

秦晗有些懊悔,她只想到了张郁青来学校报到时大概和她一样,对哪里都好奇,却没想到他挥别校园时,是不是深深地遗憾过。

这种懊悔持续了很久,拖着行李箱到宿舍楼时,秦晗都有种在张郁青伤口上撒了盐的罪恶感。

她蔫儿着把行李箱提上楼,找到宿舍号。

其实入学报到前两天就开始了,今天是最后一天,六个人的寝室只差她一个人没住进来。

秦晗刚走到寝室门口,寝室门被推开,一个贴着面膜的女生只穿了睡裙走出来。

女生看见秦晗开心地瞪大眼睛,一把拉住秦晗的手:"姐妹们,快来!咱们寝室的最后一个成员出现啦!"

她喊起来的语气有点像女版的罗什锦。她脸上的面膜立刻皱了,几乎掉下来,被她豪爽地揭掉贴在了脖子上。她说:"秦晗,对不对?我是谢盈,我们等你两天啦!就等着你来,好出去聚餐呢!"

谢盈热情地接过秦晗的箱子,然后拉着秦晗进了寝室。

其他几个室友围过来,都做了自我介绍。

胖乎乎的是李悦悦,瘦高的是孙子怡,戴眼镜的短发女生叫赵梦,另一个戴着眼镜的长发女生叫付雨。

秦晗打开行李箱,拿出给室友们烤的饼干。

女孩子间建立友谊很容易,随便聊聊高中的事,聊聊高考成绩,再约着一起去买些生活用品,在学校外面找个餐馆聚个餐,就变成了无话不谈的好朋友。

几个室友都很好,只不过秦晗总有些心不在焉。

她担心张郁青会因为今天提起太多师范大学的事情不开心。

晚上,秦晗坐在自己的床铺上,还在犹豫要不要给张郁青发个信息。

可是发了信息说什么呢?

秦晗反复点进聊天页面，几次之后，洗澡回来的谢盈忽然拍了一下秦晗的肩膀："和男朋友吵架了？"

秦晗吓了一跳："我……我没有男朋友。"

"那就是喜欢的人。"谢盈说。

秦晗犹豫地点了点头，脸都红透了。

"秦晗，我发现你真好玩，脸红什么呀？"

"没有吧，可能是热的。"

"我也有喜欢的人，不过他今年没考好，复读了。"

谢盈在秦晗的上铺，她没上去，搬了椅子坐到秦晗身边，舒服地叹了一口气："我也想给他发信息，就是担心影响他学习。希望他明年能顺利考到 B 市来，最好是考到隔壁大学。"

谢盈的性格真的挺像罗什锦的，外向，话多，一点也不认生。

说起自己喜欢的人，她大方又温柔，有点老夫老妻的感觉。

秦晗挺喜欢她的性格。

"说说你那位呗？为什么没成男朋友？你是暗恋？"谢盈干脆坐到秦晗床边，塞了个洗好的桃子给她。

秦晗抱着桃子和手机，摇摇头："已经表白过了。"

"被拒绝了？"

谢盈有点诧异，上下看了秦晗一圈："你这种长得美、性格乖的小美女，也不差哪儿啊？对方什么条件啊，还能拒绝你？"

"他嫌我小。"

"哦。"

谢盈的目光落到秦晗胸前，瞅了两眼："也不小吧，你这么瘦，挺好了……"

秦晗的脸瞬间烧起来："是年龄！"

寝室里其他人虽然没过来，但都听着呢，几个姑娘趴在自己床铺上笑起来。

李悦悦从桌上拿了一张没开封的面膜丢过来:"谢盈,你个流氓,看你把小秦晗吓的,哈哈哈。"

谢盈接过面膜,直接撕开贴上了:"谢谢悦悦,么么哒!"

闹了一阵儿,孙子怡把话题扯回秦晗身上:"小秦晗,你喜欢的男人到底多大啊,还能嫌你小?禁忌之恋啊?"

"不是不是。"

秦晗慌忙摇头,谈论这种话题她挺没有经验的,声音小小的:"他二十三岁。"

谢盈按着脸上的面膜:"二十三岁,这个年纪也不大嘛!你就撩,使劲撩,看他还觉不觉得你小!"

"撩?"

秦晗不知道什么是"撩",有些茫然地看向室友们。

她说话时,手机没锁屏,她不经意按到了和张郁青的对话框,不知道什么时候,发了一长串的表情包出去。

这些秦晗没注意到,还在虚心听教。

"女追男隔层纱,好追,就是得展现一下你女性的魅力,素面朝天的不太行吧?"

孙子怡也坐到了秦晗床上:"小秦晗看着是挺小的,长得太嫩了。你看谢盈,就成熟。"

"你说我老呗?"

谢盈嘻嘻哈哈,一把搂过秦晗:"小秦晗有股不谙世事的小仙女的感觉,有点不够女人。"

秦晗被她们说得脸发烫。正好这时候,张郁青打视频电话过来。

秦晗看了一眼手机,桃子也没拿住,滚到了床上,她的脸和脖子也红了。

几个室友一对眼神就知道,背地里谈论的正主,打电话来了。

"我先接个视频电话。"

秦晗一边把耳机戴上,一边指了指自己的手机,看着有点慌乱。

在秦晗接通视频电话时,谢盈忽然从秦晗的床上起身,像是没站稳似的,扶了一把秦晗的肩。

孙子怡无声地笑了,然后和谢盈抱成一团,不知道在说什么。

张郁青忙完,手机里有二十多条来自秦晗的未读微信。

他点开一看,都是表情包。

小姑娘脸皮薄他是知道的,这种一口气发一堆信息给他的状况还从来没有过。

张郁青皱了下眉,有些担心。

是去学校不习惯,想家了?

是室友之间相处得不好,挨欺负了?

还是开学人多手杂的,东西丢了?

张郁青给秦晗拨了电话,没打通。

师大有几个宿舍楼信号不太好,这点张郁青是听说过的,他便改拨了视频电话。

视频电话小姑娘接得挺快,不知道她在干什么,脸颊和耳垂都粉乎乎的。

她的领口稍稍有些歪扭,露出白皙的皮肤和小巧精致的锁骨。

张郁青顿了顿,还没等说话,电话里传来另一个女孩儿的大嗓门——

"小秦晗,有个学长想要你电话号,给不给啊?就今天遇见的那个巨帅的学长哦!"

张郁青:"……"

37

听见秦晗那边室友们乱糟糟的,问她什么学长要电话给不给,视频里的张郁青好像轻轻眯了下眼睛。

240

他身后是店里熟悉的陈设。张郁青略显慵懒地靠在窗边椅子里——手机大概是立靠在玻璃杯边——是自下向上倾斜的死亡角度。

　　他看上去依然眉眼俊朗，神色勾人。

　　连那种不经意的眯眼动作，都让秦晗握着手机的指尖紧了紧。

　　"看你发了不少表情包过来，还以为怎么了。"张郁青说。

　　知道是自己无意间碰到手机，按出去不少表情包，秦晗支支吾吾解释，说自己只是不小心碰到的。

　　她很怕张郁青问她，怎么会这么巧就在他们的对话框里？她紧张得脖子红了一片。

　　好在张郁青并没多问。

　　他从来都不是那种刨根问底的人。

　　秦晗显得小心翼翼："那……我先挂了？"

　　张郁青忽然笑了，用一种家长般语重心长的语气，温柔里掺杂着告诫："小姑娘，咱们考上高校，可是为了学习的。"

　　秦晗小鸡啄米一样点头，然后挂断了电话。

　　室友们早就笑成了一团，尤其是谢盈，她的面膜又笑掉了，皱巴巴地趴在地上。

　　秦晗红着脸，还有点茫然："我们今天遇到过学长？"

　　"当然没有！"

　　"那你说有个学长想要我的电话号……"

　　"小秦晗，你真的太单纯了，一看就是乖乖女的类型。"

　　谢盈笑着往上铺爬，爬到一半，忽然停下来："你那个喜欢的对象，好像并不是对你完全没有意思嘛。"

　　秦晗还沉浸在自己发了一堆表情包过去的尴尬中，没听清谢盈说的是什么，迷惑地抬起头："什么？"

　　"没什么。"谢盈大笑着爬回了自己的床铺。

　　在上大学之前，秦晗没有住过校，第一次和这么多女孩子住在一

241

起，她有些新奇。

室友们很友好，性格都很好相处，什么都会凑在一起聊。

这种女孩子间特有的、无防备的亲昵，让人觉得有些小温馨。

有两个有男朋友的室友，打电话也不避讳其他人，秦晗不经意间也听到过一些对话。

她第一次知道，原来女孩子是可以那么对男生撒娇的。

开学的第二天，秦晗在学校里遇见杜织。

她刚从图书馆回来，抱着几本书，恭恭敬敬地和杜织打招呼："杜副院长好。"

杜织"扑哧"一声笑出来，用指尖点着秦晗的额头："小秦晗，叫杜院长就行，不用强调'副'字。"

秦晗看了一眼四周，小声问："假期里谢谢你的帮忙，我方便请你吃个饭吗？"

"走吧。"杜织穿了一身正装，却挺没正经地把文件袋随便夹在胳膊下，"我就喜欢和小姑娘混在一起，显得我年轻。"

她只跟杜织见过一面，却在假期里麻烦过杜织两次。

一次是因为爸爸妈妈离婚，一次是因为丹丹。

杜织的性格不像老师，甚至不像长辈。张郁青说她已经是四十多岁的人了，但秦晗总觉得她更像大姐姐。

秦晗请杜织在校外一家中餐馆吃饭，席间杜织又问了秦晗，有没有兴趣去学特殊教育。

秦晗郑重地放下筷子："其实我也很想了解，师大能不能转专业？"

"能倒是能，需要成绩优异。大一上半学期的期末成绩优秀才可以申请，还要再过一次转专业考试和面试。"杜织看了秦晗一眼，"如果是你，面试我会亲自来，很严格的哦。"

秦晗有些担心："是因为我看上去……不像会成为好老师吗？"

杜织摇了摇头："不是，我需要确定，你是真的喜欢特殊教育这个专业,而不是因为张郁青。"

服务员在桌子上放下一份三杯鸡。甜香的酱汁裹着鸡肉,浓郁的香味扑鼻而来。

秦晗听见张郁青的名字,耳郭发烫,语气还是坚定的:"是我自己想要学这个专业。"

她很老实地说:"但能够接触了解'唐宝宝',确实是因为张郁青。"

想要转专业这件事,不能说没有张郁青的原因。

但秦晗知道,哪怕现在没有张郁青,她还是会选择特殊教育专业。

因为她见过丹丹了。

她知道还有很多丹丹这样的孩子,被无知的人称为"傻子"。

秦晗想变成那些问题小孩儿的守护者。

杜织夹了一块鸡肉放进秦晗的碟子里,又夹了一块塞进自己嘴里,说着和她形象完全不符的严肃话题:"想当英雄的人很多,你要证明给我看,你不是纸上谈兵。"

刚开学的日子其实并不算忙碌,但因为杜织说了转专业的事情她会亲自跟踪流程,秦晗总觉得自己的能力不足。

她变得像个高中生,每天没课的时候就泡在图书馆里。

秦晗忽然体会到学业上的压力不是担心考试失利,而是永远有你不懂的东西,怎么学也学不完。

而这一次,她没办法再拥有一本参考书,一切都要靠自己。

这么忙碌着,很快迎来了大学的第一个周末。

星期六,系里组织了新生欢迎大会;星期日,班里的同学说要聚一聚。

秦晗没能回家,也就没去成遥南斜街。

聚餐那天秦晗照常穿了一条样式简单的裙子,把头发束成高高的马尾。

谢盈也刚换好衣服,手机一响,她就扑过去了。

估计不是她喜欢的那个男生——谢盈撇撇嘴,摇头叹息。

她摇头时,耳垂上的长流苏耳环随着她的动作轻轻摇曳。

谢盈穿着露脐短袖和包臀鱼尾裙,走路都有种女人的风情。

秦晗叹了一声,觉得自己该多和谢盈学学。

想长大这条路,怎么就这么漫长呢?

后来还是谢盈看不下去秦晗的样子,和孙子怡、李悦悦,三个人联手,把秦晗按在椅子里,给她做了个卷发,然后梳了个半丸子发髻。

孙子怡还给秦晗涂了口红。

她和秦晗说:"口红,是女人俘获男人的利器!"

秦晗不解地说:"可是我记得班上的男生说,不喜欢女生涂口红。"

"他们是不喜欢血盆大口好吧,不是不喜欢妆容得体的小美女!傻姑娘!"

班级聚会十分热闹。回寝室的路上,秦晗和室友在夜市逛了一会儿,一起买了些小东西。

室友对手工感兴趣,买了那种需要自己编织的宠物牵引绳。

秦晗也跟着在小摊边蹲着看了一会儿。

她喜欢这种夜市的氛围,有些像遥南斜街的旧书市场,那些等待销售的东西都摆放在布面或者袋子上,让人感到亲切。

"小秦晗。"

秦晗应声回眸,看见谢盈正举着手机对着她。

再想躲开已经来不及了,手机的闪光灯一晃,谢盈满意地咂嘴:"不愧是我,照相技术太棒了,这张真的美呆了。"

谢盈把照片发给秦晗。

秦晗点开。可能因为谢盈有种超脱年龄的成熟美,她拍的照片,也带着这种风格。

照片不知道用了什么滤镜:天色幽冥,只有各家小摊的灯光和路灯是明亮的。

秦晗蹲在小摊前,灯光正好打亮了她半张脸。

被卷发棒卷过的头发披在肩上,头顶有一小撮卷成丸子的发髻,碎发被晚风拂起来。

她毫无防备地扬着头,目光被灯光染得明亮。

秦晗喜欢这张照片,有种已经长大了的错觉。

她把照片保存下来,又自拍了几张夜景,但都没把自己拍出谢盈的那种成熟的效果。

室友流连在手工小摊前,秦晗也买了一包材料,想着给北北做个手工项圈。

回寝室的路上,秦晗接到罗什锦用张郁青手机发来的一段小视频。

夜色浓重,遥南斜街的灯火并不通明,显得比秦晗这边更早几个小时似的。

张郁青坐在一把椅子上,手里拿着一块西瓜。北北摇着尾巴,张开嘴,重重地啃了一口西瓜。

视频里传来罗什锦的大笑。

大概因为他举着手机,声音更大一点,秦晗只能隐约听见张郁青的笑声。

很快,罗什锦又发来一条语音。

罗什锦说:"秦晗,看见没?北北现在最爱吃我的西瓜,哈哈哈。对了,你那个大学怎么样啊?和同学相处得好不好?什么时候放假回来聚聚啊?"

罗什锦没有加秦晗的微信,一直都是通过张郁青的手机和她联系的。

因为水果摊老板说了,自己微信里人太多,都是买卖关系,他休息的时候从来不登录微信。

秦晗也跟着笑起来。

她之前拍了几张校园里的照片,也有刚才夜市的照片。

她勾选着,把这些照片发到张郁青的微信里,给罗什锦回了语音:"下个周末我就能回去啦。学校很美,室友相处得也不错,今天班级还聚了餐,现在在逛夜市。"

隔了很久,秦晗都快要走到寝室楼了,罗什锦才回了一条语音。

非常长,五十多秒。

说是给秦晗发的信息,其实也没什么特别对秦晗说的。

更像是他按着手机,录了一段他和张郁青的闲聊。

"女大十八变啊,这才上大学几天,怎么好像就不一样了?是吧,青哥?"

秦晗猜想,罗什锦一定是坐在张郁青身边。

他一边给她发微信语音,一边又去和张郁青说话。

起先秦晗没听懂,还以为是因为自己发了太多大学的照片,罗什锦才觉得她不一样了。

回寝室洗漱后,她躺在床上翻看聊天记录。

秦晗把耳机戴上,又看了一遍张郁青喂北北西瓜的视频。

这次她没把注意力放在北北身上,只是屏息听着隐藏在罗什锦大嗓门下的张郁青的轻笑声。

他拿着西瓜,腕上骨节凸起性感的弧度。

大概是因为距离远,不能随时随地见面,秦晗总觉得她看张郁青时,带着一种很难说清楚的心悸。

这算是想念吗?

翻看到她自己发过去的照片时,秦晗猛地从床上坐起来。

她怎么把谢盈给她照的照片发过去了???

难怪罗什锦说她变得不一样了。

秦晗觉得十分不好意思,好像她故意卷了头发涂了口红和人家显摆似的。

她又重新听了一遍罗什锦的语音,还是那句话——

"女大十八变啊,这才上大学几天,怎么好像就不一样了?是吧,青哥？"

后面是大段空白，估计是罗什锦说完话，忘记松开按着语音录音键的手指。

秦晗刚准备关掉手机，耳机里忽然传来张郁青的声音。

是有些低的鼻音，只是应了罗什锦一声，像拨动了吉他的低音弦。

他说："嗯。"

38

夜里2点多，张郁青喝了一整杯冰水，唤了北北一声："北北，走，上楼睡觉。"

他的声音有些哑，冰水都没能缓解。

趴在窗边桌子下面睡觉的北北，听见声音，睡眼蒙眬地起身，摇着尾巴跟上张郁青的步伐，和他一同迈上楼梯。

今天下午的客人两条腿几乎都要文满图案，图案是张郁青昨天熬夜设计出来的。

应客人要求，是《山海经》第三卷《北山经》里《北次三经》的内容。

是从太行山到王屋山的神话传说，包括《精卫填海》。

张郁青在图案里画了一只白色的鸟——火红的尾羽，拥有六只脚。

客人看完很满意，给他回了信息："青哥，我喜欢这只𩿨鸟，和我梦里想象的一样，你真厉害。"

张郁青喜欢这种和他有默契的客人，今天文身直接忙到半夜，把𩿨鸟和归山文在了顾客腿上，其间一口水都没喝。

忙完，他才觉得有那么一点疲惫。

前两天，李楠来时买了一兜子零食，堆在一楼桌子上。

张郁青也没看是什么，随手拿了一袋，拎着往楼上走，北北摇着尾巴跟在他身后。

　　李楠家里给他断了生活费,他求助张郁青,在张郁青的介绍下,找到了两个兼职。

　　估计是为了感谢吧,李楠买了好多东西来。

　　张郁青午饭和晚饭都没吃,撕开薯片,丢了两片进嘴里,却在某个瞬间,突然想起秦晗。

　　小姑娘刚来遥南斜街时,也是这样,每次都很见外。

　　她总是要买一堆东西,一直买到快拎不动为止。

　　那会儿秦晗拎着大包小包的样子,总让他觉得她是被从家里赶出来了,准备投奔他。

　　张郁青嚼着薯片,稍稍蹙眉,把手里的包装袋提起来看。

　　真行,薯片还有奶糖味的了。

　　甜津津的,估计也就小姑娘们能喜欢。

　　张郁青把薯片放在一旁,没了吃东西的兴致,干脆拎了换洗的衣服去洗澡。

　　到了9月份,秦晗和李楠都开学了,丹丹也回了学校,张郁青店里显得冷清了很多。

　　洗过澡的张郁青坐在床边,想起秦晗开学前说的话:"张郁青,我开学以后也会常来看你的。"

　　当时小姑娘绷着一张巴掌大的脸,眼睛一眨不眨,神态极为认真。

　　结果呢?

　　张郁青用毛巾擦着头发,轻轻"啧"了一声。周末还不是连人影都不见了?

　　不但不见人影,还有学长要电话。

　　嗯,还烫头发。

　　已经是夜里3点多,他躺在床上随手翻着手机里的照片。

　　一张张师大熟悉的景象滑过。最后张郁青指尖一顿,画面停留在最后一张照片上。

应该是师大外面有名的那条夜市街,有买东西的学生,也有商贩。

长街喧嚣,小姑娘蹲在一个摊位前,毫无防备地看向镜头,目光澄澈,一头卷发像海藻一样披散在背上。

这个角度,显得她的下颌更加小巧。

张郁青看了两眼,扬起眉梢。

哦,还涂了口红。

这天上午秦晗没什么课,早早抱着教材去图书馆占座位去了。

师大的图书馆太难找座位了,大家都那么用功,稍微去晚一些,就只能回寝室自习了。

但秦晗也是有些小惰性的,让她在寝室自习,说不上什么时候就趴到床上看闲书去了。

秦晗一早晨没看手机,跑到图书馆找好座位,才看见手机里有两条未读的微信。

是张郁青发过来的。

时间是夜里3点多。

这个时间他怎么还没睡觉?

给她发信息是有什么急事吗?

两条信息都挺混乱的:

"休闲度假爱哦发达ui。"

"才把u风情风情和i清强。"

像是喝多了的胡言乱语。

秦晗放好书本,跑出图书馆,给张郁青打了个电话。

电话响了几声之后才被接起来,手机里传来张郁青夹着睡意的哑声:"嗯?"

秦晗站在图书馆门口,人来人往,她本来是怕自己听不清,把手

249

机死死按在耳边。

这会儿张郁青的声音,就像自带振动,秦晗的耳郭瞬间就烧了起来。

"你……你昨天半夜给我发了信息,是有什么事吗?"

张郁青可能才听出她是谁,一阵窸窣声后,他清醒的声音传过来:"是你啊,小姑娘,刚才说了什么?"

"我说,你昨天半夜发信息过来,是不是有什么事情找我?"

秦晗的碎发被晨风吹乱了,她空出一只手理了理:"你发的信息我没看懂。"

"稍等一下。"

张郁青那边有几秒没讲话,过了一会儿,他笑着说:"应该是北北按出去的,我昨天睡觉手机没锁屏,它喜欢趴在我手机上睡觉。"

"哦。"

张郁青可能是觉得有意思,还评价了一下那两条信息:"发的什么玩意儿,非主流似的。"

这事换在平时,秦晗也不会多想。

但就在前些天,她刚经历过误给张郁青发了一堆表情包的尴尬。

她记得,误发的前提是,要先把手机界面停留在他们的对话框上。

早晨起得太早,秦晗还没吃早饭,脑子就很容易短路。

她忽然问:"是你把界面停在我的对话框上了吗?"

问完,秦晗忽然感到一阵尴尬。

她为什么要问这种问题???

好像她急于证明张郁青会翻看他们的聊天记录一样!!!

电话里沉默了两秒,然后传来张郁青坦诚大方的声音:"嗯,我不是得看看,我们小姑娘怎么上了大学这么臭美,还涂口红?"

"才没有臭美!"秦晗矢口否认。

张郁青笑了:"女孩儿嘛,爱美很正常。"

秦晗刚要反驳,听见他像个老大爷似的叮嘱她:"还是学习重要。"

挂断这通电话，秦晗忽然很想念遥南斜街，很想念张郁青。

她掰了掰手指，距离周末只剩下三天了，这个周末学校没什么事情，她可以去一趟遥南斜街。

如果妈妈状态好，她甚至可以两天都去。

想到这件事，秦晗看书都很有动力。

秦晗白天泡在图书馆里学习，或者在教室听课。

晚上回去，秦晗跟着室友学手工，给北北编了一条小项圈。

一转眼周末就到了，秦晗收拾好东西准备回家。

寝室里六个室友，有四个是本地人，周末都要回家。

谢盈和孙子怡家在外省，两人贴着面膜，和秦晗她们道别："明天晚上见啊，记得带好吃的回来！"

其他人都顺利出了寝室门，只有秦晗被拽回来了。

秦晗一脸迷茫："怎么了，盈盈？"

"小秦晗，你这两天是不是准备去约会？"

秦晗脸发烫："不是约会。"

"那就是见那个你喜欢的人，对不？"

秦晗点头。

谢盈直拍大腿："你就这么去？！"

秦晗没觉得自己有什么问题，但她也知道，在成熟这一块，谢盈是寝室里的翘楚。

和谢盈一比，她就像幼儿园大班的毕业生。

秦晗虚心请教："那我应该怎么去呢？"

"你那个喜欢的对象，你有没有照片？你给我瞅瞅他什么类型，我再决定给你什么建议。"

秦晗想了想，拿出手机，找出罗什锦录的那个张郁青喂北北吃西瓜的视频，给谢盈和孙子怡看。

谢盈看了一眼，倒吸一口冷气："我的妈，快快快快，快拿走，这也太帅了，再多看一眼我都要春心萌动了！"

孙子怡还好一点，她喜欢胖胖的男生，但也半天没回过神来。

她拍了拍秦晗的肩膀："宝贝儿啊，上点心吧，这种帅哥你不上，早晚得被别人抢走。"

秦晗收起手机，十分茫然："什么点心？"

谢盈："……"

孙子怡："……"

最后，秦晗被谢盈和孙子怡按在椅子里，又卷了头发，还化了淡妆。

折腾一番下来，秦晗到遥南斜街时已经临近中午了。

张郁青他们早知道秦晗要回来，李楠也来了，罗什锦已经从后街订好了烧烤，还切了个果盘放在窗边桌子上。

秦晗跑进张郁青店里时，有种比回家更亲切的感觉。她兴奋地摘下双肩背包："我回来啦！"

这话有些不严谨。

再怎么说，在人家张郁青的店，她也不该用一种家庭成员的语气喊这样的话。

但没人在意。

罗什锦挥舞着他的西瓜刀："今天切的可是哈密瓜！我挑了一上午，保甜！"

李楠理着长发："秦晗这个发型好好看，我喜欢！"

张郁青倒了一杯水给秦晗，秦晗接过来，喝了一口。

水都没咽下去，她就开始拉开她的大书包，把给大家带的东西一样一样掏出来。

迷你按摩器是给张郁青的奶奶的。

一本历史类书籍是给刘爷爷的。

水果刀是给罗什锦的。

假睫毛是给李楠的。

一个小熊玩偶是给丹丹的。

张郁青静静地靠在桌边，小姑娘和刚来遥南斜街时一样，一口气拿出不少东西。

最后，秦晗眼睛亮亮的，手还藏在书包里。

她有些神秘地看着张郁青："张郁青，你猜猜，我还带了什么？"

张郁青笑了笑："什么呢？"

秦晗把自己亲手给北北编的项圈拿出来："你看！"

小姑娘手里拎着一个黑色的编织绳，上面缀着几个亮晶晶的水晶坠子，还有小铜铃。

看着有点像那种藏风手链。

张郁青手腕上干干净净，平时连手表都不戴。

文身师嘛，戴着太多装饰品总觉得工作时有些碍事。

但小姑娘一脸兴奋地说："这是我自己编的。"

张郁青觉得，这份心意他多少有些不好拒绝。

毕竟是小姑娘自己编的呢。

他伸出手，笑得温柔："谢谢小……"

话都没说完，秦晗忽然蹲在北北面前："我觉得北北戴上一定好看！来，北北，我给你戴上试试！"

39

在遥南斜街的时光太快了，她只来得及在张郁青店里吃午饭。

才到下午，餐桌还没收拾完，秦晗就接到电话。妈妈说她已经下了飞机，大概一个半小时后能到家。

爸爸妈妈离婚后，其实爸爸只带走了一些衣物，很多东西都留在家里，就像他只是去出差了一样。

妈妈把爸爸的很多东西丢掉或者摔碎，只有爸爸的书房，妈妈并没有动。

有一天秦晗无意间看见妈妈进了爸爸的书房,她很担心妈妈会把那些书都撕掉,于是蹑手蹑脚地跟着走到书房门边。

透过门缝,她看见妈妈翻开一本书,眼泪随着翻开的动作一起,大滴大滴地砸在封面上。

秦晗记得那本书,那是一本英文版的《百年孤独》。

她也记得爸爸在扉页上写给妈妈的话——我永远不会孤独,因为我永远爱你。

爸爸说,那本书是他们的定情信物。

妈妈的旅行持续了二十多天,现在她回来了,秦晗不可能继续待在遥南斜街。

和大家告别过后,秦晗背上她的空书包,往外走。

她才迈出去一步,书包拉链被拉开。

她扭过头,看见张郁青丢了几瓶棕色的药水在里面。

张郁青提着秦晗的书包把人往回拽了拽,问秦晗:"下周要开始军训了吧?"

"你怎么知道?"

"师大的老规矩,年年都在9月中旬军训。"

张郁青指了指她的书包:"带几瓶藿香正气水,防着点,小心中暑。"

"谢谢。"

"回去慢点,下次假期再过来吧。"

张郁青说完,两只手放回裤兜里,转身往店里走。

秦晗忽然说:"军训的周末是不放假的。"

"嗯。"

张郁青笑着回眸:"但'十一'会放,放一个星期。"

于是秦晗在回学校之后,又开始像盼周末一样盼望着"十一"黄金周。

仔细想想，往年的小长假好像也没做什么特别的事情，要么就是去图书馆，要么就是和爸爸妈妈去奶奶家。

今年特别些。

秦晗有自己想去的地方。

军训开始的前一天，室友们一起买了防晒喷雾和防晒霜，还买了美白丸和面膜。

在爱美的小姑娘眼里，军训唯一可怕的，就是被晒黑。

秦晗白天汗流浃背，晚上洗个澡坐在小阳台上点着蚊香看书。

军训太累了，她看不进去学习的书，只能借了其他的书打发时间。

她和张郁青的联系并不多，从周末回来到现在，也就只发过一次信息，还是张郁青给她发的照片，是北北戴着项圈的样子。

军训到一半时，有那么两天，天气忽然热得惊人。

有一天夜里，孙子怡忽然腹泻呕吐。

秦晗住在下铺，睡眠浅。

感觉到有人频频进出洗手间，她打开床头的小夜灯，看见孙子怡脸色惨白，披头散发。

秦晗吓了一跳，马上翻身下床，压低声音："子怡，怎么了？哪里不舒服？"

"我应该是中暑了。"孙子怡蹲在洗手间门口，有些虚弱地说。

孙子怡额前的刘海儿被汗水浸湿，贴在皮肤上，露出紧蹙着的眉头。

"怎么办？要不要去医务室？"

孙子怡蹲不住了，索性坐在地上，摇着头说："我没力气，而且明天还要训练一整天，别把大家都折腾醒了。我再吐两次估计也就过劲儿了，你快睡吧。"

"那怎么行？"

秦晗马上想起张郁青那天塞在她书包里的药，轻手轻脚，从书包里翻出那几瓶棕色的药水，又有些懊恼——

当时应该问问张郁青方法和用量的。

孙子怡也没吃过这种药水。

夜里1点多，秦晗硬着头皮给张郁青发了微信。

寝室的信号时好时坏，电话经常打不出去，但网络是好的，非常流畅。

张郁青没睡，回了信息过来，告诉秦晗，喝一小瓶。

秦晗很少有照顾人的经验，给孙子怡喝了一小瓶藿香正气水之后，她还在担心，搬了把椅子守在孙子怡旁边。

"你去睡吧，不用守着我。"

"没事，我们方阵这两天只练操，不累。"

"小秦晗，你真好。"

"你先睡，等你睡着了我就去睡。"

可能是藿香正气水起了作用，孙子怡紧蹙的眉心渐渐松开了。

过了将近一个小时，她的呼吸变得均匀。

不知道为什么，秦晗忽然觉得睡意全无。

手机屏幕在黑暗中亮了一瞬，是张郁青的消息。

"室友好些没？如果很严重，要去医务室，别拖着。"

秦晗回了信息——

"她已经睡着了。"

"嗯，你也睡吧，晚安。"

秦晗盯着张郁青这条信息，愣了几秒，忽然有些不那么想只是回"晚安"给他。

人果然都是贪心的。

在这个初秋的夜里，她想要更多的来自张郁青的温柔。

秦晗垂了垂眼睑，抿着唇给张郁青发了信息——

"张郁青，我睡不着。"

这条信息发出去后，秦晗开始心跳加速。

手机屏亮了一瞬,她不敢去看。

过了好一会儿,秦晗才深深吸气,把新的微信打开。

他说——

"想聊一会儿?打字还是电话?"

在看清信息的那一刻,秦晗几乎感动得落泪,好像有什么东西,柔柔地撞进了她的心脏。

她举着手机,蹑手蹑脚地跑去阳台。

她关好门,又戴上耳机,拨了语音电话过去。

张郁青接得很快。他大概是开了扬声器,能清晰地听见北北的叫声和遥南斜街的蝉鸣。

还有老电风扇呼呼的风声。

"你怎么还没睡?"

张郁青的声音自耳机里传出来:"在画图案,还没做完。"

"在……卧室?"

"嗯。"

秦晗能想到张郁青现在的样子。

他大概是靠在床边,拿着小画板设计图案;而她的声音通过手机,填满他的整间卧室。

想到这里,秦晗的耳郭和脸颊都烧了起来。

她小声说:"谢谢你的药,我室友好得很快。"

"你也注意点,军训期间食堂会卖绿豆汤,多喝点,防暑。"

张郁青那边有铅笔尖划过纸张的沙沙声,他说话时,声音盖过这些细小的摩擦,温柔且宽容。

他知道她发"睡不着"的小心机。

但他没拆穿,只是接下了她的算计,陪着她在深夜里,有一句没一句地通着话。

那天,星星格外明亮,月亮弯弯地挂在天边,秦晗想到什么就说什么，张郁青也总能顺着她的话题聊上几句。

聊到自己最近在看川端康成的书，秦晗有些苦恼地说："川端康成老师可是得过诺贝尔文学奖的，可我怎么都看不懂他写的东西，也不知道他要表达的是什么。"

她自我埋怨着："读《雪国》时，我甚至只觉得岛村是个渣男。"

张郁青轻浅的笑声在夜色里漫开，他问："你读《雪国》的契机是什么？"

秦晗的脸涨红了，犹豫着说："因为……封面好看。"

张郁青笑起来："那就只记住这本书的最后一句就行了。"

"你读过？"

"嗯。"

张郁青短暂地停顿，好像在思考，几秒过后，他忽然说："'银河好像哗啦一声，向他的心坎上倾泻了下来'，如果我没记错，大概是这样写的，和封面一样美。"

秦晗根本没记住里面的句子，第二天早晨起来再翻到《雪国》的最后一句，她发现张郁青说的一个字都不差。

那天夜里在阳台上通话的最后，秦晗问张郁青，可不可以偶尔在他闲暇时给他打电话。

张郁青说："随时。"

之后的军训时间变得没那么难熬了。

秦晗会带着水杯，按照张郁青的叮嘱装满绿豆汤。

她也会抽时间去图书馆借书；在午休或者傍晚，给张郁青打个电话。

他们每次通话的时间都不算长，再也没有像那天夜里聊到凌晨的时候。

但秦晗很满足，也很快乐。

孙子怡都说了："别人都是军训时间越久越蔫儿，小秦晗怎么好像越军训越精神啊?这几天胃口都好了不少。"

谢盈贴着面膜,艰难地张开嘴:"大概是爱情的力量吧。"

有一次通话,秦晗有些好奇地问张郁青:"你以前看过很多书吗?"

"是看过不少。"

张郁青第一次给秦晗讲起他大学时的事情。

他说他那时候做了个夜间兼职,在二十四小时快餐店值夜班。夜班是不能睡觉的,但可以做一些其他的事情。

张郁青有时候在看店的同时,帮人翻译英文材料赚钱。接不到翻译的工作时,他就看书。

他自己没什么时间,就托室友帮他从图书馆借书。

室友不知道张郁青喜欢什么类型的书,看见什么就借什么,有时候还会借来别的专业的那种教材类书籍。

张郁青在电话里笑着说:"还借来过法医鉴尸的那种图解书,真是越看越精神。"

"为什么?"

"你自己去看看不就知道了?"

隔天,秦晗去图书馆里找到了张郁青说的那种书,才翻开,一眼就看见书页上印着的尸体照片——伤口腐烂,还爬着蛆虫。

她整个人都不好了。

晚上再通电话时,秦晗控诉张郁青的"恶行",没留意到自己说话时像是在和男友撒娇。

"张郁青!你是故意的!"

手机里传来张郁青得逞的大笑。

谁说这人永远成熟温柔?他幼稚起来比大学校园里的大男孩儿们也强不了多少。

张郁青店里的后门被推开,罗什锦端着两大盘饺子过来:"青哥,我爸包了饺子,咱俩一起吃吧。"

看见张郁青，罗什锦愣了愣。

他青哥没活儿时，经常坐在窗边的椅子里设计图案。

今天和每天一样，但又不太一样。

罗什锦两只手都端着饺子，刚才推开后门时挺费劲，先用脚顶开，再用屁股挡住，才艰难地挤进来。

那会儿好像隐约听见张郁青的笑声，罗什锦还觉得是自己听错了。

他青哥好像从来都没有那么肆意地大笑过。

但现在，罗什锦看向张郁青：他有些懒散地靠在椅子里，面前是画稿和手机。

他戴着耳机，手里拿着一支铅笔，轻轻转着。

可能是感受到后门的动静，张郁青转过头来，眼里和嘴角全是未消的笑意。

罗什锦没吭声，把饺子放在桌上，听见张郁青说："嗯，去吧。"

他青哥对电话说了挂断电话前的结束语，罗什锦可终于憋不住了："青哥，你跟谁打电话呢？"

"秦晗。"

以前张郁青从来不用耳机，他做任何事都讲究效率，很少分心。

他今天居然为了通话，戴着耳机画稿。

罗什锦张了半天嘴，试探着憋出一句："替身这么难当吗？还得陪聊啊？"

张郁青淡淡地瞥他一眼："有话直说。"

"那啥，也不是非得想八卦这些事，我就是担心。"

罗什锦挠了挠头，又喝了一大杯水，才问："你现在对秦晗那姑娘，是不是有点……"

话说到一半，罗什锦还是觉得不好说，又重新措辞："就上次，我问你喜不喜欢她，你说的喜欢，我感觉是对妹妹的喜欢。现在呢？你现在是不是……是不是有点超过对妹妹的那种喜欢了？"

张郁青摘掉耳机，指尖在桌面上轻轻敲了两下，若有所思。

片刻后，他抬起头，忽然笑了，坦坦荡荡地说："是吧。"

40

好不容易挨过十几天的军训，迎来"十一"小长假，秦晗却发现，能够让她自由支配的时间其实并不多。

放假的第一天，本地的同学和不回家的几个同学在班级群里约了要一起吃饭，秦晗不好拒绝，也跟着去了。

还有就是放假前就说好了，假期有两天要跟着爸爸回奶奶家住，有一天要陪妈妈逛街。

七天的假期，这么一算，也就剩下三天了。

从奶奶家回来，秦父带着秦晗去吃西餐。

这家西餐厅以前他们一家三口常来，前台的服务员几年都没变，牛排还是那么嫩。

但秦晗知道，这顿饭爸爸不会叫上妈妈。

很可能以后所有和爸爸吃饭的时刻，都不会有妈妈在。

秦晗和秦父聊起转专业的事情，秦父显然听说过"特殊教育"这个专业。

他笑了笑："你能够喜欢这个专业，爸爸很骄傲，你有空应该去康复医院和特殊学校看看，多见一见那些孩子。想做是一回事，有没有能力做好又是另外一回事，希望你的决定不是一时的头脑发热。"

秦晗点头。

秦父又问："是怎么想到转去这个专业的？"

"因为……"

秦晗想了想，还是说了实话："我有一个朋友，他的妹妹是唐氏综合征患者。"

"哪个朋友？"

"你见过的，在遥南斜街开店的那个。"

秦父想了想："转专业不会也是因为那个朋友吧？"

"不是的。"

"真的只是朋友？"

秦晗脸红了："爸爸……"

秦父笑起来："看来爸爸的宝贝小晗，长大了。"

吃过饭，秦晗去洗手间，出来时，爸爸正站在车边抽烟。

10月，风里早就没有了燥热，爸爸静立不说话时看上去有些沧桑。

他看着远方车水马龙的街道，呼出一口烟。

"爸爸。"

看见秦晗出来，秦父掐掉烟，目光里有一种让人伤感的温柔。

他问秦晗："宝贝，妈妈最近好吗？"

其实不太好。

妈妈不再像以前一样哼着歌做家务，也不再烤蛋糕和插花，她总在购物，也总去聚会。

妈妈像是不小心丢了灵魂，要去热闹的地方捡回来。

秦晗不知道怎么和爸爸说，但只是她犹豫的时间，秦父就知道了答案。

他轻轻叹了一声："转专业的事情，记得和妈妈商量。"

秦晗点头。

隔天和妈妈逛街时，秦晗没能找到机会提起转专业的事情。

黄金周到处都是人，平时不算火爆的奶茶店，排队都排到了几米开外。秦母带着秦晗逛完了两家商场；晚上吃饭时，她带着秦晗去吃了西餐。

还是秦晗和爸爸吃的那家。

秦晗没说昨天才吃过西餐，秦母也没问起任何和秦父有关的话题。

牛排吃掉一半，秦母的话题才从买衣服和旅行转移到秦晗的大学上。

"小晗，上大学是不是比上高中轻松？"秦母用刀子切开牛排。

秦晗摇了摇头："也不是很轻松，我想要转专业，同时在看两边的课程。妈妈，你知不知道'特殊教育'这个专业？"

秦母的目光还在牛排上，好像根本没听秦晗说话。

她把牛排切好，才自顾自地说："我上大学的时候啊，你姥姥就说了，大学里优秀的男孩子多，不要只顾着读书，要多接触接触其他同学。"说着，秦母抬起头，笑得很勉强，"我们大学那么好，优秀的男生那么多，可是你说，我怎么会找了你爸爸之后就吊在一棵树上不肯下来了呢？"

秦晗没想到话题会突然转变成这样，一时间有些茫然，不知道该怎么回答。

"早知道男人有了钱都会变坏，还不如听你姥姥的，找个条件好的男人。"秦母像是自嘲地笑了笑。

妈妈总在说爸爸有钱就变坏，但其实爸爸每天忙碌的内容，好像只有工作。

离婚这件事并不是只有妈妈是受害者，爸爸也是。

谁也没有比谁好过。

为什么爸爸要变成那个坏人？

秦晗试图说服妈妈："爸爸应该只是在忙工作吧。"

"你懂什么？！"

秦母端起红酒杯，一口气喝光了杯里的红酒，然后说："小晗，听妈妈的，在大学里可以谈恋爱，但一定要找家庭条件好的，知道吗？"

她把高脚杯放在桌面上，加重语气："男人，有钱都会变坏的！"

秦晗嘴里含着一口蔬菜沙拉，难以下咽。

妈妈这么说的时候，她总觉得不安。

"十一"假期的第四天，秦晗终于能去遥南斜街了。

之前和妈妈逛街时，秦晗吃到了一家冰激凌，非常好吃。可是店面离遥南斜街实在是太远了，打车过去冰激凌也会化掉。

她昨晚都在想，怎么才能给张郁青他们带去一份冰激凌。

秦晗想了一晚上，终于想到了好办法。

她拿了两个巨大的保温杯放进包包里，准备把冰激凌放在保温杯里面带过去。

商场里的人还是很多，秦晗排队排了将近半个小时。

排队时，张郁青打来电话："小姑娘，什么时候过来？"

"大概要一个小时吧。"秦晗愉快地说。

"等你。"

他说这两个字时，秦晗感觉到自己的心重重跳了一下。

好不容易排到柜台前，秦晗点了三个大份的纸杯冰激凌，然后端着冰激凌找到座位。

她拧开保温杯，坐在热闹的商场里，不顾其他人或诧异或好奇的目光，用勺子把冰激凌挖到保温杯里。

来来往往的人群里，有一个秦晗曾经很熟悉的人，是胡可媛。

胡可媛和徐唯然都在隔壁省上大学，但她每次约徐唯然，徐唯然都不出来。

这次小长假回B市，胡可媛说"要不要同路啊？我准备订火车票了"。

徐唯然直接回了一句，"我已经买好了机票"。

胡可媛是一个人来逛街的，她并没想过能遇见秦晗。

她也觉得秦晗和高中时不太一样了。

秦晗穿着一条白色裙子，安静地坐在甜品店的桌边，手里拿着木质小勺子，把冰激凌放进一个保温杯里。

她眉眼间弥漫着温柔，带着笑意的唇上涂了唇膏。

无论周围的人投去什么样的目光，她都沉浸在自己的世界里，坚定又认真。

胡可嫒忽然皱起眉。

秦晗是不是有男朋友了？

她凭什么有男朋友？

胡可嫒想，她和徐唯然都被情所困，凭什么秦晗可以有男朋友？

秦晗把冰激凌装好，又把保温杯的盖子拧紧，放进包包里，用手机叫了个车。

今天就不坐公交车了吧。

她想早一点去遥南斜街。

遥南斜街还是老样子，并没有因为到了小长假就变得更加热闹。

街口还是那几个老人在下象棋，也还是不知道谁家的二胡声悠扬地传遍长街。

理发店家的那个打篮球的男孩子看见秦晗，招了招手："嗨。"

秦晗手晃了晃："嗨。"

已经半个月没来了啊。

她突然有些迫不及待，拎着包拔腿就跑。

往张郁青店里跑。

她跑进店门，撞进一个人怀里，鼻尖都是竹林的清香。

秦晗慌忙抬头，看见张郁青在温柔地笑。

他把秦晗扶稳："跑什么？"

秦晗的真话脱口而出："着急见你。"

说完，她有些窘迫，急着找借口，把手里装了冰激凌的包拎到张郁青眼前："是……是怕冰激凌化掉。"

张郁青看着她，轻笑一声，把手覆在她头顶："知道了。"

也不知道他的这句话，是回答她的"着急见你"，还是回答"怕冰激凌化"的借口。

李楠和罗什锦也来了,丹丹睡醒了从楼上下来,北北摇着尾巴跟在这群人身边。

秦晗的冰激凌受到了大家的一致好评,但是张郁青受到了批判。

罗什锦不知道为什么,突然开口:"秦晗,你不来,我们可惨了,青哥不给开空调。"

秦晗很纳闷:"这几天好热的呀,为什么不开空调呢?"

"没那个待遇呗!"

罗什锦一下子嚷嚷起来:"B市这个季节真是要命,秋老虎啊秋老虎,热得人心烦意乱的。青哥也不给开空调,电风扇又放在楼上,唉。"

秦晗看向文身室。张郁青今天有顾客,正在文身室里工作。

罗什锦怂恿她:"秦晗,你去,你去找青哥要空调遥控器。"

"为什么是我……"

李楠也怂恿她:"去吧,在青哥这儿,只有小姑娘有优待。"

"丹丹是不是也热了?"

罗什锦看向丹丹:"快让你秦晗姐姐给你开空调。"

"七晗姐姐,丹丹热。"

今天是真的热,罗什锦今天也真的好奇怪。

秦晗不想去打扰工作时的张郁青,可是丹丹的汗都顺着脖子淌下来了……

"那好吧,我去要空调遥控器。"

秦晗起身时,余光看了眼窗外。

她顿住,扭头重新看过去。

窗外没人?

但秦晗不知道为什么,总觉得刚才余光里看见的身影,有点像胡可媛。

文身室的门被敲响,秦晗身后跟着丹丹。

两个小姑娘往门口一站,大眼睛看着张郁青,眨巴眨巴,也不说话。

顾客文的是个简易的线条小图。张郁青把线条画完，才抽空抬起头："怎么了？"

估计小姑娘是被人推来的，脸颊和脖子皮肤都泛着粉色。

她看着挺不好意思的，犹豫半天才指了指屋外，吭哧着，小声说："天气好热……想开空调，可以吗？"

张郁青遮在口罩后面的唇角扬起来，突然想要逗逗她："谁让你来的？"

"我自己。"

哦，小姑娘还挺够义气，不肯招出主谋来，一口咬定"是我想开空调"。

其实张郁青并不是罗什锦嘴里说的那样，空调平时总是开着的。

他会把空调遥控器装起来，是因为丹丹总是偷偷把空调按开，然后站在风口吹。

丹丹身体弱，那么个吹法，吹完不是拉肚子就是发烧。

所以张郁青忙的时候，总是把遥控器装在自己裤子兜里，或者放在文身室。

"真是你想开空调？"

"是！"

张郁青重新看向顾客手臂上的文身图案，随口一说："自己拿，遥控器在我兜里。"

他今天穿了一条工装裤。

裤子上大大小小的口袋有十几个。

还以为这么说，她会为难地把罗什锦供出来，没想到的是，秦晗居然真的走了过来，伸手就往张郁青裤子上摸。

她边摸还边小声嘀咕："是这个口袋吗？还是这个？那，这个呢？"

顾客憋着笑，看向张郁青，用口型问："青哥，你还行吗？"

秦晗蹲在他身边，白净柔软的手游走在裤子上。

张郁青觉得他简直是自己给自己挖坑跳。

他深深吸气:"秦晗,你给我起来。"

41

要空调遥控器这种事情,一回生,二回熟。

后来想想,那段时间秦晗每次去遥南斜街,罗什锦都会怂恿她去找工作中的张郁青索要空调遥控器。

有时候是因为天热,想开空调;有时候是因为太冷,要关上空调。

李楠都说罗什锦:"你一个卖西瓜的,对温度变化还挺敏感。"

罗什锦大着嗓门:"我们胖子,都对温度变化敏感!"

在罗什锦的"敏感"里,秦晗也被锻炼出来了。

张郁青的态度越纵容,她越放松,甚至学会了撒娇。

有时候张郁青在文身室和顾客谈图案,秦晗门也不敲,轻手轻脚溜进去,然后站在张郁青身后,手搭在他肩膀上,假意按摩。

多数时候,张郁青会回过头,露出无奈又温柔的笑,告诉她遥控器在哪儿,让她自己去拿。

只有一次例外。那天他正在和顾客说得认真,秦晗溜进来,又假惺惺地去给他按摩肩膀。

张郁青当时还在说着话,也许把秦晗当成了丹丹或者谁,在秦晗把手放上去时,他下意识抬手,拍了两下秦晗搭在他肩上的手,示意她先别捣乱。

他手指温热,搭在她手上,秦晗觉得有无数电流涌进皮肤。

她没拿遥控器,红着脸,落荒而逃。

秦晗不知道,她跑了之后,张郁青才反应过来。他停下谈话,看了眼自己的手心。

顾客笑着打趣:"青哥,刚才的小美女是你女朋友吗?"

张郁青轻笑一声:"活祖宗。"

大学的生活被秦晗过得有滋有味:早起去图书馆占座,上课,偶尔去参加集体活动。

忙碌是很忙碌——想要学的东西太多,甚至比高中还累——但她和张郁青的联系也更多了些。

她平时在学校就给张郁青打电话或者发微信,周末也总能空出一天去找他。

大概是接触得多了,现在她也不再拘泥于高中校园里的那点事情,他们之间可聊的话题也越来越多。

有那么几次,和张郁青的通话时间居然有一个小时那么久。

某些汲取温柔的瞬间,抚慰了她加速成长中时常冒出来的不安。

秦晗想,这样长大似乎也不算难熬。

哪怕张郁青说三十岁才算成年,她似乎都能欣然接受了。

10月底的时候,秦晗的手机里开始有陌生的号码来电。

是邻省的手机号,总是赶在秦晗上课时或者在图书馆时打来。

秦晗的手机常常是静音的,有时候看见未接来电消息,已经是一两个小时以后了。

这个电话她不认识,也就没回过,但隔三岔五,这个电话还会再打来。

阴差阳错的,半个月里秦晗看见过四五次这个号码的未接来电。

和室友们说起时,谢盈敷了个绿色的面膜,盘腿坐在上铺说:"肯定是诈骗电话,现在的骗子都很长情,给你多打几次,搞出一种前任余情未了的错觉,好让你打回去。"

孙子怡也点头:"然后你就会打回去啊,一打回去,得,扣钱了。"

室友们都这么说,秦晗也渐渐不再惦记这个电话了。

有天洗过澡,秦晗正在寝室吹头发时,谢盈叫她:"小秦晗,你手机!"

是那个陌生号码。

秦晗接起来："您好，请问您哪位？"

"秦晗！秦晗！是我，我是徐唯然，你还记得我吧？我是徐唯然。"

秦晗有些意外："你好，徐唯然，找我是有什么事吗？"

"秦晗秦晗，我给你打过很多次电话，很多次，有时候无法接通，有时候打过去没人接，我找不到你……"

徐唯然那边传来类似干呕的声音，然后是他的喊声："你是不是故意躲我？！是不是？！"

"……我不知道这是你的号码。"

徐唯然大概是喝多了，说话声音很大，语无伦次，又总是在重复同样的话。

秦晗听了一会儿，问："徐唯然，你如果有事找我，明天清醒时再给我打电话好吗？"

电话里静了一会儿，徐唯然突然大声质问："你是不是有男朋友了？！秦晗，你是不是有男朋友了？！"

秦晗不想和喝醉的人聊这些问题，只说自己要挂断了。

"胡可媛都告诉我了！你有男朋友了！是不是？！"

秦晗蹙着眉把电话挂了，谢盈从上铺探头："小秦晗，有情债啊？"

"没，只是一个高中同学。"

那天晚上秦晗没能得到安宁，徐唯然像疯了一样不停地打电话过来，又在高中群里不停地提到秦晗，说一些不知所云的话。有一个女生说他吵，徐唯然就在群里发了很长一条语音，骂了那个女生。

然后群里的同学和徐唯然吵起来，不断有新消息涌出来。

秦晗始终没说话，想了想，退群了。

第二天，徐唯然发了信息来道歉。

"秦晗，我真的很喜欢你，从高中开始就喜欢你，我知道你一直不怎么喜欢我，昨天的事情我很抱歉，以后我不会再打扰你了，祝你和男朋友幸福，再见。"

秦晗没回复，也没空去想这场闹剧里胡可媛充当了什么样的角色。

这件事像是生活里的一小段插曲，就这么过去了。

她在图书馆里上自习时，偶尔走神想起这件事，忽然觉得自己挺冷漠的。

为什么面对徐唯然的那些难过，她觉得无动于衷呢？

后来秦晗知道了，也不是她冷漠，是她和徐唯然之间，并没有那么近的关系。

因为在谢盈失恋时，她是实打实地跟着难过了好多天。

那天晚上，从图书馆回宿舍，秦晗裹紧了外套一路小跑，推开寝室门，呼着气："今天晚上好冷呀。"

说完，她忽然觉得寝室里气氛不对。

大家都沉默着，而谢盈的眼睛是肿的，眼皮通红。

秦晗心里一紧，赶紧过去："盈盈，怎么了？"

谢盈平时很成熟，是大大咧咧的性格，秦晗每次看她时，都觉得她身上有种让人自叹不如的风情。

但现在谢盈塌着肩膀，抱着一盒抽纸，哭得嗓子都哑了。

秦晗不知道发生了什么事，只能抱住谢盈。

谢盈在她怀里哭得抽抽噎噎："我每天……每天都担心，担心自己话太多会影响他复习。我以为他会努力学习，然后考试到……到B市来。我以为他因为我，会很想很想来B市上大学。我总怕打扰他，可是他居然去和高三的女生聊天，聊一整晚。他还给那个女生买早餐，给她画复习重点。"

谢盈的男朋友是她的高中同学，高考时失利没能考到B市来，现在正在复读。

有时候吃到什么东西，谢盈会说，等他来了带他尝尝。

看到什么好玩的，谢盈也会记下来，想要等着明年高考后和男朋友一起来。

谢盈给男朋友打电话时，永远都不超过一分钟，生怕打扰他学习。

秦晗以前无意间听到过，听见那个男生在电话里和谢盈说："不说了，我真的很忙，在复习呢。"

谢盈就会用她妩媚又温柔的腔调回他："那挂了吧，不打扰你啦，学完早点休息，身体最重要。"

那天晚上谢盈哭了很久很久，她没有回自己的上铺，是和秦晗挤在下铺睡的。

寝室熄灯后，谢盈哑着嗓子，像呓语一样说："还是珍惜当下的好，我有很多话想要和他说，都在等着他明年来，可原来，我们已经没有明年了。"

秦晗在黑暗里，听得鼻子一酸。

可能是因为谢盈失恋后总是目色黯淡地发呆，或者是因为秋末冬初的B市又总是动不动就闷着一层霾，秦晗忽然有种"来不及"的迫切感。

说不上这种迫切感是哪来的，总是偶尔冒出来一下，让她患得患失。

那几天秦母也总是打电话过来，说很多秦父是"坏人"的言论。

很多人担心夏季文身出汗影响效果，都在天气转凉后才去做，张郁青又变得很忙。

他们也有几天没有长时间通话了。

秦晗更急切，迫不及待想要在周末去遥南斜街见一见张郁青。

周末的第一天，秦晗还是先陪着谢盈去逛了商场。

谢盈稍微打起些精神，拉着秦晗的手，说话时长耳环在脸侧轻晃："拜拜就拜拜，下一个更乖。老娘还能缺男人？现在就买一条超美的裙子，去勾搭男人！"

其实谢盈昨天晚上还在说梦话，带着哭腔的那种。

秦晗陪着谢盈逛了几家店，谢盈试了一条裙子——法式风格的那种连衣裙，方领——露出一大片白皙的皮肤和锁骨。

裙子有假两件的设计，腰上是黑色的纱，笼着腰肢。

谢盈拎着裙摆："小秦晗，我也送你一条吧，咱们穿一样的。"

"不用了……"

"别推辞，谢谢你这几天陪着我，给我记笔记，给我带饭。给我一个感恩的机会吧！"谢盈笑嘻嘻地说。

秦晗没尝试过这种风格的衣服，连连摇头，可最后还是被谢盈推着去换上了。

照镜子时，谢盈帮她把马尾辫放下来，头发披散在肩上。

谢盈惊呼："小秦晗，你这么美你知道吗？！"

秦晗自己都愣了愣。这条裙子真的特别显成熟。

她想过自己已经成年了，但从来没觉得自己是"女人"。

谢盈说："信我的，穿着这条裙子去见你的青哥哥。男人都是视觉动物！"

星期日，秦晗左思右想，还是穿着新裙子出了门。

她没看天气预报，一出宿舍楼就缩起肩膀。气温居然和昨天差了这么多，腰上的薄纱嗖嗖漏风。

到遥南斜街时，风吹得更大，街口下象棋的老大爷们都没出来。

秦晗硬着头皮从街口走到张郁青的店，冻得连着打了好几个喷嚏。

丝袜这种东西，穿上和没穿有什么区别？！

居然一丁点保暖的作用都没有。

秦晗跑进张郁青店里时，店里只有张郁青在，他抬眸，目光稍微顿了一瞬。

"好冷啊！"秦晗搓着胳膊跑进去。

张郁青把空调开了暖风，才笑着开口："冷还穿这么少？"

秦晗想起谢盈那天晚上带着哭腔的话——"还是珍惜当下的好，我有很多话想要和他说，都在等着他明年来，可原来，我们已经没有明年了。"

那她和张郁青会不会有明年呢？

明年，张郁青会不会找个二十岁以上的女朋友呢？

那种不安全感又来了。

秦晗忽然很着急，她拿下抱在胸前挡风的书包，说："我特地穿给你看的。"

说完，她捂住嘴打了个喷嚏。

张郁青没说什么，上楼拿了件外套给秦晗，然后出去买了热的乌梅汁。

窗外是呼啸的冷空气，窗上贴了一层薄薄的白雾。

热乌梅汁里放了一片橙子，还有桂花独特的绵香。

秦晗披着张郁青的外套，坐在桌边。

她吹开浮在上面的干桂花，喝了一口，觉得透骨的冷意消散了些。

可能因为着凉，秦晗的鼻尖是淡粉色的。

张郁青坐在秦晗对面，指尖偶尔在桌面上敲两下，若有所思。

小姑娘穿得挺漂亮，大方领子露出纤小精致的锁骨。

她动时，紧致的腰线在薄纱里若隐若现。

其实在张郁青眼里，她穿什么都好看。

他觉得自己有必要纠正秦晗一个观点——女人性感时，更容易激起的不是男人的喜欢和爱，而是一种生理上的冲动。

如果秦晗是很强势的性格，她穿什么出去，他也不太担心。

但秦晗脸皮薄、性子软，如果真遇上流氓，说句难听的，小姑娘肯定要伤心，或者留下心理阴影。

况且……

张郁青的眉心微微拧起。

刚才问她怎么穿这么少，小姑娘脱口而出，说穿给他看。他这么有自制力的人，都差点儿起杂念。

大学的男生更冲动。万一小姑娘穿得漂漂亮亮的，让那些男生误以为是对他们行为上的暗示和纵容呢?

万一对她做什么不好的举动呢?

这么一想,张郁青忽然有些烦躁。

秦晗不知道什么时候起身去洗手间了,张郁青起身,站在洗手间外面等她。

秦晗一出来,就被张郁青堵在了门口。

他垂头看着秦晗:"刚才说裙子是穿给我看的?"

秦晗扬着脸:"嗯。"

张郁青靠近了些,故意吓唬她:"小姑娘,你这是在撩拨人。知道撩人会有什么后果吗?"

秦晗看着张郁青,目光清澈:"你会吻我吗?"

张郁青:"……"

好像用错方式了。

"其实我不太紧张。"

秦晗说话时睫毛都是颤的,声音小小的,却很坦诚。

她说:"我梦到过你吻我,梦到过两三次。"

小姑娘这么说时,大概是因为害羞,斜着眼看向别处。

她刚喝过热的乌梅汁,嘴唇呈现出一种宝石般的红色;说话时下颌又轻轻地发抖。

像是压在树梢上的雪,风一吹,就温和地摇曳。

张郁青觉得自己要是定力差点儿,没准儿真能吻上去。

他猛地收回视线,偏过头,开始咳嗽。

42

秦晗背后是洗手间外面的墙壁。张郁青本来是站在靠她很近的地方,垂着头在和她说话。

这会儿他忽然偏头猛地咳起来，秦晗那些紧张也消掉不少。

她想了想，抬手去拍张郁青的背，很贴心地问："被口水呛到的吗？"

张郁青咳了一会儿，停下来，把手覆在秦晗的发顶上，推着人往窗边的桌椅那边走。

秦晗被他推着走在前面，看不见张郁青的表情，只听见他说："你都梦了些什么乱七八糟的？"

"只有吻，没有其他的了。"秦晗的脸又烫起来，觉得自己这么说真的很像流氓，停了一会儿又加上一句，"吻也没有很激动人心，梦里你是那种什么都不会的样子，所以在关键的时候就停了。"

也许是因为家里有丹丹和奶奶，张郁青的耐心很好，也温柔。秦晗有种说什么都不会被责备的感觉。

张郁青可能是笑了一声，制止她："行了，喝你的乌梅汁去。"

在那之后，秦晗的不安感又不见了。

好像见到张郁青，和他说几句话，她就会变得安心。

喝着乌梅汁时，秦晗想，不知道是不是她的错觉，她总觉得张郁青很纵容她。

这种纵容算是一种喜欢吗？

从那个周末开始，B市忽然降温，甚至下了一场雪。

校园里有很多南方的校友举着手机拍照。

"下雪啦！"

"雪欸！"

"哇，雪！"

甚至还有人打了雨伞。

积雪没挺多久，阳光一出来就化了。

雪化掉之后气温变得更低。

那几天秦晗穿得都很多。那条腰上带着薄纱的裙子也没机会再穿了，连同丝袜一起，被收到柜子里。

她是在给张郁青打电话时，发现他声音哑哑的。

秦晗忧心地问："你怎么了？生病了吗？"

张郁青在手机里轻描淡写，说是丹丹在学校发烧了，被老师送回来在家里养病，结果把他传染了。

他的嗓子是哑的，但声音里还带着笑意。

这人在电话里都不忘调侃她："那条漂亮的裙子还穿着没？有苦同当啊，和我们兄妹一起病一下？"

秦晗大着胆子"呸"了他一声。

她本来还想着多聊几句的，但张郁青说张奶奶不知道是不是着凉了，今天有些腹泻，他要回去一趟，照顾奶奶。

"那你忙吧，我先挂了。"秦晗说。

临挂电话前，张郁青又叮嘱她："小姑娘，最近降温，别臭美。"

"知道啦。"

那天下午，秦晗到底还是没能静下心学习。

阶梯教室里坐了三个班的学生，老师站在讲台上，拿着扩音器讲教育史，讲得激情澎湃。

秦晗坐在前排，托着腮愣神，半天没记住一个字。

这还是她上了大学之后第一次在课堂上走神，荒废了一节课。

下课后，谢盈她们问："小秦晗，你是和我们一起回寝室，还是去图书馆自习？"

"自习吧。"

说着去自习，可秦晗在往图书馆走的路上，耳旁一直回放着张郁青生了病的哑嗓音。

他自己都还病着，还要照顾发烧的丹丹和奶奶。

他能忙得过来吗？

他还有时间休息吗？

秦晗站在图书馆门前，抬头看了眼图书馆的大楼，突然转身往学校外面跑。

11月底算是初冬了,天色暗得比夏天早。

秦晗穿着厚重的毛衣外套,怀里抱着课本,一口气跑到校外,站在路边拦了一辆出租车。

司机师傅看着秦晗自顾自系好安全带,有些好笑地问:"您去哪儿啊?"

秦晗这才反应过来,喘着气回答:"遥南斜街。"

一路上,秦晗没和张郁青联系。她担心张郁青忙,不想打扰他。

到遥南斜街时天已经完全黑下来了,出租车停在街口,秦晗付过钱之后下车,裹紧毛衣外套,开着手电往遥南斜街里面走。

天一冷,那些虫鸣都没了,只有风吹树叶的沙沙声,还有偶尔的鸟叫。

张郁青店里开着灯,灯光穿过窗口映在地上,把凹凸不平的街面分割成黄白色的亮块。

店门没关,秦晗走进去,北北正趴在空调风下睡着。

听见动静,北北仰头看过来,大概因为秦晗是熟人,它睡眼蒙眬地看了两眼,重新趴下睡了。

秦晗也没敢叫人,怕吵醒在家养病的丹丹。

洗手间有洗衣机工作的声音,也有水流声,听起来像是张郁青在洗什么东西。

可他明明还病着啊。

秦晗走过去,推开洗手间的门,忽然闻到一股说不上来是什么的味道,挺难闻的。

她看过去,知道自己闻到的是什么了。

张郁青戴着他工作时那种一次性手套,站在洗手池旁,微微弓着背。

洗手池上面架着一个咖啡色的塑料盆,里面放着老人才会穿的宽松款式内裤。

水里洒了洗衣液,漂着一层泡沫,但也能看出来,布料上沾着很多棕黄色的污渍。

秦晗想起张郁青在电话里说,奶奶今天不舒服,有些腹泻。

张奶奶腹泻了。

所以他在帮老人清洗那些脏衣物。

洗手间的灯光是偏白的冷光,张郁青站在不大的空间里,显得身形更加修长。

大概是感冒的缘故,他看上去略显疲倦,秦晗推开门时,他应声偏过头。

张郁青应该是没料到她会在这个时间来。他看见是秦晗时,目光里含了些诧异:"你怎么……"

秦晗鼻子一酸,扑过去抱住张郁青。

她很心疼,哽咽着叫了一声:"张郁青。"

张郁青起初没动,感觉到胸口的衣服被小姑娘的眼泪浸湿,才摘了手套。

他笑着把人揽进怀里,安抚地拍着她的背:"没你想象中么糟糕。"

秦晗把头埋在张郁青胸口,拼命地摇头。

不是的,真的已经很糟糕了。

她想起杜织给她看的录像,也想起初中时自己趴在大巴车上看见的张郁青。

少年意气风发,在阳光下肆意大笑。

她还是太年轻了,以为生活会格外开恩,不会让少年经历风霜。

她以为,少年是不会老的,不会死的,永远是少年。

可是生活对张郁青做了什么?!

他比任何人都更加努力地去生活。

他比任何人都更加努力地在生活啊!

明明那么努力……

他却没有大学可以上，他没有休息的时间。

他连生病时都要给老人洗粘在衣服上的排泄物。

秦晗的眼泪不停地流出来，她知道生活远远没有温柔到流几滴眼泪就能抵挡住所有的不幸。

但她又能为张郁青做什么呢？

张郁青温柔地叹了一声，手放在秦晗肩膀上，弓了些背，平视着秦晗通红的眼睛。

"秦晗。"

张郁青叫了她一声，还带着笑意："我知道你在想什么，别给我加戏，比起那些失去的东西，家人对我来说更重要。"

他帮秦晗拭掉眼泪："别哭，是我想要这样生活，想扛起我的家庭。是我想要这样，明白吗，小姑娘？我没有什么好委屈的。"

秦晗哭着点头。

"走吧，出去吧，总在洗手间站着干什么？"张郁青笑着把人带到大厅。

他是拉着秦晗手腕的，走了几步，张郁青扭头打量着她的穿着："挺乖，这么穿才能不感冒。"

那天张郁青到底还是没休息——丹丹在晚上快要9点钟的时候醒过一次，哭着说嗓子疼。

小孩子生了病很容易情绪不好。丹丹开始大闹，一闹就是一个多小时，把张郁青的脖子抓了一道伤痕。

终于把丹丹哄睡之后，又来了一位客人询问文身的价格，然后说明天来看图案。

张郁青偏过头，咳了两声："嗯，明天上午来吧，这种小图案今天晚上就能出。"

秦晗一直坐在窗边的桌子旁，看着张郁青忙碌，看着他把洗好的衣物挂在后门外面的竹竿上。

"张郁青。"

"嗯？"

秦晗看着他："我回不去寝室了，能留下来住吗？"

"不查寝？"

"我让妈妈给我请假了，说我回家住了。"

秦晗对于说谎还是很不擅长，脸又红了："我也告诉妈妈了，说我住在朋友家。"

张郁青笑了笑，温和地说："丹丹感冒了，你别和她睡，睡我卧室吧。"

"那你呢？"

张郁青咳了几声，逗她："和你睡？"

秦晗整个人都发烫，垂着目光没说话。

"逗你呢。"

张郁青把手伸到秦晗眼前，打了个响指："我在文身室睡。"

"可是你生病了……"

张郁青忽然敛了笑容，语气严肃："我卧室，或者你宿舍，选一个。"

"卧室。"

"那去睡吧，也不早了。"

秦晗用张郁青给她找的牙刷和毛巾洗漱后，躺在张郁青的床上。她还是心里发酸，用手机查了半天当特教老师能赚多少钱。

大概是因为他床上的竹林清香给了秦晗安全感，她迷迷糊糊握着手机睡着了。

再醒来时，是夜里1点多。

秦晗在黑暗里睁开眼睛，听见楼下传来的咳嗽声。

她拿着手机下楼，走下镂空的铁艺楼梯。一楼的文身室还亮着灯。

灯光从没关严的门缝里射出来。秦晗走过去，轻轻推开门。

张郁青靠在文身室的床上，手里拿着铅笔，还在画图。

听见门声，他偏过头："怎么没睡？"

"睡了，又醒了。"

秦晗走过去，站在张郁青面前，忽然开口："张郁青，我刚才查了，当老师赚的钱也还行。我努力点，以后能赚很多钱，你就不用这么辛苦了。"

小姑娘应该是真的睡过一小阵，睡前估计还哭过，这会儿说话带着些鼻音，但又字字铿锵。

文身室里只亮着一盏夜灯，张郁青看着秦晗绷着小脸，一副很坚决的样子。

他忽然笑了："哪有恋爱都不谈就想着深陷泥潭的？傻姑娘，我要是你亲哥哥，真的会被你气死。"

"那你会和我谈恋爱吗？等我长大以后。"

张郁青笑着揉了下她的头发，语气温柔得像是 B 市 4 月时拂面的春风。

他按亮手机，看了眼上面的日历。

"小姑娘，这个月我有些忙，抽不出时间。再等我一阵吧，等我忙完，我们再谈这个问题，好吗？"

43

秦晗到底也没能帮上张郁青什么忙，只在第二天早晨和他一起吃过早餐后，跑出去买到了热腾腾的姜茶。

秦晗从外面回来，呵着雾气进门，张郁青正靠在一架木质柜子上，把感冒药丢进嘴里，拎着矿泉水瓶，仰头喝了一口水。

他凸起的喉结滑动。秦晗盯着看了一会儿，红着脸把姜茶递过去："我要回学校啦，上午有课。"

她跑了两步，又回过头，有些犹豫："你说这个月很忙，那我还能给你打电话吗？"

张郁青笑着，还是那个答案。

他说："随时。"

秦晗其实只是问问就安心了，也没有真的每天都打电话过去。

她只在偶尔晚上睡不着时，试探着给张郁青发信息，问他睡了没。

他都是秒回，问她打语音电话还是用文字聊。

有时候秦晗偷偷揣摩，张郁青这样贴心的温柔，是对所有人都这样，还是只对她。

对那天晚上张郁青说等他忙完再聊的事情，秦晗其实是抱有期待的。

她总觉得结果会是好的。

面对她的喜欢，张郁青从来没有回避过。

不回避是不是就是在打算接受呢？秦晗甜蜜地想。

要同时学两个专业的课，秦晗比室友们都忙。

特殊教育专业的课程她也抽空去听了。有一位老师在课堂上建议学生多看一些关于残障人士的电影，还列举了一些电影名做推荐。

秦晗认认真真记下来，晚上回去找了一部来看。

韩国电影《熔炉》，涉及聋哑儿童。

秦晗是在寝室看完的，哭得稀里哗啦。

张郁青正好在这时发来信息——

"小姑娘，明天降温，多穿点。"

秦晗回他——

"可以打个电话吗？"

张郁青的语音电话打过来时，秦晗已经抱着手机蹲在阳台了。

冬天，阳台有些漏风，她披了一件厚厚的长款羽绒服，小声接了语音电话："喂？"

哭过的声音里藏着鼻音，张郁青严肃起来："怎么哭了？不开心？"

"没有，刚才看了部韩国电影，感觉挺难受的，就哭了。"

秦晗有些不好意思地动了动，羽绒服的布料发出轻微的声音，她吸了吸鼻子："老师推荐的电影太催泪了。"

张郁青的声音从耳机里传出来，他说："你啊！"

语气里包含着无限宠溺。

张郁青是真的忙，这段时间接了不少活儿。

桌上的日历是去年春节去超市购物时送的，上面每一个日期方框里，都密密麻麻记下了要做的事情。

有一部分是文身的预约和图案设计。

有一部分是生活琐事，比如给丹丹买药、带奶奶去医院、给家里交水电费。

他还有一个线上的文身学习课程，是国外的一个文身大牛开设的，每周两次网络课。

因为时差，他总是凌晨上课。

这是张郁青上学时留下来的习惯，干什么都得边学边干。

这世界上比你牛的人多了去了，不进步是不行的，"氧"才这么大点个店面，不学也不行。

12月时，张郁青把日历上做过的事情一一画掉。

看着剩下的不算多的文身预约，他觉得他可以开始行动了。

发现自己喜欢小姑娘是什么时候呢？

张郁青没细想过这件事，可能从他一本正经地把她当妹妹护着时，秦晗在他心里就已经和别人不一样了。

店里来来往往那么多女孩儿，他怎么对别人从来没想过护着？

张郁青二十三岁，别人在这个年纪才刚大学毕业，他这个文身室都已经开四年了。

但他扛起这个家，不止四年。

他那会儿拼命学习，考大学的时候选了师范大学。

那时候他想：毕业以后当个老师吧，有寒暑假陪老人，还能给丹丹辅导作业，多好。

没想到奶奶突然瘫痪，也没想到丹丹会是"唐宝宝"。

这些都压在张郁青头上时，他也慌过。

存下来的钱都给奶奶和丹丹看病了。剩下那么一点钱，倒是够交自己的学费，但以后怎么办呢？以后奶奶和丹丹的生活谁来担着呢？

他想了不到二十四个小时，果断下了决心。

退学，然后开了文身店。

这些年压在他肩上的担子太重，张郁青很少想过自己想要什么。

那天秦晗扑在他怀里，哭得厉害。

他当时安慰小姑娘，哭什么，生活总是值得期待的。

生活确实值得期待啊。

他甚至遇见了秦晗。

张郁青坐在桌边，回忆着这些年的过往，慢悠悠拆开一根棒棒糖放进嘴里。

棒棒糖不知道是什么味儿的，酸得他眯了下眼睛。

他这生活紧绷得容不下变动，但是张郁青含着棒棒糖笑了一声。

他想要一段感情，也不是要不起。

罗什锦来的时候，张郁青没抬头，垂着眸子在看平板电脑。

一般这个平板电脑都是他青哥学习时用的，罗什锦也就没敢打扰张郁青，蹑手蹑脚走过去，瞄了一眼。

"我当你在这儿听课呢！青哥，你咋还看上车了？"罗什锦顿时嚷嚷起来。

张郁青缓缓抬眸："嗯，想买。"

"不是，你也不常出去，买车干啥？"

问完，罗什锦忽然顿住了，盯着张郁青看了半天，才说："青哥，你不会是为了秦晗吧……"

"嗯，小姑娘每周回来倒公交太辛苦。"

张郁青笑了笑:"买辆车,谁有空谁接她一下,免得天气不好,她又着凉。"

罗什锦张了张嘴,憋出一句:"结婚得大学毕业吧,现在就护上了?"

张郁青好笑地看了罗什锦一眼:"想那么长远。礼钱准备好了吗,就盼着我结婚?"

其实张郁青自己都没想那么远。

他自己什么条件他是知道的,他想着,哪怕秦晗跟着他一天,他也得把她捧在手心里疼。

小姑娘从小就娇生惯养的,没道理跟着他反而受苦。

受苦还跟着他干什么?献爱心?

他想给秦晗的不只是爱。

他还想给她,他对生活所有不死的情怀。

小姑娘是喜欢他,但他不能仗着人家喜欢自己就装傻充愣。

他得告白,告诉小姑娘,不是因为她喜欢他,他才接受。

而是他喜欢她,他看她哪儿都好,她值得被喜欢。

这么计划着,张郁青在星期五早晨抽空和罗什锦去看了车——挺宽敞的SUV。

这车能装下秦晗和她的行李箱,也能装下老太太的轮椅。

以后他闲的时候,还能开车带她们出去兜兜风。

车里有空调,冬天冻不着,夏天也不热。

挺好。

看好车型,张郁青和人家说好,准备明天签合同、付首付,把车子开走。

正好是周末,直接开着去师大,把秦晗接回来。

张郁青想着,舌尖抵着后槽牙,忽然笑了一声。

身旁的罗什锦一脸纠结:"青哥,我求你了,你能不能当个人?我知道你找到真爱了,可兄弟我还单着呢,能不能别老笑了,我真受不了!"

回店里时,店门口站着丹丹的老师,满脸焦急,正拿着手机翻找什么。

张郁青忽然敛起笑脸,大步走过去:"徐老师,您怎么来了?"

"郁丹哥哥?哎,我正准备给你打电话呢,下午打你手机也没打通。"徐老师急得五官都皱在一起:"郁丹骨折了,现在在医院,很严重!"

丹丹住院的当天下午,张奶奶忽然呼吸困难,也进了医院。

同一家医院,病房里住了张郁青的两个亲人。

张郁青忙着给丹丹预约核磁共振检查,又得照顾奶奶,手机什么时候没电的他根本不知道。

再回到店里是傍晚了,张郁青去给丹丹拿换洗的衣物。

奶奶那边还算好一些,老毛病了,医生也说没什么大碍,住院吸氧、输液,两三天就能好。

丹丹的情况比较严重。

老师说丹丹在地上捡橡皮,前座的男生搬着椅子往后挪,一下压在了丹丹手上。

最要命的是,男生和椅子一起翻倒,丹丹的手指和手臂骨折,当场休克。

张郁青从去医院开始整个人都紧绷着。

丹丹醒后不停地哭,她说"哥哥,丹丹好疼",张郁青就觉得有人在他心脏上一下一下地扯着,让人难受。

丹丹需要手术,傍晚时,张郁青疲惫地回到店里。

他简单装了些需要的衣物,给北北加满狗粮。

手术费不便宜,车子的首付可能……

张郁青呼出一口气。

关好窗子,正准备锁门时,店里来了一位顾客。

是一位保养得很好的女人,一头棕红色的卷发。

女人穿着长款羊绒大衣，挎着 LV 很经典的老花包包，站在店门口："请问，你是店主吗？"

"抱歉，今天不接了。"张郁青说。

"张郁青？我方不方便，进去和你聊聊？"女人淡笑着，这样说。

张郁青回首，忽然觉得这个女人有些眼熟。

当看见她垂着头把手机放回包里的动作时，他知道她为什么眼熟了。

因为这个女人垂下头的某个瞬间，和秦晗非常像。

"请进，坐吧。"

秦母迈进张郁青的店里，用打量的目光扫遍了店里的每一个角落。

她用消毒纸巾擦了擦椅子，才慢慢落座："我是秦晗的妈妈。"

张郁青惦记着医院里的丹丹和奶奶，但还是拿一次性纸杯倒了一杯温水给秦母："阿姨，您有什么事吗？"

"倒也没什么特别的事情。"

秦母笑着看了眼张郁青，说："其实这件事也不能完全怪你，但当父母的嘛，总是不忍心说自己的孩子。小晗从小是我和她爸爸捧在手心里长大的，她不知道人间疾苦，做事不想后果，但我不能不替她想，你说对吧？"

傍晚的天色很美，天边的淡蓝色里泛着一层粉橘色。

张郁青放下手里的行李，坐到秦母对面："您想说什么呢？"

"和小晗断了吧，算是阿姨求求你了，不管你们走到哪一步了，都断了吧。"秦母忽然很急地抓住了张郁青的手臂，"我知道她在这儿留宿过，我知道你们经常见面，我也知道你的家庭情况。你有一个坐轮椅的奶奶，还有一个残疾的妹妹，你的家人是累赘啊，她们只会拖累我的孩子。"

奶奶和丹丹是张郁青的底线，但对方是秦晗的妈妈。

张郁青的眉心只是短暂地蹙起一下，又强迫自己松开。

他尽量用一种心平气和的语气和秦母对话："把家人用'累赘'

这样的词形容，是不是有些过了？"

秦母像是没听见，激动地站起来："你和小晗不合适，你也知道，对不对？你能给她什么呢？她还小，大学里那么多男孩子，她应该有更好的选择。她现在都不懂什么是喜欢什么是爱。"

秦母说："我是她妈妈，我最了解她。

"小晗善良，她小时候我们和她说过很多次天桥边乞讨的人是骗子，她还是要带上零用钱和零食，去救济他们。

"她喜欢帮助人，喜欢救济人，也许她不是喜欢你呢？

"她也许只是觉得你可怜呢？"

张郁青当然知道秦晗心善，她连小虫子都不舍得伤害。

店里有她拿回来的残疾小仙人掌，有她捡回来的北北，甚至李楠会常来，都是因为秦晗当初善良的帮助。

他比任何人都知道她的善良。

可是……

"求求你了，你放过她吧。"

秦母眼睛里已经噙满了眼泪："我已经经历过一次错误的婚姻了，我不能看着我的孩子往火坑里跳，我不能看着她走我的老路。"

张郁青握紧拳头，又松开，声音还是礼貌的："我不认为秦晗连什么是可怜什么是喜欢都分不清，您……"

他说这句话时，目光坚定。

恍惚间，秦母感觉自己看见了秦父年轻时的样子。

那时候秦安知也是用这种坚毅的眼神，告诉她：以后我一定能让你们过上好的生活。

可是结果呢？

不不不，她绝对不能让秦晗也经历这样的事情。

男人都是一样的！

陪他们穷过、苦过也没用，他们有了钱一样会变坏！

289

秦母忽然起身，跪在张郁青面前。

她跪得很用力，膝盖撞击在地板上，发出一声闷响。

张郁青惊了一瞬，起身想要扶起秦母。

秦母死死跪在地上，怎么都不起来。

有那么一个瞬间，张郁青甚至想笑。

明明上午还好好的，明明他还打算明天开车去接他的小姑娘回来。

怎么就突然变成这样了呢？

丹丹和奶奶还在医院，他甚至一整天没来得及看一眼手机上有没有秦晗的信息。

张郁青忽然用力一拉，把秦母从地上拉起来："别跪了，我受不起。"

这时传来轻轻的敲门声，张郁青一愣，整个人僵住了。

这么秀气的敲门声，声音小小的，礼貌地敲三下，然后安静地等着。

会这样做的人，他只想到一个。

下一秒，秦晗的声音从门外传来："张郁青，你在吗？我刚才听见你说话了。"

秦母惊慌失措，要去开门，却被张郁青一把拽住。

他当然想和秦晗说清楚，她的小姑娘当然会理解他。

可是然后呢？

他到现在都记得，小姑娘披着她的运动服外套，哭得抖成一小团。

那天她说："张郁青，我爸爸妈妈要离婚了，我只有妈妈了。"

他的小姑娘很单纯，让她知道她的妈妈来说过这些话……

那天她哭得沙哑的声音又响起来——我只有妈妈了。

总不能，让她和她妈妈反目。

张郁青叹了口气，用手死死按住眉心。

敲门声变得急促，每一下都很重。

秦晗站在张郁青店外，她今天给张郁青发信息，一直都没人回。

打电话也是关机。

晚上本来寝室的人约好了一起吃饭，可秦晗心不在焉，最后还是决定来一趟遥南斜街。

她走过来时明明听见了店里有张郁青的说话声，但他为什么没有开门？

门板是木质的，秦晗用力拍着。

记忆里好像是有过这样的时刻，是帮李楠的那天。

张郁青把他们都关在店里，自己面对那群小混混儿，她怎么敲门都没用。最后她也是大喊了他的名字，张郁青才推开门，笑着调侃她"震耳欲聋啊"。

那今天又是出了什么事呢？

秦晗心里慌得很："张郁青！"

店里终于传来张郁青的声音，他还是那么温柔，隔着店门问："你怎么来了？"

"我给你打电话，你的手机关机了，我……我很担心，就来看看……"

张郁青说："有什么可担心的？回去吧，以后别来了。"

秦晗疑心自己听错了，手僵在空气里："你说什么？"

"我说，以后别来了。"

天色又暗了些，秦晗眨了下眼，眼泪砸在羽绒服上，她小心地问："我没听懂，你不是说，等你忙完了再跟我谈谈吗？是不是你太忙了，我打扰你了？我……"

她艰难地把哭腔憋回去，深深吸气："我等你忙完了再找你，好不好？"

"我已经忙完了，现在正在和你谈。"

"……为什么？"

不该是这样的。

谈话的内容不该是这样的啊。

他那天说让她等他时，明明那么温柔。

秦晗控制不住了,眼泪哗啦哗啦往下淌,语气里面带着恳求:"我能进去吗?我能进去听你说吗?"

"不方便,有人在。"

秦晗抹掉眼泪,有些怔怔地问:"是……女人吗?"

"嗯。"

"长大的那种吗?成熟的那种?二十岁以上的?"

"嗯。"

秦晗摇头。

不会的,他应该会等我长大吧?

可是我已经在长大了啊。

过完年,我就马上十九岁了,离二十岁真的不远了。

我真的在努力长大啊。

秦晗看不清面前的门,满世界都被水浸得朦胧。

张郁青没开门,也没像以前一样温柔地哄着她、帮她抹掉眼泪。

他只在门里说:"秦晗,回去吧。"

番外

《安徒生童话》

小夏天很小的时候，某天傍晚，张郁青带着他去书店。

那天本来一家三口要在外面吃饭，但秦晗临时加班，打来电话说不用等她。

张郁青就问小夏天："饿不饿？去书店看会儿书？等妈妈下班再去吃饭？"

小夏天像个小大人似的点头，看着张郁青："就知道爸爸会这样问。"

他们当然是等秦晗一起吃晚饭的。小夏天在书店的咖啡厅里吃了一小块点心，然后流连在书架之间。

和秦晗、张郁青一样，小夏天特别喜欢看书。

遥南斜街其他的孩子们都惦记着出去玩，小夏天已经能摒弃北北摇尾巴、蹭裤腿的诱惑，坐在张郁青店里窗边的桌子旁，安安静静地看半个下午儿童绘本了。

小夏天和张郁青几乎是一个模子刻出来的，尤其眉眼，和张郁青一样，眼廓虽然凌厉，但总怀着淡淡的笑意。

不过小夏天垂头看书时，气质似秦晗。

这个时间点，书店里人不多。

张郁青靠着书架看了眼手机，没有任何秦晗的消息。倒是罗什锦他们在群里叽叽喳喳，新消息一条接一条蹦出来，问晚上要不要在店里聚一聚，搞点小烧烤，吃吃夜宵，聊聊天。

罗什锦说，有一批新瓜到了，沙瓤保甜。

秦晗前几天还真念叨过一次罗什锦的西瓜，张郁青在群里回了几句，收起手机，把目光落在书架上。

他要挑一本书，送给秦晗。

在特殊教育学校工作，老师们加班时常是自发的，可能某个学生又有了什么让家长们或者老师们心焦的情况，急需商讨对策。

秦晗是一位负责任的特教老师，生性乐观，却也常常在这种加班后，回来钻进张郁青的怀抱，露出一些对学生们的担忧之情。

秦晗最近闲暇时看了不少晦涩难懂的国外研究类书籍。张郁青想了想，踱步到童话类区域，最后在琳琅满目的书架间，抽出一本克里斯汀·伯明翰做插图的《小美人鱼》。

他准备把这书送给秦晗，博佳人一笑。

他甚至都想好了，秦晗如果问起来为什么送一本《安徒生童话》给她，他就告诉她，在他心里，她永远是小姑娘，比这本书插画里那些面容精致的大海的女儿，更美、更动人。

张郁青想到这儿，轻笑一声。

他几乎能猜到，已为人母的秦晗，仍会害羞，耳郭会泛起一层薄粉色，微笑着同他说谢谢。

张郁青这样想着，把那本硬质封面的书籍夹在右胳膊下，两只手插在裤子口袋里，往结账台走去。

秦晗过来时，已经是夏日黄昏。

张郁青带着小夏天站在书店楼下等她。暮色初上，灯箱里白色冷光落在父子俩身上；两人同时抬眸，相似的两张面孔看过来。

能看出秦晗眼里带着一些工作中未消的愁绪。张郁青对着秦晗一笑，才刚把夹在手臂下的书籍拿出来，小夏天已经跑过去，抱住秦晗："妈妈！"

秦晗只能停止和张郁青的对视，把儿子抱起来："小夏天饿了吧？"

小夏天扬着脸："妈妈，你知道世界上最可爱的数字是几吗？"

"妈妈不知道。"

张郁青眉心一跳,觉得他儿子可能要抢风头。

什么世界上最可爱的数字?这玩意儿听起来不像冷知识,倒像网络上满天飞的土味情话。

果然,小夏天让秦晗伸出手掌,做一个"5"的手势:"妈妈,是五!"

"为什么是五?"

小夏天稚嫩的小手伸过去,和秦晗的手掌十指相扣,然后一笑:"嘿嘿,妈妈,我爱你呀。"

秦晗没忍住,跟着一起笑起来,学校里那些烦心事消散得无影无踪。

张郁青全程旁观,"啧"了一声,把儿子从秦晗怀里揪出来,自己抱着。

已经开心了的秦晗看过来,满眼笑意地问张郁青:"给小夏天买了新书吗?"

书本来是用来哄秦晗开心的,这会儿秦晗已经被儿子哄高兴了,张郁青一堆腹稿白打了。

他闷了声音说:"给你买的。"

"给我买的?"

秦晗略显疑惑:"为什么给我买《安徒生童话》呢?"

"……就……给你买的。"

图书在版编目（CIP）数据

甜氧 / 殊娓著 . —— 北京：国际文化出版公司，2024.2（2025.7 重印）

ISBN 978-7-5125-1587-1

Ⅰ . ①甜… Ⅱ . ①殊… Ⅲ . ①言情小说—中国—当代 Ⅳ . ① I247.5

中国国家版本馆 CIP 数据核字 (2023) 第 196488 号

甜氧

作　者	殊　娓
责任编辑	戴　婕
责任校对	鲁　赞
策划编辑	晚　星　贝　冢　临　渊
出版发行	国际文化出版公司
经　销	全国新华书店
印　刷	嘉业印刷（天津）有限公司
开　本	880 毫米 ×1230 毫米　　32 开 9.5 印张　　　　　　　243 千字
版　次	2024 年 2 月第 1 版 2025 年 7 月第 5 次印刷
书　号	ISBN 978-7-5125-1587-1
定　价	48.00 元

国际文化出版公司
北京市朝阳区东土城路乙 9 号　邮编：100013
总编室：　(010) 64270995　　传真：(010) 64270995
销售热线：(010) 64271187
传　真：(010) 64271187-800
E-mail：icpc@95777.sina.net